魔豆

玫瑰色鬼室友

My Dear Ghost Roommate

vol. 6

眾怨憎會

林禎流——著
哈尼正太郎——插畫

玫瑰色鬼室友

vol.6

眾怨憎會

目錄

前事 …… 05
第一章　戀愛的雲帶 …… 33
第二章　超能力有空再說 …… 57
第三章　暗夜追殺 …… 89
第四章　神之火龍果 …… 119

第五章　王爺徵信服務 145
第六章　游擊戰 175
第七章　蓮花燈 199
第八章　抽絲剝繭 225
第九章　倀宅 257
第十章　聞元槐 287
第十一章　招魂 311
第十二章　腹肌之謎 339
第十三章　第二個吻 373

前事

放學後的空地，一群頑皮男孩攔住揹著沉重紅色書包的落單孩子，那孩子有張比洋娃娃還精緻的臉蛋，修長的手腳，皮膚白皙，大大的眼睛和長睫毛，後腦勺長髮留成一束細馬尾，左眼綁著眼罩，令人更難以轉移視線，露出來的褐色右眼總是像某種野獸般凶猛地瞪著四方，彷彿全世界都是他的敵人。

不自由又無聊的國小生活中，這個孩子的造型和個性簡直就像從卡通動畫裡跑出來，囂張得令人髮指。照理說他的長相算是罕見的美，應該很容易惹人喜愛，但刑玉陽身上總是帶著冷漠尖銳的氣息，看人時眼神透著強烈詭譎，怎樣也不像個十歲孩子，以致於連班導師都不喜歡他。

「喂！自閉症瘋子！你沒穿裙子上學，明天老師一定會處罰你。」一個男孩朝他大笑，擋住對手去路。

站在隊伍後方身材最高壯的男孩見狀皺了下劍眉，暫時沒有說話。

「幹嘛？還想挨揍？有種就不要找老師父母哭。讓開。」國小四年級的刑玉陽冷冷往旁邊擺了下頭。

「靠！你囂張個屁！帶紅色書包、留長頭髮，還長得那麼娘娘腔，你是女生吧！」另一個顯然吃過苦頭的男孩，嫻熟地攻擊刑玉陽最常被誤會的外表。

「書包是我媽買的，髮型是我媽設計的，反正好看就好，羨慕吧！醜八怪！」刑玉陽故意拉起那條細馬尾甩了幾下，正中死穴。

挑釁的男孩還眞的很羨慕刑玉陽媽媽給他留那麼「瞎啪」的馬尾，這句話死也不能說。倒是刑玉陽生得太漂亮了，長髮一留，看起來就像個女孩子也是事實，本人對這點一直頗有微辭，只是爲了討最愛的母親歡心忍了。

馬尾男孩一臉厭煩想要離開，先前出言挑釁的小學生立刻攔住他，他轉至相反方向想繞過他們，卻被其他人趁機包圍，這下子就是赤裸裸的欺負了。

刑玉陽也不惱，抬頭一一注視包圍他的男孩，每個被他看到的人都忍不住暗暗打了個哆嗦，除了那個一開始就動也沒動的高壯男孩。

「找幫手？可以啊！」刑玉陽微微一笑，美麗笑容裡卻透著強烈的不穩定和暴躁嗜血。

「班長！他太跩了，教訓他！」顯然吃過虧的小學生沒敢主動出手，只維持著威脅的包圍圈，拉了拉高壯男孩的袖子。

「別浪費我的時間，一起上。」

刑玉陽沒有任何動作，不知爲何，高壯男孩知道對方在等待，準備攻擊第一個碰到他的人。

「你們沒說是女孩子，而且這麼多人欺負一個女生，這樣不好。」高壯男孩說。

「他是男生啊！」眾人一臉囧樣。

沒想到睿智的班長居然也中了他們都跌過的坑。

「一定是你們認錯了。」高壯男孩——本名丁鎮邦耐心地強調。

「……」刑玉陽頓時無言。

「回去了，還有老師說不可以打架，有什麼誤會好好說清楚。」丁鎮邦冷靜地看著眾人，最後視線來到足足矮他一個頭的刑玉陽身上。

刑玉陽也在這時與丁鎮邦對視，如無意外，這是裡面最強的對手，打群架的時候一定要挑頭狼先打，這是老師教他的訣竅，馬尾男孩腦海中瞬間掠過不下十種撂倒對方的方法。

有個小學生趁刑玉陽轉開視線時偷襲，猛然推了他一下，刑玉陽踉蹌數步，丁鎮邦還來不及開口訓斥那個偷襲者，刑玉陽就像打開開關，不是捉著對手的手臂按倒就是閃過再勾撲，不到一分鐘，四個小學生或趴或跪，其中兩個還抱著疼痛的手臂放聲大哭。

丁鎮邦仍然站在原地，他已經充分認知到對方的危險。

「剩你一個，要打還是要逃跑快點決定。」

「我不會逃跑，但我要帶妳去找老師，現在學校辦公室應該還有人，打人是不對的。」丁鎮邦義正辭嚴表示。

「被打就對了嗎？」刑玉陽表情冰冷。

丁鎮邦答不上來，半晌才擠出一句話：「妳可以保護自己。」

「被嘲笑，被亂摸，被辱罵呢？我在不能保護自己前吃的虧就活該了嗎？再說，他們污辱我媽媽被很多男人幹。」

說到最後一句話時，刑玉陽語氣充滿恨意，這下丁鎮邦知道問題出在哪裡了。

「你們騙我？」他瞪著東倒西歪的同班同學。

心虛的小學生們不敢開口說話，丁鎮邦說：「那妳就去辦公室向老師說這些人欺負妳，妳也還手了，讓老師來處理。」

「然後老師通知家長，但他們打不過我又怕丟臉，把責任都推給我，說我欺負他們，要我媽過來道歉？」刑玉陽搖搖頭：「你是白痴嗎？」

「這樣下去妳總有一天會受傷，而且妳已經讓別人受傷了。」

「有嗎？手腳沒斷，只是擦破皮和小扭傷還好吧？跌倒都比這嚴重。」

「不管怎麼樣，跟我去辦公室。」

「話先說在前頭，我不主動打人，但只要你碰到我，我就會還手。」刑玉陽說完拉了拉書包肩帶，明明是非常可愛的動作，話語內容卻異常凶殘。

這時丁鎮邦仍相信刑玉陽是女生，覺得女孩子爲了保護自己學過武術很正常，正在氣頭上說話比較凶也不意外，但他和那些被摔倒的男生不同。丁鎮邦雖然才小學四年級，卻有一百六十三公分，已經是全年級最高的男孩，身爲田徑隊員體力更是不用說，光看外表經常被認成國中生，在班級中鶴立雞群，不費吹灰之力就能把纖細的刑玉陽抱起來。

兩人之間的差異如此懸殊，若非這個女生剛剛一口氣打倒四個他的同學，丁鎮邦非常不想動手，父母從小就教他男生應該保護弱小以及禮讓女孩子。

丁鎮邦走過去，一把抓住刑玉陽的紅色書包提把，打算用拖的。

「好，我不碰妳，我碰妳書包。」總之不能和脾氣很壞的女生拉拉扯扯，小四的丁鎮邦已經有何謂性騷擾還有女生身體不能亂碰的正確觀念。

豈料刑玉陽立刻矮身牽住他空著的左手，用奇妙力道與角度旋轉甩動，丁鎮邦只覺身子一空向旁邊摔倒，情急之下，他本能地用手腳大力往地面拍打，再一個翻滾想逃脫，但左手仍被刑玉陽控制，馬尾男孩一拖一帶，丁鎮邦莫名其妙地滾回來趴在地上，雙手被反剪到背後，非常痛。

「咦？你會烏K米？」刑玉陽奇道。

「什麼是『烏K米』？」丁鎮邦下意識跟著對方忽然改變的話題問。

「受身（ukemi）的日文發音，我的老師都說受身，台灣比較常聽到的是護身倒法。所以你有練過柔道還是別的什麼嗎？」

這回可不是丁鎮邦的錯覺，刑玉陽說這句話時控制力道加重了，警戒心非常強。

「沒有練過！」

「好吧。」刑玉陽忽然鬆開他。

丁鎮邦連忙翻身站起活動手臂，痛是很痛，神奇的是還真的沒有受傷，轉頭一看，其他人已經不見蹤影，不知是怕惹麻煩回家還是找大人來逮刑玉陽。

「既然你沒練過，就不能繼續了，拎北合氣道黑帶，勝之不武。Fuck! 打得不過癮！」

那是髒話吧？妳剛剛用英文罵髒話了吧？合氣道是什麼東西？黑帶是怎麼回事？丁鎮邦內心正狂風暴雨。

刑玉陽看了一眼手錶，隨即邁步打算離開。

「等等，妳叫什麼名字？哪一班？」

「哼，你想去和老師打小報告嗎？」

「不是。」

「算了，反正隨便打聽就知道了，我叫刑玉陽，四年義班。」

「丁鎮邦，四年忠班。」

「你和我同年？」刑玉陽臉色有點黑。

「刑玉陽，以後有誰欺負妳，妳就跟我說，不要再打人了。」丁鎮邦認爲這個女生心地不壞，明明那麼強卻不主動打人還記得手下留情，可是再這樣偏激下去一定會變成太妹（？）誤入歧途。

「我聽他們叫你班長而不是風紀股長吧？」

「我當過三次風紀股長。」言下之意風紀才是老本行。

「煩死了！又不是同一班，不要管我！」

「啊！我珠心算補習要遲到了，明天再說。」丁鎮邦扠腰盯著刑玉陽嘆了一口氣，隨即像風一樣跑走了。

刑玉陽目送高壯男孩愈跑愈遠，忽然掀開眼罩凝視他的背影，同時露出驚訝的表情。

「靠，這也太亮了。」

□

翌日，丁鎮邦打算到樓上找刑玉陽聊聊，順便觀察義班的情況。

原來兩人班級只隔一層樓，但丁鎮邦課餘時間只會下樓去福利社之類，再者也是其他班的朋友來找他居多，他沒有往上走的必要，因此完全沒注意到頭上有刑玉陽這枚不穩定炸彈，對同學居然會惹到義班的人感到不可思議。

不過，丁鎮邦更擔心刑玉陽的左眼，昨天情況緊張沒來得及問，之後在補習班愈想愈在意，不知刑玉陽左眼是受傷還是生病，答案若是受傷，以刑玉陽的武力值而言不可能是小學生打的，如果動手的是大人……

胡思亂想也沒用，待會探探刑玉陽的口風就是了。

剛爬上四樓，忽然感到尿意襲來，丁鎮邦只好就近上廁所，他低頭拉開拉鍊瞄準小便斗專心解放，旁邊忽然響起一道聲音。

「三樓又不是沒廁所，你來四樓幹嘛？」

丁鎮邦越過自己的肩膀，視線往下掉，刑玉陽秀麗的側臉躍入眼底，同時聽見他唰的一聲拉上拉鍊，顯然刑玉陽比他早到。

男廁……站著尿尿……

「你，男生？」事實化爲鐵餅擊中丁鎮邦。

「廢話，要掏出來給你看嗎？」大概是常常被誤會，丁鎮邦的語氣也很友善，刑玉陽並未對他認錯性別的烏龍生氣，只是走出去洗手。

丁鎮邦連忙解決生理問題跟上，刑玉陽正要回教室，被他好說歹說用請喝飲料的藉口約下樓。走向福利社途中，丁鎮邦問起他的左眼爲何總是戴著眼罩？

「眼睛生病怕光也不能吹風，我家沒錢治到好，只能暫時點藥戴眼罩。」刑玉陽回答得乾脆。

知道不是被打傷，丁鎮邦鬆了口氣。

之後那幾天，下課時間丁鎮邦總是約刑玉陽出去玩，他發現只要帶著飲料和麵包去找人，刑玉陽就會答應得很爽快。這個左眼生病的漂亮男生在班上果然沒朋友，他蒐集到的傳言指出刑玉陽似乎精神不正常還有暴力傾向，而且是個私生子，老師們總是勸告學生少接近他。

丁鎮邦對這些老師感到失望，他年紀雖小，卻隱約認爲大人這樣做不對，不幫助刑玉陽就算了還帶頭說壞話，難怪刑玉陽會那麼憤世嫉俗。

「我們來比賽誰跑操場比較多圈？」

「不要，流汗很臭。」

「那一百公尺比誰快？」

「還是會流汗，雖然我一定比你快。」

「那爬樓梯呢？」

「我天天都在爬，沒興趣。」

「上次段考你考第幾名？」

「反正是兩位數，你滿意了吧？忠班班長。」

刑玉陽雖然不認識這個自來熟的外班人，但班長通常是由成績前三名來當，那股雞婆勁兒也是典型的善良好學生，讓人更煩躁了。

「我可以教你功課，你哪科比較有問題？」丁鎮邦總算發現他的弱點，很高興地提議。

「如果我可以坐下來安心讀書，哪科都沒問題。反正讀書對我來說是沒未來的。」刑玉陽輕輕摸了摸眼罩邊緣，想到辛苦憔悴的媽媽，表情暗下，接著又想到媽媽會教他功課，他才不希罕忠班班長的施捨。

至於那群看不起他的老師，刑玉陽不想用成績討好他們，媽媽知道課本內容他都會了就好。

「你才幾歲就放棄人生會不會太誇張了？」丁鎮邦發現他的絕望是真的，有點受到驚嚇。

「誰跟你放棄人生？我只是不想靠學歷找工作，等上國中我就要想辦法打工賺錢。」刑玉陽回過神發現他居然在和忠班班長探討未來規劃，立刻臭臉不再說話。

丁鎮邦只好換個話題。

「你和我的同班同學到底是怎麼結仇的？」

「他們拉我馬尾。」

「然後？」

「我打回去。」

「他們也會拉其他女生的辮子和馬尾，女生一樣會罵和打回去，爲何就你們鬧得這麼嚴重呢？」

「丁丁，你還眞是個人才。難道我是軟綿綿的女生嗎？」

「說得也是。」

「順帶一提，我就是看不爽你們忠班的男生喜歡欺負女生，以前就看過那些人幹的好事，所以打回去的時候我把他們弄哭了。」對環境觀察入微的刑玉陽平常就累積一份黑名單，只是井水不犯河水，要是被犯了，就給你大洪水。

無端跟著同學一起躺槍的丁鎮邦就是從這一天開始，認定必須好好看著刑玉陽，否則他一定會變成流氓分子。

下課時間，四年忠班的搗蛋四人組攔下正要去找刑玉陽的丁鎮邦，將他團團圍在教室後面，一臉鬼鬼祟祟。

「班長，有人說你和義班那個戴眼罩的瘋子在交往，這是眞的嗎？他那張臉專門騙人！他眞的不是女生！」

「我們一起上過廁所，我知道啊。」丁鎮邦說。

「那……班長你是同性戀？」

丁鎮邦握拳往說錯話的同學肩膀一搥，後者立刻變臉跳開揉著痛處呻吟。

丁鎮邦會當那麼多次風紀股長，並不是他長得很高、力氣又大，眞正的理由是，他所在的班級總是會有好幾個連老師都管不住的頑劣學生，偏偏只有丁鎮邦有能力壓制，因此他的同班同學都知道，風紀股長頭銜前面應該要加上一個形容詞「魔鬼」。

這次丁鎮邦會選上班長，也是同學們終於受不了他的鐵腕作風，不顧導師的哀哀期盼，熱烈擁戴將丁鎮邦調到性質較為溫和的班長一職，充分運用了公民課學習到的民主腐敗手段。

其實本來沒人相信丁鎮邦會喜歡男生，但對刑玉陽印象特別深刻的四人組想起那絕美的容貌，不只比女生還精緻，連偶像都沒長得那麼好看，對班長的信心立刻動搖。

「我跟著他是怕他又去打人，尤其是揍你們。」丁鎮邦居高臨下盯著讓他心累很多次的麻煩製造者們。

吃過虧的四人組想起刑玉陽的恐怖，不禁對慷慨奉獻的班長湧起滿滿感動。

「東西可以亂吃，話不能亂說。」丁鎮邦一直覺得班上同學小打小鬧實屬正常，沒想到聽刑玉陽轉述後，他第一次知道小學生可以說出那麼下流狠毒的話，而且不認爲自己有錯。

確實，如果刑玉陽反應不那麼激烈的話，四人組也不一定會「見笑轉生氣」一直找他麻煩，但只和他相處幾天的丁鎮邦卻油然生出某個想法——刑玉陽恐怕長大後也是這副容易認眞的脾氣，就像丁鎮邦覺得自己也不會變太多一樣。

「我們只是開玩笑，誰知道他馬上就神經病發作了?」其中一個男生說。

「翰英，如果你那樣說我媽媽，我也會打你再主動報告老師接受處罰，而且我力道沒辦法像刑玉陽控制得那麼好，你第二天應該沒辦法來上課。」丁鎮邦說完專心地盯著被點名的同學，彷彿在評估揍哪裡效果最好。

被看得渾身發毛的眾人連忙打哈哈帶過話題，丁鎮邦則凝視沒打開的課本若有所思。

距離衝突發生已經過了一星期，原本在學校毫無交集的兩人赫然發現，原來他們是住同一條街的鄰居，只是巷頭巷尾的差別。

「你下課去哪裡了？我怎麼都遇不到你？」丁鎮邦不是天天都補習，照理說總有機會在住家附近和刑玉陽偶遇才是，結果默默當了三年鄰居卻毫無印象。

「我直接去老師的道館，等媽媽下班才來接我。」

「那早上呢？」

「媽媽很早就要上班，我六點跟她一起出門，去道館和老師吃早餐兼晨練，時間差不多才自己走路去學校。」刑玉陽基本上是趴在桌上補眠度過早自習。

一天的行程裡道館出現了兩次，丁鎮邦忽然明白刑玉陽的功力是怎麼練起來了。

「你是不是回家以後就不出門了？」

「對。」刑玉陽回得很篤定。

「媽媽不讓你出去嗎？」也是有那種不讓小孩出門的家長，丁鎮邦在約朋友出去玩時就有人怎樣都約不出來。

「沒，外面壞東西多，而且我練完合氣道很累了。」刑玉陽攤手。

轉眼又來到了週末，週六下午刑家母子通常是在家裡看電視休息，刑玉陽住在出租公寓的頂樓，一房一廳一衛，格局都很小，浴室旁就是流理台，廚房後門接到和隔壁公寓住戶共用的天台空地，只有一戶會上來晾衣服。老公寓沒有電梯，一樓入口經常敞開，貪圖出入方便的住戶往往連隨手關門都懶，門鈴也壞了，冬冷夏熱，西曬嚴重，唯一的好處是租金便宜。

正吃著刨冰的刑玉陽忽然聽到敲門聲，全身寒毛皆豎了起來。母子倆都沒什麼朋友，理論上沒事不會有人來敲門。

「有人在家嗎？我是丁鎮邦！」宏亮的男孩子聲音傳進隔音不好的客廳。

刑媽媽從廚房探出頭。「小陽，是你的同學嗎？」

「不同班的。」刑玉陽隨口應道，戴上眼罩走過去開門。

他先是小心地將門打開一條縫，見只有丁鎮邦站在外面，於是敞開大門。「我是告訴過你我住哪裡，但你來之前應該打聲招呼吧？」

高壯男孩不好意思地搔搔臉頰。「我不知道你家電話。」

「我家沒有電話，只有媽媽有手機，我是說下課時先問我。」刑玉陽解釋完立刻問：「你來幹啥？突擊檢查瘋子家裡長什麼樣子嗎？」

丁鎮邦皺眉搖頭：「現在不是在學校，你可以不用那麼緊張。」

刑玉陽正要回嘴他哪有緊張，丁鎮邦身後傳來窸窣聲。

「誰躲在樓梯那邊？出來！」刑玉陽反應過來是丁鎮邦幹的好事，立刻動怒了。

丁鎮邦索性走過去拖出四人組，嘴裡訓道：「來都來了，勇敢一點。」

「你帶這群混蛋來我家？」刑玉陽瞪大眼睛。

「我帶他們來道歉，好不容易才說服他們星期六跟我來。你們盡量和解，以後別再起衝突了。」丁鎮邦說。

「不用道歉，反正我討回來了，只要以後他們不來煩我，我也懶得計較，全部馬上滾。」

刑玉陽按著門框放低音量，打定主意要在引起媽媽注意前趕走他們。

「我就知道你會這樣講，誰說是向你道歉了？我是要他們向阿姨道歉，你沒有權利拒絕……阿姨！刑玉陽的媽媽！我們有事找您！」說到最後丁鎮邦冷不防又用叫門的音量大聲呼喚，這下刑玉陽想阻止也來不及了。

刑媽媽一出現，狹窄的玄關彷彿亮了起來，她身上沒有珠寶華服，只是簡單圍裙與短袖上衣七分褲，露出細白小腿，及腰長髮浪漫地披在背後，其中幾縷長髮被她編成一條細辮貼著鬢邊垂下，五官與瘦削體型帶著長年勞動的痕跡，哪怕是憔悴也凸顯了她的脆弱細緻。

她有三眼皮，加上細而黑的眉毛，一雙大眼顯得深邃，刑玉陽的眼睛顯然就是遺傳她。女人和刑玉陽一樣，外表看似柔弱，眼神卻帶著唰唰的劍氣，連丁鎮邦都不由自主挺直背，態度更加謹慎。

「找我有什麼事呢？小朋友。」刑媽媽將所有不速之客仔細端詳一遍。

「阿姨妳好，這幾個是我的同學，他們和刑玉陽之間有點誤會，在學校說了一些關於您的壞話，我是他們的班長。」丁鎮邦按著其中一人肩膀，信號剛出，四人組立刻鞠躬道：「阿姨對不起。」

「妳好漂亮。」不知是誰補了這句讚歎。

動作整齊劃一，咬字清晰，顯然事前排練過了。刑玉陽早就習慣受欺負與那些有形無形的奚落排擠，被始作俑者道歉卻是第一次，滋味還挺神奇。

「阿姨本來就沒聽到那些不好的話，沒關係，我原諒你們了。」刑媽媽摸了摸兒子的頭髮，像是在安撫他，興致盎然笑道：「班長是嗎？普通小學生不會想到帶同學來大人家道歉，你爲何決定這麼做呢？」

「爲了讓他們將來不會長成卑鄙小人，有必要帶他們來向阿姨道歉。」丁鎮邦理所當然地說。

「你是武俠小說看太多？」刑玉陽在一旁小聲咕噥。

丁鎮邦沒解釋他不只說之以理，還動之以情，原本對刑玉陽特立獨行的造型與踐樣暗暗記恨的四人組，一聽到他沒錢治療左眼的沉重現實，這群還推託要賴不願登門道歉的孩子忽然就心虛難受了，紛紛找藉口打球也好，去班長家寫作業也好，溜出家裡響應丁鎮邦的號召。

「還有，明明知道這件事卻什麼都沒做，和這些人一起上學我會不舒服，以後大家還要當兩年同學，有問題還是趁早解決比較好。」丁鎮邦很誠實地補充。

被班長當成心情指標的四人組則開始眼神放空。

「好啦！道過歉了，一起進來吃冰吧！小陽，你負責刨冰給大家吃。」刑媽媽說。

知子莫若母，刑媽媽早就明白兒子可不是善荏，五人份刨冰只能說是小小體罰警告。

接著刑玉陽就用驚天動地的氣勢搖起刨冰機，刑媽媽則拿著煉乳和一碗水果丁在旁等待，冰屑堆積的速度和分量讓順利和解的四人組與丁鎮邦懷疑不吃完會遭到詛咒。

無論如何，煉乳水果刨冰很好吃，刑玉陽的媽媽美麗又親切，半個字也沒問起他們在學校的衝突，這件事就這樣揭過了，四人組都爲先前出言不遜感到懊悔，還好有跟著班長來道歉。

至於刑玉陽，以後還是離他遠點吧！

「下次再來玩啊！」刑媽媽附贈了一抹讓眾小學男生精神恍惚的燦爛笑顏，然後要兒子送他們下樓。

一臉嫌惡送走忠班隊伍後，刑玉陽抓抓頭髮，右手探進口袋裡拿出拇指長的小藥包打開，嫻熟地在公寓入口處撒上細不可見的一條鹽線。

「壞東西跟過來了，還好沒上樓，因爲有丁丁在嗎？」男孩抓下眼罩喃喃自語，左眼在劉海下神似反光冰雪，純白明亮。

刑媽媽看著面帶警戒踏入家中立刻反鎖大門的兒子。「那位忠班班長很了不起哩！小小年紀就敢做大人——尤其是你爸爸都做不到的事。」

「媽，丁丁是個怪人。」聽媽媽說愛出軌的有錢生父連小學生都不如，刑玉陽心情晴朗。

「你連綽號都幫人家取好了，小陽眞棒！今天慶祝你交到第一個朋友，你可以再多吃一盤刨冰。」

「不用，煉乳沒了。」刑玉陽一回神發現只剩空罐，非常想詛咒把他才剛開的煉乳吃完的忠班人。

□

暑假到了，丁鎭邦在期末考拿了個好成績，和刑玉陽也混成感情不錯的朋友，期間討教合氣道招式若干，但丁鎭邦拿田徑隊朋友試用，動作明明很簡單，卻無法像刑玉陽使得那麼巧妙自然，還不如一掌把人按下去要痛快。不過倒是問清楚初次見面時刑玉陽說的「烏K米」怎麼用了，還讓刑玉陽試著在草地上摔了他幾次，刑玉陽一點也沒有因為丁鎮邦的身高和力氣怯場，反而像老江湖一樣誘騙他出力過猛再破壞他的重心。

確定刑玉陽的防備心軟化後，謀定而後動的丁鎮邦總算提起他在意很久的問題。

「你的黑帶怎麼考的？」

「交錢去台北考啊！不便宜耶！」

「我是說考試內容。」

「初段隨便考都過，擺擺樣子而已。」刑玉陽冷哼。

「有比你年紀更小的人去考嗎？」

「沒，大部分都是叔叔阿姨和阿北去考，老師說最少要滿十歲才能考初段，主要是上課要滿一定時數，我是絕對超過啦。今年春天我年齡剛滿，媽媽和老師就催我去考了，台灣合氣道升段條件有分派系，有的規定十二歲才能考初段，老師挑我能考的合氣道組織讓我早點綁黑帶。你問這幹嘛？」談到合氣道，刑玉陽就比較多話。

「好奇你練多久合氣道。」

「三年了。」

「我可以去你的道館看看嗎？」

「來啊！」

選日不如撞日，當天刑玉陽就把丁鎮邦帶到傳說中的合氣道館。

那是一排面對稻田的老透天厝，距離他們的小學大約慢跑十五分鐘的距離，道館就位在其中某間房子一樓。

「房東是不識字的老婆婆，二、三樓都租給學生，一樓之前租給別人當倉庫，所以整個一樓都是空的，可以直接看到後門，老師沒錢再租房子就住在道館裡了。」刑玉陽頓時化身導遊講解。

空氣中傳來酸苦氣味，丁鎮邦正要辨別怪味來向，刑玉陽已早他一步捏起鼻子。「別吸，有人在噴農藥，道館前面的燕子都要被毒死了。」

丁鎮邦趕緊跟著憋氣，同時來到騎樓，刑玉陽說燕子窩最多的那間就是道館了，他抬頭一看，有人特意用木板補強泥巢，讓這些每年定期來歸的小生靈住得更舒適，導致燕子窩群有形成社區的趨勢。

說不定那個合氣道老師很喜歡小動物？丁鎮邦這樣想安心了一點。

原本就是搭配騎樓的普通民宅建築，樓梯在室內，一樓通常是客廳，除了一間小廁所再無隔間，因此樓上住戶出入都要經過道館。入口則是落地窗式的玻璃門牆配上鐵捲門，玻璃門上貼著一張「合氣道招生」的手寫海報，字跡秀麗，還有兩個穿道服過招的小人兒插圖。

「海報是我媽媽做的，厲害吧？」刑玉陽自豪道。

「好看。」丁鎮邦點頭，注意力已經鑽進文字內容。

發現招生訊息，丁鎮邦內心大喜，因此忽略某件事：刑玉陽在他提出想去道館的要求後，一直表現得異常親切熱心。

「奇怪？剛剛才用公共電話通知老師我有朋友要來參觀道館，他應該會在樓下等我們才對？」刑玉陽說。

「可能有事臨時外出？畢竟現在不是上課時間。」丁鎮邦好心接話，他剛剛已經看到那張招生訊息寫著合氣道上課時間是平日晚上和週末早晚，也是一般才藝課的開課時間。

「不在廁所裡。」刑玉陽拉開廁所門檢查。

丁鎮邦趁機打量道館配置，地上鋪滿巧拼墊，只靠牆留出一條通道，樓梯下方的狹小空間用屏風擋著，牆上掛著一幅長鬚和服老人的黑白照片以及三支壁掛式電風扇，牆角立著幾把木刀和一塊對摺起的藍色厚海綿墊，除此之外爲了爭取最大活動空間，僅擺一張摺疊桌，沒有其他家具佔位子，相當簡樸，但容納十來個成年人練習沒有問題。

由於非教學時段，丁鎮邦並不意外道館內沒有其他學生，刑玉陽則是有點亢奮地脫鞋子，要他跟著一起在巧拼墊邊緣向牆上老人相片跪拜後開始熱身。

「對了，你們道館有幾個學生？人多嗎？」丁鎮邦一邊做伸展操一邊問，他穿著體育服，只是下半身換成冬季長褲，這個著裝要求也是刑玉陽指定的。

「……你以後就知道了。」

那個片刻停頓是什麼意思？丁鎮邦忽然感到些微不安。

「陽陽，你的朋友來了嗎？」人還未完全下樓，樓梯中先傳來一道極富穿透力的震撼男聲。

丁鎮邦第一次發現「聲若洪鐘」這句成語可以出現在生活中，雖然他刻意喊話時的聲音也很宏亮，但男人卻只是平常對話的語氣，還有合氣道老師對刑玉陽的暱稱有點可愛。

「老師好！」丁鎮邦只見人影出現立刻低頭敬禮，這時他才赫然意識到自己其實很緊張，希望刑玉陽的老師對他的第一眼有個好印象。丁鎮邦從小到大都沒有如此渴望得到一件事物，但他實在羨慕刑玉陽變強的經歷，以及對方和老師之間的信賴感情。

對自小上課認真、下課走人的丁鎮邦來說，老師只是公事公辦的大人，但刑玉陽這種課餘時間全耗在道館，老師也樂見其成的特殊關係，簡直就像武俠小說裡的師徒，他期盼能加入這個小世界。

一個老師的能力可以由其學生表現看出來，能讓頑劣學生如此依戀，必然在人格上有著獨特魅力。丁鎮邦此時雖說不出個道理，但能夠馴服刑玉陽的老師鐵定不簡單，這一點他倒是沒想錯。

「你好你好，不用這麼客氣啦！樓下沖水馬桶壞了，我去樓上借廁所。你就是那個無師自通受身的班長嗎？」

兩秒鐘後聲音來到丁鎮邦身前，他挺腰一望，卻被巨大陰影繼續籠罩……

在那之後的體驗教學時間，由於道館主人模樣太具衝擊性，丁鎮邦一直處於半出神狀態。

「喜歡合氣道嗎？快回去找爸媽拿學費來報名，以後我們就可以一起練習了。」刑玉陽拍著丁鎮邦肩膀說。「然後以後要叫我大師兄，我終於有師弟啦哈哈哈哈——」

刑玉陽剛剛似乎不小心透露某個不該說的祕密。回家路上，丁鎮邦還是問了：「你們道館是不是沒有其他學生？」

「偶爾還是會有大人來報名，只是都待不久，最長只有練到紅帶而已。」刑玉陽按著額頭說。

「你的老師很嚴？」

「對交學費的學生會很溫柔啦！但合氣道本來就沒什麼人聽過，會有興趣來報名的就更少了，連我們老師的老師都是柔道中途轉合氣道，也把他的學生也就是我老師抓去練。」刑玉陽似乎很習慣自家道館乏人問津。

丁鎮邦認為道館招不到學生應該不是合氣道太冷門，客觀地說和老師的外表也有一點關係。

「沒關係，我想學。」人少一對一教學更划算，丁鎮邦想。

「太好了，我果然沒看錯人。」

然而，丁鎮邦卻在回家向父母請命時遭到意想不到的挫敗，父母認為他參加田徑隊已經很夠了，並希望他升上小五後再多補一科英文，沒預算讓他練合氣道，更擔心合氣道會影響課業。

由於田徑隊教練對丁鎮邦很好，加上認識了許多朋友，丁鎮邦其實不想離開田徑隊，相信自己有能力兼顧英文補習和合氣道，可惜父母不這麼想，學費也是個大問題，即使想自己出錢，丁鎮邦的壓歲錢已經回繳給爸媽平均分攤成全年零用金，他深刻認識到，小孩子實在身不由己。

「我不能去道館上課，沒錢。」

「噢，那就沒辦法了。」刑玉陽表示能體諒，畢竟他就生在捉襟見肘的家庭。

但丁鎮邦實在太被神奇的合氣道吸引，還是去看了幾次刑玉陽練習，父母發現向來懂事的優秀兒子近來心不在焉、行跡鬼祟，一度懷疑他交了壞朋友，丁鎮邦連忙保證不是刑玉陽的問題，他以後不會到處亂跑。

今年不行還有明年，暫時別太常去道館以免讓父母起疑，這是最後一次！這樣想的丁鎮邦來到合氣道館，合氣道老師卻吩咐刑玉陽自主練習，帶著丁鎮邦到附近田埂散步，一大一小展開長談。

原本想向老師承諾明年一定會來報名的丁鎮邦，這次面對的打擊更加慘烈。

刑玉陽的老師末了這麼說：「就算你有錢交學費，我也不想收你當學生，建議你還是別和我學合氣道比較好。」

更糟的是，丁鎮邦知道老師說的是事實。

十歲那年夏天，丁鎮邦垂頭喪氣離開時，對那間簡陋道館最後的記憶，就這樣停留在一身白色道服腰繫黑帶的刑玉陽專心揮劍的樣子。

閃閃發亮，如夢似幻。

Chapter 01 / 戀愛的雲帶

酷熱的六月天，連續好幾日都是三十多度高溫，存款見底，現金只剩下一堆銅板和幾張紅色鈔票的我陷入前所未有的厭世情緒，一邊認爲蘇晴艾又撐過一年實在有點了不起，同時深深體會到自己的沒用。

被冤親債主追殺不是在家擺爛的理由，就算明天世界末日，今天也要吃飯，這個道理我非常明白，但身體就是很老實地不聽使喚。

其實在許洛薇回來前，我常常落入這種即將動彈不得的倦悶低潮，心知肚明這種狀態不正常，連吃飯喝水都有點勉強，當然更沒辦法再堅強地扛下其他壓力，這時我就會躲進房間，除了去社團以外可以連續好幾天都不出門。

晚上十點，我獨自在大學母校的地下室練柔道，有社團教室鑰匙的好處就是你能想來就來。

一個人能練的項目也不少，我將每項熱身動作增加次數，盡量做得標準紮實，尤其是增強寢技的龍蝦運動和匍匐前進，滾翻也要多練，在水泥地和柏油路上使用受身的滋味太過銷魂。

——學校裡有鬼。

我第N次掠過這個念頭，忽然覺得更有動力繼續這令人累到想吐的練習了，果然環境壓力能催發戰鬥潛力，深夜地下室氛圍就是不一樣。

學校裡本來就有鬼，我在中文系館外跳樓落點撿到一身血衣的靈體版許洛薇，許洛薇說她當地縛靈的兩年間也遇到許多雜魚飄，然後我的母校以自殺案件繁多出名，每年總是會有好幾個學生輕生。

在從前猶屬鐵齒的麻瓜時代還能付諸一笑，等到我在學校裡第一次被冤親債主襲擊差點加入學校的自殺統計數字後，就再也笑不出來。

「這間大學的風水搞不好眞的很爛。」我拉著輪胎皮轉身，想像將敵人從背上摔出去的感覺，自言自語。

我可是成功將主將學長過肩摔的女人，雖然客觀地說其實學長有放水，好歹那次是貨眞價實的實戰，不是平常站著不動互相練習，我也算有發揮防身自保的水準了，每次回想都暗爽不已。下一次要摔的就是害主將學長中符術被冤親債主附身的混蛋術士！一想到闇元槐匍匐在我身下的悽慘模樣，整個人幹勁滿滿。

深夜也是鬼仔活動高峰期，像我這樣心燈熄滅的半死之人獨自待在地下室很危險，來奪舍、來附身或單純嚇我找麻煩的鬼怪不知何時就會出現在背後，想到這裡時，無人廁所又響起門板碰撞聲。

我心臟先是一縮，然後迅速放鬆恢復平常心，目標是拉輪胎皮一百下。

最近許洛薇定下一個新目標，她要征服全校的孤魂野鬼，成爲地方角頭，確保我的主要活動範圍更安全，我則在她衝鋒陷陣時留在地下室柔道場練膽量兼強化戰鬥技術。

當初告訴許洛薇我會被冤親債主害死的那隻鬼就在學校裡，是時候把對方找出來好好溝通了。

最常遇到燈光時明時滅和出入口打不開，說不怕是騙人的，這時我就打手機給許洛薇要她回來支援。玫瑰公主手機放在小花的貓背心拉鍊口袋裡，我幫她辦了新門號儲值易付卡，許洛薇已經能很熟練地用念力或貓掌聽電話。不然打給住在男宿的殺手學弟也行，他一來靈異現象就停止了，眞不愧是身上有媽祖護身符的前乩童。

不過有鑑於我和殺手學弟之間目前剪不斷理還亂的曖昧關係，如果不是許洛薇撒野過頭聯絡不上，我還眞不太想找他出來，明明是個gay，年紀又比我小，這樣讓我隨傳隨到，我會有罪惡感。

我只想把這個柔道高手兼笑容魔性的年輕後輩當成弟弟照顧保護，希望殺手學弟在這個冷酷社會能夠過得輕鬆點，卻莫名其妙被告白。主將學長當年也被失戀學弟告白過，男人寂寞起來連性別都不顧了，好歹有點堅持啊！

還是早早努力求生靠自己更實在，這方面我的偶像是戴姊姊，本人蘇晴艾寧願選冤親債主也不要跟蹤狂。孤魂野鬼能玩的套路不多，等它們沒力氣後我就能專心練柔道，一部鬼片反覆看保證會膩，何況我的場景只有地下室而已，居然沒幾天就習慣了！我還帶來蚊香和淨鹽水，前者在超市買時一大包正特價。

小時候在爺爺家，夏天晚上洗完澡後被滿室淡淡蚊香味包圍，看電視或乘涼聽大人聊天都好，這是我一天中最期待的時候，本來只是想在安心的氣味中練柔道，防蚊子叮咬，意外發現新的趕鬼利器，瞧許洛薇捏著鼻子三級跳的樣子比檀香還好用。全世界驅邪草藥都具有刺激氣味，蚊香大概也符合某種神聖通則，重點是還便宜！

轉吧轉吧綠色蚊香圈~我樂得哼歌頌讚如此物美價廉的恩物。

樓梯傳來腳步聲，在安靜空間裡顯得很響亮，來人握住門把轉動，我頭也沒抬專心奮鬥同時大聲說了一句：「這麼晚了，學弟東西忘記拿嗎？」

「小艾，妳果然在這裡。」豈料響起的男人嗓音卻低沉得多，幾乎有點沙啞。

手裡的輪胎皮末端啪一聲彈在牆壁上，站在門口的人影繼續朝我走來。

「主將學長！你沒說今天要過來。」驚喜才剛冒出立刻被主將學長明顯的不悅嚇得縮回去了。

環顧周遭，這個環境對我太不安全。主將學長只要一到柔道場，目前還沒有看看就走的記錄，他心癢手癢技也癢後，就會自動幫助皮癢的人獲得軟墊的親切磨擦。

擼一次不夠，你有被擼十次地板過嗎？主將學長的指導就是這麼熱心。

「爲什麼半夜一個人在社團？」主將學長脫下薄運動外套，露出精壯手臂線條，我總是想用奇異筆在上面寫著「絕殺大外刈」或「丟體包你爽歪歪」的評價。

「學長，現在十點二十，好像還不能說是半夜？」我趕緊小跑步過去問候。

「妳沒回答我的問題。」

「夏天晚上練習最舒服，很涼快。而且這裡是學校，社團的人都離我很近。」

「妳最早出事不就在學校裡？差點跳樓那次。」主將學長垂下視線盯著我。

主將學長從我認識他的第一天起就是不會再長高的年紀，這是客觀事實，但他每次換上道服後就像猛然高了不只十公分，今夜他雖然直接穿著便服進場熱身，我卻產生他已經著裝完畢的錯覺。

換句話說，主將學長現在戰意滿滿。

「所以我按照刑學長的建議，努力修行鍛鍊身心，社團這裡很適合練習，是我熟悉的地方，又不會打擾別人，我不能老是麻煩刑學長吧？平常很多事還是得自己一個人完成，我認爲這很基本。」其實我不是一個人，偏偏不能和主將學長解釋我跟許洛薇幾乎是到哪裡都一起行動。

「妳剛剛把我錯認成某個學弟，是指葉世蔓嗎？你們常常這樣一起練柔道？」主將學長問。

「這個時間點通常沒人來社團，只有社長和我有鑰匙，所以我才會猜是殺手學弟，我是不會特地和他約兩個人來練習，有時候碰巧遇到就一起練了。」我現在絕對不會挑許洛薇不在的時候和殺手學弟獨處，被他含情脈脈的眼神盯著壓力有點大。

「嗯。」主將學長用鼻子應了一聲，聽不出他對我的回答到底是滿意還是不滿意。

他默默開始熱身，我則開始想像等會兒的悲慘遭遇，但又說不出口告訴主將學長我今晚的體力已經消耗得差不多了。

身為老社員，陪主將學長在充滿回憶的社團場地重溫舊夢，應該是義不容辭的事，我內心卻掙扎著要叫幾個替死鬼來比較好。

「小艾，聽說葉世蔓在追妳，是真的嗎？」主將學長冷不防朝我開了一槍。

額心中彈的我抹掉臉上狗血，陰森地反問：「是誰說的？」

「社團的人。」

我懂主將學長必須保護線民，但那個人要是被我發現，我就要濫用柔道社助教權力發動群毆讓他吃不完兜著走！嗷嗚——

「是真的，不過我馬上就拒絕了。」拒絕一個欣賞但沒有戀愛感覺的後輩，再怎麼樣也不可能無動於衷，我其實很有壓力。

「葉世蔓不是同性戀嗎？」主將學長一臉迷惑。

「他是啊！不過他說我除了性別以外其他都是他的理想型，還是不想錯過。」

主將學長和我一同陷入哲學謎題。

末了，他說：「妳柔道再練強一點，然後注意別和葉世蔓獨處。」

「我早就這麼做啦！」但不是怕殺手學弟會強迫我，而是不想給他還有希望的錯覺。

主將學長聽我這麼說，又露出剛走進來時那種不悅的表情。

「學長我是哪裡做得不對嗎？」

「不，妳沒有哪裡做錯，只是我心情不好，個人私事。」

「噢，」我同情地嘆了一聲，湧起自我犧牲的偉大情操。「學長你想練什麼？我奉陪。」

主將學長就在等我這句話，然而，既然前輩現在心情不好，這時候也只有我能讓他開心了，蘇小艾雖然攻擊不行，受身還挺有自信的，誰教我被高手壓著打的經驗豐富。

重點是，主將學長不是愛抱怨的人，上回被我的冤親債主附身都沒見他有怪罪我的意思，就這樣平靜地揭過去了，他如果說心情不好，那就是眞的很不好，是在派出所遇到糟心事了嗎？

他盯著我打量了幾秒道：「時間晚了，妳也差不多用完體力，我今天沒帶道服，三分鐘亂取練習就好，妳攻擊，我閃躲，妳能抓住我三秒以上，我就請妳吃宵夜。不過，學妹，我不會放水。」

我大喜過望，主將學長今天難得佛心不摔我。「學長你特地來學校就待幾分鐘？」

「手機打不通，聯絡戴佳茵她說妳最近晚上常去學校練柔道，我只是來看妳在不在柔道社而已，搭計程車來的。所以等等請送我去阿刑家。」

大概是忘記充電了，我有點心虛，事關生命安全，求救管道必須二十四小時暢通，最近我、薇薇與戴姊姊的同居生活尚稱平順，缺乏那種隨時會死的危機感，得把發條上緊一點了。

「當然沒問題！」宵夜！我來了！

——三分鐘後。

去他的佛心！雙手完全沒感覺舉不起來了！沒有一次抓住超過一秒，他拍我的手簡直就像在打蟑螂，好像還打到我的穴道和麻筋，主將學長的變態手勁不消說，但本來就像風一樣的柔道男子居然又變得更輕巧靈活了，我抓得眼花撩亂、滿頭大汗，到後來只能擺擺樣子希望三分鐘快點結束。

「學長，下次請不要這樣開玩笑。」我趴在地板上當死魚。

「要吃麥當勞嗎？」他問。

「要！」

主將學長和刑玉陽不一樣，不會小家子氣地禁止我吃速食，再說我也沒錢買外食，偶爾打幾次牙祭精神價值絕對勝過卡路里攻擊。

見證薯條的魔力吧！我馬上爬起來，可惜手臂還是痠軟難當。

「學長，如果走到停車棚前我手還是沒力氣，就要換你載我了。」

「好，我先找個學弟借安全帽。」主將學長無論何時都不會忘記遵守交通規則。

我拿著向主將學長借的充電線往更衣室，先把手機接上電源重開機，順便通知許洛薇行程有變，要是她趕不上我和主將學長的宵夜攤，就在學校等我來接。

我以為這樣發話後，許洛薇一定會不擇手段來蹭宵夜，豈料都換好衣服走出去才接到她的簡訊回覆，表示她正在抓一隻很會逃竄的獵物，暫時沒空。

玫瑰公主執拗起來不是蓋的，而且她是空身戰鬥，和我一樣都在透過訓練克服自身弱點，許洛薇只要不附身在貓咪身上，動作就非常遲緩，幸好學校也是她的老地盤，在學校裡她起碼恢復了生前體能狀態，但你我都知道，許洛薇去世前是四體不勤的嬌滴滴大小姐，要玩鬼抓鬼還是很拚。

總歸來說，在學校立威及找到那隻提供情報的老鬼也很重要，我並無太在意許洛薇的缺席，畢竟她從生前就不愛吃油炸速食。我順手關機，保留那幾%的少量電力，準備到麥當勞後再將手機充電充飽一點。

主將學長借到安全帽後，那名柔道學弟本來想一起吃宵夜，聽說我們要去吃麥當勞，忽然表示他要準備期末報告不想長痘痘就一溜煙不見了，主將學長擺明要請我，但我也不想害他爲了顧及我的面子額外花錢多請一個人，默默感謝學弟的愛美之心。

我只要點兩份大薯就滿足了，這點錢讓主將學長請客我還不至於有心理負擔，吃不完還可以拿回家，早上用炒菜鍋熱熱一樣好吃還去油。

我拿起安全帽時不慎手滑，主將學長順手接過安全帽罩在我頭上，我隔著擋風鏡片往上看，他幾不可見地笑了一下。

學長的心情有變好嗎？用等級差碾壓學妹、吃運動員禁忌的垃圾食物，最後去找好友聊天過夜，應該是很舒壓的活動。

眞希望哪天我也能遊刃有餘地替朋友分憂解勞，現階段我有自知之明，連開口問問都不敢。

□

許洛薇的忌日快到了。

今年我以為在紅衣色鬼室友陪伴下，應不至於像往年那麼難過頹廢，結果那股詭異情緒仍像發芽的種子飛快生長，我只能努力不讓許洛薇看出異狀，當然，經濟壓力照舊擔任著雪上加霜的角色。

前陣子好不容易發現線索，結果我還是沒查出玫瑰公主到底為何而死，譚照瑛沒有因邪術復活，只是變成妖鬼，她和許洛薇雖在高中時期有過一段糾結關係，卻和許洛薇在大四畢業前夕跳樓自殺之謎無關。

小花在我的撫摸下拱起背發出呼嚕聲，若我是七十歲的退休老太太，這幅畫面可謂很和諧，但如果換成一個二十四歲年輕力壯的女生，那就是墮落不上進。

老城堡還是有好事發生，走投無路來借住的戴姊姊歷經無數面試滑鐵盧後，上禮拜總算找到新工作，她目前在鄰鎮中醫診所當助理，協助櫃檯掛號、打掃清潔等。戴姊姊非常滿足地說，除了一個偶爾排班才出現的已婚男醫師，剩下的主治和護理人員全是姊妹，她別無所求了。

戴姊姊原本想立刻搬出老房子，卻被我和許洛薇聯手阻止，當然，這時我負責擔任許洛薇的發言人。既然戴姊姊新工作在通勤圈內，繼續住老房子存一筆應急現金才是正確做法，畢竟誰也不確定她現在的診所助理能做多久，租房子光押金就是一筆負擔。

其實我不認為老房子的動靜瞞得過許家，既然許洛薇父母睜隻眼閉隻眼，許洛薇又熱心挽留戴姊姊，我這個免費借住的房客沒資格說啥，只是深深了解戴姊姊和我一樣住得心虛的感受，都是成年人還得這樣偷偷摸摸，總歸滋味不好受。

戴姊姊只提了一次要付房租被拒絕，就沒再說起類似話題，我想她一定是明白許洛薇的老房子並非有錢就能住進來的地方，但是之後戴姊姊很頑固地買了一桶汽油開始替我的機車加滿油，用蔬菜水果、肉和鮮奶塞滿冰箱，下班回來還帶著好料投餵我。

她甚至還沒領薪水呢！我和許洛薇都快被戴姊姊的報恩行為嚇傻了。

我只能以物易物把刑玉陽的餐券分給她，鼓吹她去體驗白目學長的好手藝。

其實我和薇薇從來沒有一個共同朋友，她的富二代圈子和我的柔道社基本上沒交集，我打從心底反對玫瑰公主有小艾一個朋友就夠了，那種想法不但很自私，而且和曾經企圖控制她的譚照瑛沒兩樣。

當許洛薇對戴姊姊表現出明顯興趣時，我自是很樂意充當她們之間的溝通橋梁，卻沒想到，玫瑰公主再次比我預期的更加進擊。

「小艾，妳最近好沒精神，是不是神海集團的事打擊太大了？」許洛薇漂亮的臉蛋充滿關心，我那不正經又雞婆的女鬼室友和大學時代一樣絲毫未改。

我們的情緒會彼此流通，導致我狀態不好時許洛薇也有感覺，但我的狀態經常不怎麼好，如果不細說，許洛薇就分不出是缺錢還是其他原因的憂鬱。

「妳說呢？」

「敢對我的腹肌黑帶出手！我下次一定要把蘇福全踩成肉醬！」許洛薇露出十指鮮紅長指甲。

第二次和我的冤親債主交手，卻是蘇福全上了主將學長身的恐怖畫面，我慌到戰意全無，一心只怕被惡鬼附身這件事傷害到主將學長，情急之下拿堂伯借我的金項鍊賄賂蘇福全離開，還好冤親債主對溺愛自己的老母親有一份執著，這次短兵交接算是我方小輸。

在這之後我一直無法真正鎮定下來，有一就有二，下次受害者又會換成誰？雖然蘇福全是靠聞元槐的符術才能附身主將學長，但換了個比較弱的對象搞不好直接上就成功了。

許洛薇撲進我懷裡，據說她很喜歡我身上心燈熄滅後的餘燼溫度，而我被她貼著時會覺得氣溫降低，在夏天來說是個環保又節能的避暑方法。

玫瑰公主其實是怕冷的，這種冷和春夏秋冬無關，而是鬼魂早已失去的那份溫暖，也是我作鬼夢時經常受浸淫、以鬼的視角看見的死後疏離孤苦之情，世界變得黯淡無光，充滿動搖不安。

許洛薇其實也在我的朋友與戴姊姊身上尋找那份暖意，我和戴姊姊因爲神棍和惡鬼種種麻煩拉近距離的互動又何嘗不是呢？活人與亡靈，只要還存在著，難免會孤單寂寞覺得冷。

一人一鬼窩在沙發上發了一陣子呆後，許洛薇驀然開口：「我說個八卦讓妳嗨一下。」

「妳會有什麼我不知道的八卦？新來的野貓在哪個角落生小貓嗎？」我嗤笑。

「等我說完不要嚇到，戴姊姊喜歡妳堂伯，就是蘇靜池先生。」許洛薇豎起兩根食指，邪佞地在我面前彎了彎。

「嗄？」這份八卦訊息量太龐大，我的大腦解壓縮失敗。

「小艾，妳傻了喔？」她用手在我眼前不停揮動。

「他們兩個根本沒交集吧？」

「上次神海集團帶來的麻煩，我們離開時，不是只有我媽找戴姊姊確認狀況，蘇靜池能找的證人也只有她，因爲那個時候腹肌黑帶已經生病又被附身，戴姊姊是實質上的留守人，總之他們視訊時已經認識了，點頭之交那種，應該是之前有私下接觸過。」

「等等，視訊是怎麼回事？」我發現許洛薇根本是站在岸邊收魚網，爆點愈撈愈多。

「主要是人家要和小未婚夫們視訊，但蘇家族長家的電腦肯定被妳堂伯全天候監控，我要找個不會引發他防備心的視訊代理人，才好和小潮、小波裡應外合呀！」許洛薇奸笑。

「妳該不會……把自己的存在告訴戴姊姊了？」我猛然反應過來，這可是件大事，許洛薇沒和我商量就單獨出櫃，而戴姊姊居然不動聲色接受，沒顯露半點端倪，我已經無法相信這個家的人和鬼了！該不會連小花也暗藏祕密？

「說了。」許洛薇得意地點頭。

「給我從頭交代清楚！」

許洛薇嘆了一口氣，「小艾，妳不懂戴姊姊，她這些年是怎麼活下來的，靠自己一個人死撐！這樣倔得要命的女人會爲了省錢就留在沒有關係的陌生人家嗎？何況她都找到新工作有退路可走了，我是開了挾恩求報的大絕啊！」

我張口結舌，許洛薇則好心爲我講解來龍去脈。

神海事件剛落幕，戴佳茵其實是鐵了心要離開，但許洛薇不想讓她走，玫瑰公主才剛開始享受家裡多了個新朋友的感覺，何況她不願看到戴佳茵又回到之前孤單度日的淒涼狀態。

即使同棲一處屋簷下，這個新朋友卻不知道她的存在，一直當個旁觀者的許洛薇終於受不了了。玫瑰公主為了留下戴姊姊，決定冒險行事，趁我不在時打開一樓主臥她自己的電腦放音樂，戴佳茵果然感到奇怪走進房門半開的許洛薇房間，等著她的是一片雪白的Word視窗，以及一行大大的華康少女體。

哈囉！我是許洛薇。

許洛薇在賭，究竟她會尖叫奪門而出，還是冷靜地了解情況？

戴佳茵先是僵住，然後閉眼深呼吸問道：「妳在這裡嗎？小艾的好朋友，房東小姐？」

是的。請不要走。

隨著鍵盤自動下陷，電腦螢幕繼續浮現文字。

「謝謝妳收留我，但我不能留下來。」

為什麼？OS.打字好累。

「我住在這裡會給小艾添麻煩，萬一妳的父母誤會她擅自收留別人，生氣了將她趕出去怎麼辦？我不能冒這個險，這間房子應該是他們關於女兒重要的回憶吧？」戴姊姊苦笑。

我爸媽不會這樣啦！相信我！還有，我需要妳幫我做一件事，真的真的很重要的事。~>Q<~

「妳說打字很累還有力氣輸入表情符號和這麼多廢話喔？」我直接開許洛薇電腦上的對話記錄閱讀，搭配許洛薇的轉述，發現整個經過才在開頭就已經讓我鼻酸了。

「人家爲了裝低調憋太久了情不自禁嘛！反正當時戴姊姊考慮到妳的處境非走不可，妳勸她留下也沒說服力，只好換我出手啦！」許洛薇說。「再者妳堂弟雙胞胎那邊還是要開一條通路經常關心比較好吧？透過電話聯繫太表面了，都沒有我說話的餘地，機智如我，就用妳的手機給小潮發了小艾姊姊聊天帳號，開視訊後讓戴姊姊『不小心』路過，小潮再假裝對這個陌生大姊姊很感興趣，硬是要了大姊姊的聊天信箱帳號～」

爲了瞞過護子心切的家長，許洛薇可謂費盡心思、花招百出。最讓我感動的是，她在蘇家曾說過要幫這對多災多難的雙胞胎，並不是空口白話，但堂伯不讓我插手雙胞胎的命定劫難，應該說他自己也束手無策，我同樣有心無力，沒想到許洛薇硬是付諸行動了。

許洛薇比手畫腳道：「所以和小潮、小波聊天的戴姊姊其實是我，主要是讓他們交代近況，我在旁邊看，順便打字讓戴姊姊幫我簡單回應，那兩兄弟成天關在家裡一定很想交新朋友，而我也趁機和戴姊姊還有小潮、小波都混熟了，簡直是一石三鳥哇哈哈哈！對了，妳堂伯常常會出現在視訊背景。」

「監視嗎？」

「雖然裝得很自然，就是在監視唷！但戴姊姊台風超穩，他後來就放心了，還趁雙胞胎睡覺時和戴姊姊私聊，爲兒子們太過好奇硬要和她交朋友致歉，希望她能作爲女性長輩，偶爾有空陪他在家養病的兒子聊聊天這樣。」許洛薇想了想補充：「大概妳堂伯也覺得小潮、小波出生就喪母，被男人帶大少了點什麼，戴姊姊有治癒感又穩重，才特別開放她來彌補兒子的缺憾和好奇。總之我們有取得家長同意了。」

堂伯那頭老狐狸怎麼可能這麼簡單就放心，他一定是徹底調查過戴姊姊，確定她無害，甚至有認識的必要，畢竟戴姊姊也是屬於和靈異牽涉很深的某類人，我不用想得太複雜就知道堂伯應該會對她感興趣。

好了，八卦男女主角至此已經有了些基礎互動。

「那次私聊，妳堂伯冷不防約戴姊姊面談關於戴佳琬的事，隔天他們就在車站附近的茶館見面，我當然有跟去旁聽啦！反正妳堂伯看不見我。戴姊姊老實交代白目建議她成爲戴家家主和戴佳琬搶地盤的主意，只要戴姊姊持續擔任家主，我們相對就更安全，簡單地說，戴姊姊像是戍邊將軍的概念。」許洛薇說。

「堂伯速度好快！」我有點嚇到。

「小潮的演技可能有點過火了吧？兒子忽然搭訕一個陌生女人，家長勢必要馬上鑒定，不過過程很和平啦！」

「堂伯和戴姊姊都聊了什麼？」

「大概就……他是蘇家家主，她則是戴家家主，大家有些共同學問可以一起鑽研，請她不用太拘束，他願意將她當成忘年之交幫忙之類。」許洛薇露出邪笑，「正港欸紳士又穿著正式西裝出現，難怪戴姊姊會把持不住。」

我一向搞不懂堂伯的眼光，神海集團大公子楊念泉在我看來除了金湯匙血統其他普普，堂伯卻好像滿青睞他的，堂伯又從戴姊姊身上發現何種珍貴特質？抑或真的就是為雙胞胎開特例？

「隔天戴姊姊就接到沒投過履歷的中醫診所通知她去面試，而且根本內定通過。有點壓力呢！好像在說妳的頭路掌握在我手裡，別想輕舉妄動。」許洛薇說。

「是堂伯的作風，先禮後兵。」

「我想說霸道總裁，小艾，我們真沒默契！」

我翻了個白眼。「戴姊姊不是以貌取人和見錢眼看的人，而且堂伯大她那麼多歲。」

「見錢眼開？NO！但以貌取人，那是一定要的啊！她的品味果然挑剔，難怪妳之前推銷腹肌黑帶和白目給她會失敗。」許洛薇在我面前打了個響指，冷不防問：「《NCIS》的Gibbs帥不帥？」

「帥！」我不假思索答完才發現被套話，當初眞不該告訴她我最喜歡的角色。

「靜池伯伯五十了，戴姊姊也才二十八，頂多就是戀父情結的仰慕吧？」我抱胸不以爲然。

「戀愛智障閉嘴，雖然戴姊姊表情很冷靜，但我只要一靠近她就快被粉紅泡泡淹死了。」

許洛薇可以感受到附近的人最直接強烈的情緒與朦朧想法，但她的腦洞兼胡說八道也是我這專任管家親眼見證的多年痼疾，我就是不相信理智的戴姊姊會立刻迷戀上堂伯這種連對親姪女都有諸多保留的祕密主義者。

「沒人的時候戴姊姊會盯著蘇靜池的名片傻笑。」許洛薇隔空取物拿來一支湯匙叼在嘴裡當菸斗擺出名偵探推理姿勢。

「太玄了！怎會這樣？」就像我永遠搞不懂愛男生的殺手學弟怎會喜歡上我？愛情眞是種古怪又可怕的東西，簡直就和瘟疫一樣。

「一見鍾情，不知爲何我在旁邊偷看都有點心痛了。」許洛薇靠著電視，指著螢幕中男女主角正在接吻的偶像劇。

「那戴姊姊打算怎麼辦？靜池伯伯很愛去世的伯母，目前最愛的是雙胞胎，我認爲他不可能找第二春了。」我焦慮地說。

「我看戴姊姊完全沒想過要有任何行動，不如說，什麼都不要有是最好的，所以我講了只是八卦嘛！妳知道就好，人家想暗戀也不要管太多。」許洛薇在客廳裡走來走去，看起來不像她嘴上說的無動於衷。

該不會她爆八卦的目的其實是要找我一起關心戴姊姊？

「這樣不會很難受嗎？只是暗戀。」

「暗戀又怎樣？喜歡上一個優秀對象，日子有了盼頭也是很幸福的事！總比連心動目標都沒有，渾渾噩噩過日子要好吧？而且也有只想喜歡卻不想交往的那種人不是嗎？」許洛薇說這句話時眼睛死盯著我不放。

「幹嘛一直看我？不管戴姊姊想怎麼做我都支持她。」

許洛薇搖頭。「妳眞是沒救了。」

「到底在說什麼啦！」玫瑰公主貌似話中有話，但我就眞的聽不懂啊！

「不管妳了！我去睡覺。」

許洛薇當眞說到做到，大白天明明是她最愛的看劇時段（有相當於熬夜的亢奮效果），玫瑰公主卻難得像隻正常紅衣女鬼躲進昏暗臥室補眠。

是八卦戴姊姊和我堂伯時玩到脫力了嗎？我搔搔小花的下巴，花貓順勢昂起頭打了個大呵欠，腰身一軟倒臥在冰涼磨石子地板上瞇起眼睛。

正當我也打算乾脆墮落跟著睡懶覺，「虛幻燈螢」的店長一通電話叫我過去集合。

chapter 02 / 超能力有空再説

其實刑玉陽不用打電話，我也幾乎天天都到「虛幻燈螢」報到，只是拜訪時間不固定，刑玉陽不太在乎我什麼時候過去，但我起碼都會留五小時以上完成體能鍛鍊加抄經的自強功課，他忙他的，我忙我的，客人太多時我就搭把手，許洛薇則到處遊走。

會刻意通知一定有事發生，我走進許洛薇的房間想叫她去刑玉陽那邊睡——我們同進同出習慣了，豈料她已經躺在床上睡熟，看不出許洛薇那麼累，鬼抓鬼運動效果實在不凡。

「妳說過自己以前困在系館前面的地上，睡到一半還可以跳起來砍不懷好意接近的雜鬼，該不會是在騙我吧？」我朝許洛薇伸手，末了還是沒有眞的叫醒她。

鬼魂在自家地盤上休息效果最好，再說我已非昔日慌慌張張的麻瓜，與其說我出門需要許洛薇寸步不離保護，更像是拉她陪伴並讓許洛薇有點事做，當許洛薇睏了想睡覺，我自然不會妨礙她。

這個時候的許洛薇宛若中了詛咒的睡美人，面無表情平靜地沉眠。

雖然不是尊貴的王子，但我還是要守護這個死了也要迷腹肌的腦殘公主不受傷害，訓練上可不能懈怠。在神海集團一事中遇見的術士聞元槐，這個怪異存在深深打擊了我，因為「聞元槐」並非眞的聞元槐，那也只是個被附身的免洗精神病患，然而我卻連受術士操控的身體都打不過，資深柔道愛好者小艾被這個羞恥的記錄搧得抬不起頭。

雖然有成功摔倒主將學長，事實是被冤親債主附身的主將學長壓抑戰鬥本能讓我反制他。缺乏法力就算了，就沒有一樣長處是我能在戰鬥中保持優勢的嗎？

我凝視著好友的睡顏，由衷希望現在這樣無風無雨的日子能夠再長一點。

站在昏暗的床緣，背後門縫透進一小片亮光，就像站在陰間與陽間的夾縫中，我忽然湧出一個念頭。

總有一天，等許洛薇和我都準備好了，我就帶她回家和父母團聚，笑著送她投胎。

這就是蘇晴艾最大的夢想。

「哈囉？」我從熟悉的廚房後門走進「虛幻燈螢」，剛剛在大門外看見「休息中」的牌子，總覺得要變天了。

難道是錢朵朵又來了嗎？這個刑玉陽同父異母的親妹妹可以把他逼到主動對我求援，某種意義上實在令人欽佩。

四處張望，店裡不見哥德風耽美少女，我鬆了口氣，店長不在廚房也沒有顧吧檯，這在營業時段很少見，如果不是刑玉陽通知我過來，我會以爲他臨時起意關店去找主將學長練武。

二樓是私人居住空間，也是我精進修行的主要地點，刑玉陽果然等在那裡，還亮著白眼。

「打電話找我做什麼？」我有點害怕這種守株待兔的氣氛。

「許洛薇沒跟來？」他淡淡開口。

「欸，對。她在家裡睡覺。」

刑玉陽嘴角微勾，他好像很喜歡這個答案。

現在衝回老房子找許洛薇組隊不知來不來得及？被殺手學弟告白後我對和異性獨處有點陰影，刑玉陽又是我完全無法預測的奇行種。

「我有話要對妳說。」

「報告學長，我沒有想歪，但如果是感情方面的話題我們可以跳過嗎？」我做好準備一旦風向不對隨時落跑。

刑玉陽嘴唇抖了抖，看起來很想揍我一頓。「放心，是金錢方面的話題。」

他終於受不了我處心積慮地白吃白喝，打算收低消費用了嗎？我立刻哭喪臉。

「坐好。」

我在他的命令下坐進平常抄經的靠背椅，長桌上放著一份牛皮紙袋。

「打開來看。」刑玉陽說。

只能惴惴不安依言照做的我，映入眼底的文件內容令人震驚。

「學長，我看不懂英文捏！人家是設計系的。」

「……」刑玉陽毫無保留地用眼神鄙視我。

眼前印滿密密麻麻鳥語的A4紙，在我看來和編織花紋有異曲同工之妙。我稍微撥了一下紙，還好才三張，如果是叫我翻譯的話，用google加把勁還不至於殺死我，都大學畢業了又不是沒找過資料寫報告。

「這個看得懂了嗎？」他又遞來一張小紙片。

「支票？新台幣十七萬？」我反射性去數數字後面有幾個零。「等等，蘇靜池的簽名？我堂伯給你錢幹啥？」

「不是給我，是給妳的。」

開心不到一秒，馬上聯想到的是我有麻煩了！堂伯留下這筆錢鐵定和英文文件脫不了關係，上回他給了我一條金項鍊，雖然這樣遺物沒釀成傷害，我還反過來用金項鍊賄賂冤親債主好救出被控制的主將學長，最後金項鍊物理上算是銷毀了，整個過程餘味卻很詭異。

「蘇小艾，妳幹嘛一臉看到鬼的樣子？不是缺錢嗎？」刑玉陽一臉不爽。

「那也不能隨便拿別人的錢啊！我怎知要付出哪些代價？」我很現實地反問。

蘇晴艾這個人窮是窮慣了，可是並沒有苦成習慣，很多人缺錢寧可拿去交換的代價，自尊健康也好，道德良知也好，我就是拿不出去，因此談不上是個很堅忍的人，只是擅長躲起來靠運氣得過且過而已。

「放心好了，代價妳已經付了。」刑玉陽說。

「學長你特地休息應該不是爲了考我猜謎，就不能好好講清楚？」我還以爲刑玉陽才是那個討厭浪費時間的人。

刑玉陽今天穿著淺灰色改良和服，日文好像叫「甚平」的寬鬆短褲和繫帶上衣，夏天感覺非常舒適，他應該就這樣穿著甚平上班，我估計可以有效提高營業額。

不小心又走神了，都怪刑玉陽吞吞吐吐。

「蘇小艾，專心聽好，其實妳是超能力者。」刑玉陽生怕我聽不清楚般說得很慢。

我花了半分鐘消化這個神奇的回答，差點哈哈大笑：「我還以爲你要說什麼。說到超能力，你的白眼和殺手學弟的通靈起乩都比我的半吊子陰陽眼強太多啦！這和堂伯的錢有什麼關係？你該不會把我賣了吧？」

「對。」

我笑到一半卡住。「學長你這個玩笑話說得有點逼眞，別鬧了。」

「沒開玩笑，蘇靜池想賣我，我只好先下手爲強。」刑玉陽冷冷地看著我。「他今年初就查到我的白眼了，那個該死的眼科醫師不只把我的就醫記錄告訴神海集團，蘇靜池更有辦法，那個醫師現在替他辦事，我的病歷也在蘇靜池手上。」

似曾相識的手段，聽許洛薇說到堂伯關切戴姊姊的態度我就該有警覺了，不，是我一直疏忽顯而易見的事實，蘇家族長怎會對我身邊最奇特的人物毫無興趣？或許我較親近的朋友都被他暗地審查過了，我出於直覺認定堂伯就是會這麼做的人物。

「堂伯他怎麼說？」我小心翼翼地問。

白眼是刑玉陽賴以保命的殺手鐧，也是最大的禁忌，左眼擁有奇特能力逼他不得不過著緊繃的生活，無時無刻警戒異類入侵。堂伯居然一上來就踩刑玉陽的地雷，從刑玉陽的反應判斷，蘇靜池應該查得很深入了。

「蘇靜池希望我能幫他做作業。」刑玉陽說。

我的視線再度落到那三張薄薄的英文資料，由衷想灌杯奶茶壓壓驚。

□

大不列顛王國靈異傳說的活躍度絲毫不亞於鬼島．台灣，其中鬼魂之都倫敦則是我堂伯的留學地點，蘇靜池出國時間點發生在父親被冤親債主作祟，最終上吊自殺之後，那時蘇靜池已經知道家族的可怕祕密。

當時蘇家族長是我的爺爺蘇洪清，堂伯接受爺爺的建議，安全起見選擇出國留學避免被冤親債主接著糾纏，更多的是不想觸景傷情，但他從那時起就開始研究冤親債主，世界各地有千奇百怪的信仰，說不定哪一種驅邪方法碰巧就奏效了。

之前我就猜他一定認識靈媒或魔法師之類，果不其然，刑玉陽說蘇靜池是某個歷史研究學會成員，實際上是專門研究超自然現象的祕密結社，那個學會的加入條件並不容易，必須本人或祖先是超能力者，同時每年都要繳交一件超自然現象的真實記錄。

經過這種高強度篩選標準後，還能夠留在學會裡的自然不是泛泛之輩，不只是超能力，還兼具了家世、財力與影響力，所謂「同行識同行」，做假證或企圖矇混過關的往往很快就被學會成員揪出批鬥，這個學會的厲害在於，他們竟能鑑別出一百多年前東方小島上的某個男人——蘇靜池的祖先蘇湘水是真正的能力者，從而接納了罕見的亞洲成員。

還好蘇靜池並非單打獨鬥，在他背後有不斷調查冤親債主的蘇家挹注支持，都二十一世紀了，驅邪打鬼當然也要有國際觀。

蘇靜池說，崁底村的蘇大仙已經被學會列入記錄，記錄者更親自拜訪當時還在世的蘇湘水，認可他的實力，然後學會代表可能被打臉了吧，我的高祖父看樣子沒空陪洋鬼子玩，之後蘇湘水的後人來到倫敦，學會馬上主動找蘇靜池遞上邀請卡。

「風水輪流轉，換我堂伯來邀請你加入學會了？」我反問他。

刑玉陽會從蘇靜池口中聽到這些來龍去脈，堂伯的態度很明顯就是來招募新人了。

「蘇靜池說，我遲早會被學會發現白眼的祕密，學會成員之間最喜歡監視彼此動向，我已經撞上了『蘇靜池』的人際圈，還不如由他先主動邀請避免讓我落入被動，而且他想成爲第一個發表白眼記錄的人，那個學會基本上從十七世紀開始就是記錄狂。」刑玉陽虛抓著空氣，我覺得他這時迫切需要捏氣泡紙紓壓。

「聽起來就是那種只會出現在電影裡的神祕組織。」而且堂伯也是祕密結社成員，許洛薇保證喜歡這種八卦。

「著迷怪力亂神的靈異獅子會罷了，如果是靈媒、陰陽眼就可以隨便加入的組織早就爛了，那個『一年必須發表一次眞實案例』的規定，蘇小艾，妳猜得有多大財力地位和關係才能達標？」

你可以隨便掰，但其他人一定馬上去查證，僥倖過關的機率太小了，更別提還有作業被偷抄和撞題的可能，安全做法是每年準備至少兩個以上的眞實案例，這難度……我打了個冷顫。

「你如果和神海集團合作應該可以達標吧？走幕後掌權者路線。」我好像明白堂伯那個學會的特色了，目標已經是人上人或擁有相關潛力就吸收進來壯大學會的影響力，還能補充情報收藏。

如果刑玉陽沒有神海集團這層關係，他在學會眼中就只具有標本之類的價值，聽起來有點危險，堂伯找上刑玉陽如此提議的本意應該是想罩他，畢竟刑玉陽是他姪女的戰友，順手照顧很正常，還可以幫自己的派系增添生力軍。

「但是學長你只想甩掉神海集團，看樣子學會會逼你拿起神海集團的權力自保，也只有這條路可走了。」我分析完，眼皮忽然一跳。

情況不太對，刑玉陽不但鎮定，而且似乎真的很輕鬆，儼然一副心頭大石被丟出去的模樣，問題是他瞄準誰頭上砸？

「誰說路只有一條呢？拜某人所賜，這一年我可是聽過不少真實案例。」刑玉陽總算要進入正題了。

「說得也是，你拿哪樁事件和我堂伯交換？那群神棍？戴佳琬？溫千歲？」

「蘇晴艾。」

「嗯，蘇晴艾……什麼？」猛然聽到自己的名字，我差點跳起來。「你答應過我不把許洛薇的存在抖出去的！」

「放心，本人說到做到，和許洛薇無關，我提議的是用『妳』交換白眼，既然蘇靜池把我的祕密握在手上，我也得把他的姪女握在手上，否則就太吃虧了。要怪就怪妳堂伯太小心眼，是他先惹我。」

「話不是這麼說，我有什麼好交換？」

「妳在裝傻還是逃避現實？自己難道一點也沒懷疑過？」

「刑學長，拜託直說好不好？算我求你了！」

刑玉陽這種態度讓我渾身發毛，他總是這樣盯著我，然後分析出很可怕的答案。

「蘇小艾，妳是超能力者，而且是非常罕見的那種。」

「超能力者？我？」我真的沒想到答案是這個。「我承認自己是能看見鬼，這樣算起來大家都有超能力，葉伯和殺手學弟能和神明溝通哩！王爺廟的乩童也是真材實料，更別說上次我們遇到的那個附身術士了。」

「不是那種到處都有的超能力，和妳說的那些能力很像，因此很容易被誤認爲某種不穩定的靈媒或預言者，也很容易被忽略的特例——阿克夏記錄開閱者（Akashic Records Reader）。」

「沒聽說過，什麼是阿克夏記錄？」

「阿克夏來自梵語，在神祕學裡指所有訊息的集合體，佛經裡指的真實智慧，所有業障因緣的網路，這樣還沒概念的話，妳常常聽到的大宇宙意識也算是一種解讀。」刑玉陽說。

「冤枉！神明還是鬼魂託夢是祂們找我不是我願意的啊！這關大宇宙意識啥事了？」

「第一，從我認識妳以來，沒有一次聽起來是妳被託夢，都是莫名其妙就連結到對方的夢境、回憶或人類無法觸及的異類意識。第二，我本來也不知道妳是阿克夏記錄開閱者，只是要脅蘇靜池若他堅持揭發白眼，我就公開蘇家的冤親債主故事，他問我怎麼知道這些機密，我就說妳都夢到了。」

「學長，你還眞狠啊！」我由衷感嘆。

他和堂伯針鋒相對的畫面想必是一片腥風血雨。

「那怎麼會扯到阿克夏記錄？」

「學妹，我問妳，妳會覺得我的眼睛是陰陽眼嗎？」

我搖頭：「雖然白眼也能看見鬼和人，但還能看見更多種類，而且看到的內容也不一樣。」

「那就是阿克夏記錄開閱者有別於靈媒、先知和瘋子的地方，比較像是一種神通，過去、現在、未來無所不知，當然蘇小艾妳現在還是連門外漢都談不上、疑似擁有該能力的候選者，蘇靜池的學會對阿克夏記錄特別感興趣，訂定了一套篩選標準，符合低標的人在他們的記錄中有史以來不超過一千個，換句話說，成千上萬個超能力者被認定『非』阿克夏記錄開閱者，但妳卻通過審核，這意味著學會認爲妳有那種微妙的資質。」

「那又怎樣？」

「問題在於，阿克夏記錄開閱者爲何光是候選者預備役就那麼稀有，即使在專門研究超能力的圈子裡也找不出眞正能力者？」

「學長我有預感你又要說恐怖的事！」我雙手抱胸起雞皮疙瘩。

「那個學會歸納的結論是，ARR能力者非常容易夭折，不是發瘋就是橫死加行蹤不明，通常不會活到能力穩定展露成績，所以就連專門研究超自然的祕密結社都極難發現這種超能力者。」

「那不就是雞肋嗎？」我脫口而出。

「是雞肋沒錯。」刑玉陽承認了。

「蘇靜池相信，有生之年透過修行達到高僧境界的阿克夏記錄開閱者，可以自由調閱動搖世界的大祕密，比如說，耶穌埋在哪裡？第三次世界大戰何時、如何爆發？人類末日的原因？

而且妳的年齡與覺醒速度在所有候選者記錄中PR值是九十九，目前在世的候選者不到十五個，妳是成功希望最大的一個。」

哇靠連PR值都有！我嚇呆了。

「堂伯怎麼可以把我報上去？不講道義！我被綁架解剖、強迫配種怎麼辦？」我總算體會到刑玉陽天生擁有白眼的恐懼與被人揭老底有多不爽。

「這一點稍後再論。」刑玉陽做了個不由分說的手勢。「這種特殊能力者每次『開』和『閱』都在冒險，而且妳並沒有老實說出看見的內容，接下來不是妳的腦子先壞掉，就是被妳看見的內容拖下水送命。」

「沒這麼嚴重吧？」我陪笑道。

「妳不是有一次質疑自己的存在嗎？或者不只一次？」刑玉陽敏銳地提起令我毛骨悚然的噩夢經驗。「阿克夏記錄恐怕會讓人喪失自我，那種龐大、無所不在的訊息，森羅萬象的因果業障，區區凡人的意識根本無法承受。如果妳是清醒地看見阿克夏記錄就算了，幾乎每次都是夢見，表示妳完全控制不了自己。」

我無言以對，至少要像刑玉陽的白眼一樣可以切換開關，也不會在睡著時看見不該看的東西，才有資格說自制，而且刑玉陽小時候也差點因白眼瘋掉。

「蘇靜池說他沒辦法靠自己一個人研究阿克夏記錄開閱者，才抽掉我的白眼檔案，希望集合學會的力量，哪怕證明他懷疑錯誤也好。不幸的是，學會支持蘇靜池的看法，內部還因三十年來總算又發現一個候選者爆發軒然大波。」

「到底是哪些事害我被認定成開閱者那鬼玩意？」我就是不服，有種硬被栽贓的感覺。

「妳憑空獲得理應無法接觸的機密細節和私人回憶，這些訊息被認定是可靠的，種類多元，而且回溯跨度達到一百五十年。舉例來說，妳夢見蘇家族長的祕密、冤親債主真相。接下來，連沒有血緣的惡鬼戴佳琬，妳也看到她生前死後的斷片，幾近身歷其境；找到神明窗口；我們送還白峰主那天，只有妳聽見大山神的話，單單我知道的部分就有這麼多，更別說那些妳瞞著的內容。過去和現在都有了，妳遲早會夢見未來的事，企圖改變命運……」刑玉陽說到這裡停下來。「我想不出妳不找死的理由。」

我夢見最多、最清楚的是許洛薇從小到大的點點滴滴。不管有超能力的事是真是假，為了還欠許洛薇的情，還有向冤親債主復仇，我早就豁出去了。

刑玉陽提出那個奇妙的超能力種類時，我竟然有點開心，這表示我有機會直接看見許洛薇的死因，只要積極提高能力，總有一天……唉！我會像刑玉陽說的主動找死，但那樣對我來說也不是件壞事。

「好吧我以後會更小心。那個學會有打算對我怎樣嗎？」

「哦，他們不知道妳是誰。因爲案例出自蘇靜池的血緣家族，他有權保密，只提供相似案例作爲評估能力等級種類參考。」刑玉陽這時才從另一份資料夾裡拿出英文版封面和中文版報告遞給我。

那張蓋著紅色印章的封面僅僅寫著：

NO.344759

Name: Sue

Age: less than 30

Sex: N/A

Type: Akashic Records Reader p.s. tentative

「名字只有一個蘇，不到三十歲，性別不公開……這樣也行？」我驚歎完立刻先讀中文版報告，嗯，挺像短篇小說。

「我什麼時候在綠島找到封印的神劍？還夢到明治時代東京的姊妹殺人事件？最近還有紐約殺人惡靈行凶細節！」邊看邊咋舌，雖然內容很扯，細節過程卻能看出是我那些靈異經歷的相似版本，細節也小心修改過了，讓人無法對照新聞鎖定相關人士。

「學會的年度發表會是義務不是任務，蘇靜池只要擔保報告內容是實例，用保護家族成員的理由匿名發表，在某些特殊情況是被容許的，例如ＡＲＲ這種超能力分類，要是這個阿克夏記錄開閱者眞實身分被查出來，蘇家全體都有危險。」

「那些學會篩選通過的ＡＲＲ候選者該不會很多都是被失蹤吧？」我打了個冷顫。

「按照過去例子，大概會是蘇靜池先被失蹤然後嚴刑拷打出ＡＲＲ候選者下落，接著相關血親都會被暗中帶走。所以學會現在對保護稀有能力者非常謹愼，尤其是能力正在蓬勃發展的例子，蘇靜池可以爭取到很多特權。」

「請問蘇靜池所屬學會是不是跟MI6之類的情報組織有關係？」

「主導者是英國人，但裡面有不少各國政府祕密樁腳，都在找將超自然力量軍事化的可能性，只是過去鬥爭太厲害損失很多珍貴案例，現在互相牽制形成恐怖平衡，大家共享情報資源，禁止非人道實驗，能不能拉攏到超能力人才就各憑本事。默契上是盡量不加干涉，支持ＡＲＲ候選者發展能力。」刑玉陽背廣告台詞般照本宣科搬出從蘇家族長那聽來的推銷內容。

我盯著報告和支票努力思考。「學會裡是不是有大頭本身就是ＡＲＲ候選者或者其後代？」我相信堂伯和刑玉陽都認爲那個學會夠安全才會把我這個案例推薦上去，至少學會裡有一定會罩我的強人。

「是。」

「學長你特地暫停營業想對我說的話應該不是介紹學會和ARR能力者吧？」這些資料由堂伯來告訴我一樣沒差，刑玉陽眞正的目的到底是什麼？

「那個學會裡每個人都是有能力進行獨立研究的專家，擁有一整個圖書館的超能力者資料，還有富可敵國的權貴資源。蘇小艾，妳有沒有想過成爲達賴喇嘛，然後讓那個學會裡的人替妳解決許洛薇和冤親債主的問題？」

刑玉陽是認眞的！我立刻瘋狂搖頭。

「抗議！己所不欲勿施於人！」

「我和妳不一樣。」刑玉陽言簡意賅戳了我心臟一刀。「我很滿意目前的生活，沒有冤親債主想殺我，也不需要調查好朋友的自殺理由，更沒有定時炸彈一樣的超能力，缺乏和我同類的能力者可以請教，白眼也穩定了。妳卻是已經被評估爲強烈需要避險的能力類型，拒絕專門的修行教育等於自殺。」

原來他就是這樣想的，蘇小艾最好接受全世界權貴支持，努力修行成爲眞正的先知，同時挾天子（我的超級觀測能力）以令諸侯，讓所有困難按我喜歡的方式解決，不但可以自救，還能順便拯救整個蘇家和許洛薇。

是專門研究超自然的學會，就算我想和許洛薇一直在一起也會得到支持，刑玉陽算是隱晦地表示放棄拆散我和玫瑰公主了。

現實中，熱血不能解決問題。刑玉陽想得很實際，我也沒有天真到認爲蠻幹下去奇蹟便會降臨，只是……這是我當下能做到的最好方法，本人承受度很有限，玩不來太偉大的身分。

「我不想出家，百分之兩萬不想。」我掙扎半天，吐出來的就這麼一句。「『法尙應捨，何況非法？』～」

刑玉陽額角青筋一跳，我《金剛經》背得這麼熟，他應該要感到欣慰呀！

「如果妳把想做的事情看作比生命還重要，蘇靜池就是給妳一條成功捷徑，不管喜不喜歡，妳都該把握機會。」他嚴厲地說。

「一定要靠學會嗎？我覺得在『虛幻燈螢』裡練功更有效。」刑玉陽突如其來塞給我這個消息，我一點也不開心。

「如果只是這點程度的訊息，要讓堂伯拿去協會調查也不是不行，你不能事先和我商量嗎？」換成別人對我鼓吹蘇晴艾有奇貨可居的超能力，我只會叫他回去睡飽一點，但我相信堂伯和刑玉陽，事情頓時變得很複雜。

「不行，因爲我很不爽。」刑玉陽這個回答雖然無厘頭，但超有說服力啊！

「什麼時候的事？該不會是錢朵朵找上門那陣子？」

「對。」

刑玉陽那陣子超級暴躁，原來是被堂伯脅迫了，又攪和進我的超能力問題裡，我還抓拍他和主將學長的曖昧照片，難怪那時他會理智斷線朝我衝上來，還好被主將學長及時攔住，阿彌陀佛。

「你爲何不先和我說？我可以幫你去和堂伯講清楚，請他別這樣干涉你。」我只能弱弱地放馬後砲。回神一想又不太對，最後被爆料的是我，爲何我要低聲下氣？

「因爲當時只是蘇靜池的推測！僅僅懷疑階段告訴妳又能怎樣？我也需要藉由蘇靜池之手來確定妳的能力到底怎麼回事。再說，他調查我這件事本身就是調查妳的行動一部分！妳以爲他沒查鎮邦？只是鎮邦履歷清白又是普通人，蘇靜池就沒怎麼提他了。」

「對不起，你是被我連累的。」我眞的覺得不好意思，每個人都有忌諱的點，就算我不認爲堂伯有惡意，對刑玉陽來說也是嚴重的侵犯。

「沒關係。我討回來了。」

認識這個人這麼久馬上就聽懂了，如果他沒把我踢上去當替死鬼，刑玉陽勢必不可能在蘇靜池這樣待他後還能毫無芥蒂地和我交往，所以他換個了方式找回平衡。

然而，刑玉陽也不是純粹洩憤才要脅堂伯，而堂伯其實可以選擇不發表我的能力，他們最後會聯手這麼做，表示他們非常擔心我，到了不得不找外援的程度。

就算刑玉陽說了這麼多，我卻壓根不考慮依賴那個神祕學會，哪怕一絲絲心動也沒有。

「刑學長，我老實說一件事你不要生氣。就算你說阿克夏記錄開閱者的人生發展會很可怕，但我聽著真的覺得還好，可能遇到你們之前，我就已經假設過更壞的情況了。」我明知會被罵還是鼓起勇氣承認。「更何況發瘋啦、橫死、行蹤不明等等又不是超能力者的特權，一般人也可能遇到。」

刑玉陽是第一個當面質問我是否不想活的人，此刻他用與當時一模一樣的語氣輕聲問：

「經過快一年了，妳仍是那麼想嗎？」

「其實每天都有開心的事，雖然大多是雞毛蒜皮，可是對我來說很重要。學長，你應該換個問法，我現在就能向你保證，自己絕對不想死。」

刑玉陽抿起嘴，不是很滿意。但他怎不想想，大多數人都是庸庸碌碌地活著，我也很想這樣，刑玉陽自給自足的平淡人生瞧著多好！他卻叫我去當達賴喇嘛，這不公平！

「還有，直覺告訴我，我只能親自解決冤親債主和許洛薇的事，那個學會連個正牌的ＡＲＲ能力者都養不出來，如果我人生沒有其他目標混吃等死，去被贊助當特殊進修也就算了，但我不能把未來賭在我祖先蘇湘水就看不上眼、堂伯混這些年還是沒搞頭的某個外國學會。最後，學長，你不覺得我的能力會發展這麼快就是因爲有你提供訓練和場地、食物嗎？那我乾脆一次練到位再請堂伯當中間人去接CASE還比較划算！」我說到最後自己都深信是這麼回事。

「妳的直覺？還是妳的能力？」刑玉陽聽我這麼說態度稍微鬆動。

「可能都有？不過學會那邊也可以當成一條退路，我排在溫千歲代言人的選項後面了，謝謝學長。」反正我就是不想出國。

就像主將學長不知道許洛薇的存在，無法理解我堅持冒險的原因，只有我知道自己並不孤獨，刑玉陽也不知道堂伯的雙胞胎有死劫，蘇靜池必須在學會裡佔有一席之地，維持情報流通與人脈優勢。我絕不會一走了之，也無法讓他人代行任務，我想保護的對象冒不起更多風險。

祕密眞是讓人受盡委屈。

「蘇小艾，爲何我覺得妳現在的表情很討打？」刑玉陽說。

「哪有？我說的都是眞心話～反正我不相信因爲利益才動手幫忙的人，而且堂伯發表我的案例應該也能弄到其他好處對吧？」我再笨也知道「壟斷」是多麼好用的武器。

冤親債主是我、堂伯和全體蘇家人的共同業障，他當然不會主動在學會裡公開自己的軟肋。許洛薇的事倒是比較麻煩，我總懷疑堂伯已經發覺許洛薇的存在，甚至連她的身分都查出來了，畢竟堂伯身邊有太多人知道許洛薇，他的寶貝兒子們甚至跑去應徵玫瑰公主的小未婚夫——但堂伯還是不動聲色地觀察著我。

「是這樣沒錯。妳從頭藏到尾會更像，其他人會相信蘇靜池控制了一個ARR候選者，把蘇靜池當成妳討好，蘇家族長的確玩得一手好牌。」

說到賭桌上的籌碼重量，大宇宙意識絕對樂勝白眼，這一點不需要超能力都看得出來。

「總之，爲了讓妳活久一點，那個學會的贊助絕不手軟，但蘇靜池應該是不會讓妳欠他們的情，妳只要知道這點就夠了。十七萬是情報費。其實應該不只值這些，但一次給太多也不好，妳先拿回去吧！」刑玉陽說。

回家路上，我揣著支票左顧右盼像成了通緝犯，這筆錢雖然出處還算正當，寓意卻很糟糕，偏偏解了我財務狀況的燃眉之急，又像一張「大凶」的籤紙。

會不會我心燈熄滅也和阿克夏記錄有關？因爲我是這種動不動就早死失蹤的能力者，心燈才會滅掉？

超能力者耶！蘇小艾妳還嫌棄什麼？對想發光發熱的人來說是很棒啦！但我的夢想是朝九晚五的普通工作，下班後在家放飛自我，看小說吃零食假日睡覺，我不想活得那麼麻煩！

要怎麼對許洛薇開口又成了一件難事。另外，到底要讓多少人知道我的超能力祕密？這一點刑玉陽沒說，我只能靠自己判斷，問題是，我對這個ＡＲＲ能力的了解還是很不踏實，怎麼想都覺得解釋起來好羞恥啊！

「至少還是得告訴薇薇，細節再和堂伯確認吧！」我踏入老房子時喃喃自語。

燈沒開，屋子是暗著的，激起我不好的回憶。

許洛薇雖然是鬼，但在自己家裡她一定會開燈，玫瑰公主說過她看見的世界已經比我暗很多，雖然被太陽曬或燈照不是那麼舒服，但心理上她是愉快的。

我只是不願相信自己的直覺，其實一走進門我就發現沒有許洛薇在屋裡的感應，許洛薇死後回歸滿一年了，平常我對她的大概位置總有一定把握，她就像我身體的一部分。

或許她只是出去外面散步？許洛薇附身小花時常出去亂跑，但她極少用幽靈狀態出門，我很怕她一出去就回不來，總是不厭其煩地勸告許洛薇走失的可怕下場，玫瑰公主也滿怕的，外面世界對許洛薇來說充滿各種行動困難，光是一條馬路對她來說都像一公尺深的沼澤，還附帶方位錯亂，連前後都分不清楚。

只有在特定熟悉場所許洛薇才能自在活動，除此之外，就必須要有我在她附近或附身實體，這也是我一直對許洛薇放心不下的原因。

「薇薇——妳在哪裡？不要玩了！快回來！」我在老房子附近來來回回找尋，直到天色漸暗，天空落下滂沱大雨，連呼吸都被雨水嗆到的暴雨，我分不清是淚水或雨水，眼前一片模糊。

許洛薇不見了。

我的世界，一瞬破碎。

□

在屋外找不到許洛薇後，我連雨衣都來不及穿就直奔學校，結果裡裡外外搜了好久，非但沒有許洛薇的蹤影，離了她，我半隻鬼影也沒看見，蘇晴艾果然不具備眞正的陰陽眼。

「還說是ＡＲＲ超能力者呢！爛死了！」我抹著停不了的眼淚，最後跑到中文系系館北側，那裡是許洛薇跳樓自殺的位置。

玫瑰公主去世後我總是避免接近那個地方，從太平間一直到許洛薇家中葬禮已經夠了，許洛薇的系館對我來說一直瀰漫混亂毒氣，當時我眞的光是活著就精疲力竭，「爲什麼許洛薇會跳樓？」這個沒有答案的謎題會讓我發瘋，也因此直到兩年後我才和始終被黏在斷氣位置當地縛靈的許洛薇重逢。

如果我早一點到那裡，能夠更早發現許洛薇變成紅衣女鬼嗎？倘若我遲遲沒經過中文系系館，她到底會變成什麼樣子？

中文系系館也是之後許洛薇絕對不會主動靠近的地方，玫瑰公主可不想冒險測試那塊地還能不能將她吸進去，因此我哪兒都找了，卻沒考慮過許洛薇陳屍地點，情感上更是不想接近自己差點被冤親債主操控自殺的落點。

有種傳說是自殺者會一再地重複自殺過程，我好害怕許洛薇是否重複這樣摔到連魂魄都腦殘才失憶？

結果還是沒在系館外的地面找到許洛薇，地上卻放著幾束鮮花和點燃到一半熄滅的玻璃杯蠟燭，我似乎忘了某個很重要的事實。

不對，應該說我拚命想要忘記這件事，就像其他我已經模糊的特定日期一樣。

其實我早就想不起父母死亡日期，從來沒回過靈骨塔祭拜，很不孝對吧？但是我只要一回憶相關內容，哪怕只觸到一點邊，都會立刻石化，陷入不知該說厭惡還是恐怖的混亂中，許久才能回神。

我不相信人死後還會住在小罈子或神主牌木板裡，對著那些東西跪拜完全無法獲得安慰，只要不去看也不去想，死亡這件事便能漸漸變得模糊，離開的人只是到了另一個地方，那地方離我似乎也不會很遠。

「今天是薇薇的忌日，會不會許家找法師招魂把她招回去了？」我沒走近花束放置的位置，隔著一段距離垂手站著喃喃自語。

許洛薇死後頭兩年，基本上處於失憶昏睡與被風吹日曬等自然現象折磨的迷糊狀態，她親口對我提過許家招魂失敗，富豪父母請的專業法師在學校內呼喊許洛薇的名字，她知道卻完全不想跟著走，只是繼續睡。

噢，那個法師肯定沒有陰陽眼，才會看不見許洛薇被黏在地上像隻烏龜無法翻身。

民俗中人死後有些特殊日子，家屬會作法招魂祭拜或超渡死者，如頭七、七七、對年、三年等，三年可以說是最後一道手續，之後我們通常是清明節才會去爲死者上香。

許家絕對會爲許洛薇作「三年」法會，許爸爸和許媽媽是傳統華人，當初葬禮也是按照道教儀式來，假使先前的法會許洛薇無力回應都錯過了，而這次許家延請特別強力的法師超渡許洛薇投胎，她就這樣離開的可能性也不能說沒有。

不如說，當初不合理地留在我身邊的玫瑰公主，因爲各種原因忽然消失一點都不奇怪，自私自利的我無處可去又被冤親債主威脅，把許洛薇當成救命稻草，誤認爲她會理所當然待在我身邊，一切本來就只是毫無根據的妄想。

如果是其他時間我還有理由自欺欺人，唯獨今天不行，今天是許洛薇的忌日，也是許家人一定會請人作法、呼喚她名字，希望她一路好走的日子，我若還有良心，就不能否認薇薇其實也想回家的可能性。

說不定她明天就回來，說不定她可以留在陽間的時間就是這麼短，說不定她終於連我也忘記了……各種奇怪念頭在腦海裡狂竄。

想不起來自己怎麼回到老房子，要是冤親債主挑這時下手，我必死無疑。

五個小時過去了，我呆坐在地板上，原本滴水的衣褲已經半乾，小花又來蹭我討食，我勉強起身往吃得精光的貓碗倒飼料，抬頭看了看時鐘，晚上十點。

戴姊姊快下班回來了，我得抓緊時間決定下一步怎麼做。

至少等一天確定不是玫瑰公主浪到手機沒電或把手機弄丟，或者多等幾天確定薇薇眞的不回來再說，理智上應該這麼做。我在很多事情上已經習慣逃避，但如今，薇薇不見了，我連一秒的延宕都無法忍受。

不是因爲我弄丟了她的行蹤，而是我們之間那股令人安心的連繫消失了。

「會不會是鬼差終於過來把薇薇抓走了？」我對著小花說完這句話，小花喵了一聲。

「眞的是鬼差嗎？」我按住花貓，小花掙扎扭動，我只好鬆手，花貓一溜煙跳上書櫃，防備地盯著我。幹嘛和一隻小動物較眞？蘇晴艾，清醒一點！

到頭來，我只是受不了傻傻等待，什麼事都不能做的感覺。

反正沒有收穫時一樣是等，不如做些努力，刑玉陽不也說過，確定一樁案件是否眞屬靈異很重要，我現在要做的就是排除錯誤選項，針對許洛薇失蹤這件事縮小範圍。

從我去刑玉陽的店到四處找玫瑰公主未果，許洛薇失蹤時間大概經過半天，失蹤原因如果是許洛薇自己亂跑，回來時再罵她一頓就好，可以先不計入，我假設是外力導致許洛薇從老房子裡消失。

好的可能性是，許家作法招魂，許洛薇抵擋不了親緣的吸引力。

不好的可能性是，鬼差執行掃黑專案，許洛薇被上銬帶走。

前者我可以想辦法去玫瑰公主老家確認，許家父母對我極好，拜訪他們估計不會遇到任何阻礙。假設許洛薇已經投胎，那我當然只能祝福她別生爲貴賓狗或小白鼠；要是許洛薇仍留在自家，只是距離過遠沒自信靠自己返回老房子，她緩過來後總是能想辦法打電話通知我去帶人，因此假設一緊急性不高，可以放置一陣子再確認。

假設二，許洛薇被強行帶走且身不由己。萬一她遲遲沒發訊息，基本上這項可能性就變大了，哪怕最後確定假設二不成立，對我也是很有價值的答案。

結論是，我必須馬上行動！

「哈啾！」淋了幾個小時的雨又沒吃晚餐，身子隱約不太舒服。

這時絕對不能發燒感冒，倒下去就什麼事都不能做了！我硬是壓下打包行李的衝動，先去沖了個熱水澡，換上乾衣服，期間又決定幾個行動方案。

失去許洛薇等於失去陰陽眼，我那新出爐的被認證阿克夏記錄開閱者超能力根本還在起步階段，比渣還不如，副作用據刑玉陽所說也很大。然而，想要調查紅衣女鬼的下落，勢必得依靠幽冥界的力量，單憑我自己絕對不可能成功。

只剩下一個存在，說友善夠友善，實力保證強大，和我有稀薄的血緣關係，能自由溝通交談，就算向對方尋求幫助，代價也不會危及我的生命——

溫千歲。

Chapter 03 / 暗夜追殺

戴姊姊今天工作得特別晚，可能診所客人爆棚或輪到她打掃吧？無論如何替我爭取了緩衝時間，我不想停下來和她商量。

坦白說我很怕被友人知道許洛薇失蹤，完全不打算把戴姊姊牽扯進來，她生活好不容易才步入正軌，我不希望戴姊姊基於道義硬是跟上來或者驚動刑玉陽，單獨行動更方便，再說我也需要一個人守在老房子，以防許洛薇忽然回來沒人接應。

多虧玫瑰公主前陣子對戴姊姊出櫃，戴姊姊知道有隻紅衣女鬼和我同進同出，只要路上再打電話向戴姊姊解釋，她會理解的。

忽然發現，在有關許洛薇的事情上，我半點也不信任刑玉陽，甚至必須提防他阻止我尋找許洛薇，就算最後他擋不了我，也會是雙方大吵一架撕破臉，冷處理的話說不定還能當朋友，被揭穿前就容我自私地逃避下去吧！

原本殺手學弟是我的冒險同伴首選，能力高又配合，但他對我告白後，我不可能再拉他入夥，而且不管刑玉陽或葉世蔓，都不會支持我和鬼差對著幹。殺手學弟背後是葉伯，葉伯背後是媽祖娘娘，高人加大神是我和許洛薇現在最不希望碰到的組合。

說實在話，殺手學弟不是很適合當一起逆天的對象，小事他可以隨和胡鬧，涉及生死大事，我認爲葉世蔓還是偏向刑玉陽那類正直靈異人士，我勢必不喜歡他們「正確的選擇」。

這張十七萬支票來得太及時了，旅費和行動資金都夠我離開老房子直到尋獲許洛薇為止。行李照舊以淨鹽水為主，沒了許洛薇，我孤身上路再怎麼警戒都不為過。

在客廳留了張有事回老家的紙條，我發動機車前往鎮上火車站，一個人還長途騎車回老家，那就當眞傻到沒救了，現在我必須盡可能減少被異類暗算的機率，直到抵達安全地點前都不能睡覺。

買了張班次最近的自強號車票，反正都要轉車或租機車，崁底村這種庄腳所在可沒有直達班次，路上再決定由大站或小站下車就好，現在的我可以不再為了幾個站的車資斤斤計較。

還有半小時火車才進站，我把握時間去附近便利商店買一瓶舒跑和兩塊麵包，有點感冒症狀時我都靠舒跑兌溫開水外加睡覺代替吃感冒藥，防範未然也好。

我把機車停在一段距離外的停車格，步行回車站，剛上台階，一個戴著棒球帽、帽沿壓得很低的高眺男人正巧從我前方走下來，我暗暗繃緊身子戒備，以免重演刑玉陽被鬼附身的路人推下月台樓梯的慘劇，還好雙方相安無事擦肩而過。

下一秒，我的背包被人拉住。

「幹嘛——」我語氣不善地轉身。

棒球帽下那張熟悉臉龐，此刻銳利目光已經在我身上戳出北斗七星。

我被胡桃鉗娃娃附身，嘴巴僵硬開闔：「主、主將學長？」

「妳一個人帶著行李要去哪裡？」他果然劈頭就問這句。

「回老家，嗯，那個，忽然有事，學長我這次改搭火車很安全。」我抬起臉討好地笑，雖然有點勉強，表情應該不至於太奇怪。

主將學長單肩掛著打著勾的黑色長筒運動包，他很少戴帽子，在我眼中根本判若兩人，就這樣被當場抓包，重點是，時機也太巧了！我不服！「學長，你什麼時候發現我要來車站？」

難道我離開老房子後戴姊姊一回來就通知刑玉陽，刑玉陽知道主將學長要來找他就乾脆叫主將學長甕中捉鱉？我明明有囑咐戴姊姊別告訴別人我回老家的事！

「妳從路口騎車過來的時候。」主將學長遙指兩百公尺外的紅綠燈。

瞧瞧，這天差地別的偵測能力，我還傻傻主動走向大BOSS，被逮真的活該。

主將學長接著質詢：「車票拿出來我看。」

「你不相信喔？看，真的是回老家的車票。」

他接過車票端詳片刻，直接去櫃檯買了張相同班次的票，這時站務員打開剪票口開始放人了，欲哭無淚的我只好乖乖跟著主將學長到月台上等車。

「學長，至於這樣嗎？你們警察不是很忙？」

「所以我等等會視妳忽然回老家的原因決定要不要臨時再多請兩天假，不過明天開始本來就是週休二日。」主將學長又是下班就直奔我們這裡了。

這邊必須略提主將學長在派出所的特權，照理說警察同樣一天工作八小時，但規定上可以彈性延長四小時，不消說全國基層警察們都是天天「彈性」，做好做滿十二小時。

自從主將學長獲得一位靈異迷老刑警的關愛光環，老刑警暗中命令主將學長去幫他蒐集靈異案件，還特地找學弟即派出所所長聊天之後，主將學長就多出不少自由時間，卻未引起同儕仇恨。剛好相反，大夥都知道他離開派出所後還是在查案，甚至是照顧被害人，連冤鬼都喜歡找他報案，經常莫名其妙帶大案子回來雨露均霑，派出所上下再一起加班賺錢賺業績。

加上主將學長上次過勞重感冒倒下，所長更不敢擋他的假單了，而同事盼著主將學長逢年過節的單身漢排班支援，平常他想找人換班或臨時頂缺也是分分鐘解決的事。

警察業績壓力很重，案子卻不是想有就有，主將學長並非刑警，破案再多也只有累積績效，不過績效可以換假和給長官掙面子，主將學長業績爆棚後分出去的工作機會讓同事多出養案餘裕，不至於青黃不接，畢竟績效不夠會被扣假，這才是真正讓鴿子痛苦的地方。

總而言之，主將學長現在和一般制服警察不一樣，有愈來愈愛他的所長和恨不得賣他人情的同事（福利有限，誰都希望主將學長分享機會時腦海裡第一個浮現自身倩影），整間派出所都是他的人，至少在行動自由上，說主將學長等於半個刑警也不為過。

「連假」這個對警察而言不可思議的名詞，從主將學長口中說出來好像也有機會成眞了，但人家現在眞的不希望主將學長成功請假來盯我啊！

「從陳碧雯姦屍案引發的撿屍犯調查才剛落幕，剛好最近也有補新人進來分擔業務，所長說好讓我們輪流休息。」主將學長這句話的意思是，他保證有假可請，就是要跟我回崁底村看我搞什麼鬼。

「那學長你就好好休息嘛！」

「學妹，所以我想和妳一起去崁底村當度假，順便感謝上次蘇家人及葉伯的照顧。再說我不放心妳一個人。」

主將學長上回被帶去崁底村驅邪，整個過程昏昏沉沉，最後也沒正式告別就走了，以他的個性想當面道謝的確不意外，而且我少不得也要幫他引介一下，難怪主將學長一聽我要返鄉毫不猶豫就跟來了。

理由合情合理，而且是光明正大地監視我，我找不出方法拒絕。主將學長是純麻瓜，其實在許洛薇的事情上他算沒什麼威脅，基本上等於局外人，又是我深深信賴的前輩，身為心燈熄滅的廢柴，落單對我來說有點恐怖，有主將學長這尊大放光明的護身符庇護，簡直是天上掉下來的禮物。

只要不被主將學長發現我瞞著他和紅衣室友同居，和主將學長一起行動利大於弊，再說，一旦假用完或派出所臨時需要他，他還是得趕回去工作，不至於對我造成太大妨礙。

「如果你不介意鄉下無聊，歡迎陪我回老家順便度假。」我只好如此客套一番。主將學長當然不會嫌鄉下無聊，我們的大學就在鄉下，他大學四年來過得如魚得水，現在還是常回來找好友和學弟學妹聯誼，根本意猶未盡，崁底村的風景應該很合主將學長喜好。

說不定，他不只是想道謝，還打算專程去我的老家彌補上次沒玩到的遺憾？

主將學長露出滿意的笑容。

我拿出手機檢查訊息，沒有刑玉陽的來電記錄，他若知情應該早就打電話來罵我了，可見主將學長和我的確是碰巧遇上，倒是發現戴姊姊的簡訊問我情況還好嗎，她可能搞不清楚我有事回老家的動機是好事抑或壞事，至少我離開時有留紙條，便沒有打電話追究理由，這也是戴姊姊典型作風——冷淡的溫柔，對我來說卻相當受用。

我猛然發現一個迫在眉睫的危機。主將學長等等就會聯絡刑玉陽，提到他不去「虛幻燈螢」作客，改和我一起回崁底村，連帶我的行蹤也會曝光，刑玉陽太聰明了，光是我沒帶走小花，就可能被他聯想到許洛薇出狀況，下一步鐵定是用白眼親自驗證。

要是我不能說服主將學長這次突然返鄉的絕對必要性，主將學長知道我沒通知刑玉陽就私自出發，刑玉陽又要他抓我回來，我在下一站就會被主將學長押下火車遣返。反過來說，若主將學長認同我的理由一路相陪，就算是刑玉陽也挑不出毛病啦！接下來他肯定專心營業賺錢懶得管我了。

關鍵是搞定主將學長！

為了在最短時間內抵達王爺廟，說動溫千歲替我確認許洛薇的情況，蘇晴艾將要不擇手段過關斬將。

此時列車進站，我與主將學長雙雙拎著行李上車對號入座，背部接觸到台鐵座位靠墊，我湧起一股安心感，起碼現在是紮實走在調查許洛薇下落的路途上。

主將學長則向我身邊乘客有禮地提出交換座位要求，順利得到靠走道的位置。

接下來的時間只能待在火車上，主將學長料理完瑣事後果然開問了：「小艾妳最近遇到什麼問題？」

我瞄了下手機，反應時間共五分零四秒，交卷的時候到了。

視線不能飄，盡量說實話，相信妳自己！蘇晴艾，妳可以！「今天刑學長說我有超能力，他和我堂伯合力寫了一份關於我的報告，交給堂伯參加的某個祕密組織鑑定我的情況，堂伯還給我一張支票，我總不能什麼都不確認就把錢花掉吧？」

ＡＲＲ超能力也的確是我打算向堂伯再確認的行程之一，不過得排在找溫千歲後面。

「……」主將學長捏著鼻梁低頭沉思。

「學長？」要不是一回家就遇到許洛薇不見的打擊，我也會覺得超能力這碼子事很扯，但我慌到沒心思計較阿克夏記錄所謂宇宙神祕力量了。

「阿刑什麼時候發現妳有超能力？不，他本來就喜歡瞞著我研究怪力亂神。」主將學長死死盯著我，像是想看出他的學妹把超能力藏在哪個口袋。

「這件事我可能也要負一點責任。」刑玉陽本來不知道我有超能力，只是想反擊蘇靜池，卻在嗆聲過程意外抖出我那不合理的感應記錄，堂伯偏偏加入全世界唯一有在研究ＡＲＲ能力者的祕密結社。

希望主將學長將我六神無主的樣子當作蘇小艾忽然得知自己有超能力的無所適從，我光是保持目前勉強還算平靜的表象就已經竭盡全力。

「從頭說起，別遺漏細節。」主將學長語氣嚴肅。

無論再怎麼荒謬的情況，只要我和刑玉陽認真保證，他就會當成事實接受，這一點讓我很抱歉必須向主將學長隱瞞真相。

我招手要主將學長靠近一點，低聲說起今天下午在「虛幻燈螢」的超能力話題。

其實刑玉陽不提，我也打算告訴主將學長，瞞著許洛薇的存在已經讓我夠內疚了，再者超能力的事怎樣都好，反正當笑話說，學長信不信我一樣沒差。

爲了不讓附近乘客注意我們的談話內容，我將音量壓得很低，有好幾次主將學長得反覆確認才能聽懂我的敘述。職業習慣使然，他很快組織好重點，表情看起來已經明白我的尷尬處境了。

「的確是得馬上去和妳堂伯確認清楚的重大問題。那張支票在哪？」主將學長問。

我拿出貼身收藏的支票交給主將學長驗證，如果不是這張小紙條，連我自己都無法完全肯定剛剛不是在說夢話。

倘若今天的衝擊都是一場夢就好了，我趕緊把注意力轉回主將學長身上，現在只要一想到許洛薇我就鼻酸，隨時可能落淚。老天難道不能單純讓我和冤親債主打得你死我活就好？非得把我的人生搞得這麼複雜麻煩。

我用力揉臉振作精神，目前只能走一步算一步。

「學長，可以請你裝作不知道我有超能力嗎？畢竟我堂伯的組織身分其實是機密，而且我也想知道以後要怎麼帶著ＡＲＲ能力活下去，這方面堂伯會給我專業指導。」我說。

「我考慮考慮。」主將學長抱胸閉眼貌似假寐，但我很清楚他腦袋清醒得很。

主將學長得花點時間接受現實，我跟著閉上眼睛養精蓄銳，至少主將學長在身邊我敢睡了，或許還能發動能力夢到許洛薇的下落。

大約過了四、五站，我仍然沒產生靈感，倒是眞的快要睡著了，忽然肩膀被搖了搖，我張開眼睛，發現主將學長已經恢復平常泰然自若的模樣，只是現在盯著我的目光仍有些謹愼，若要形容，就是當初他開始對我透過視訊展開安全監控的模樣。

「怎麼了？學長。」

「妳現在搭火車沒問題了嗎？」

學長還記得我被戴佳琬綁架的心靈創傷，我感激地說：「沒問題了。」

剛往火車站衝時我滿心只想快點查到許洛薇下落，沒空顧慮上車後的影響，仔細想想的確不太妙，然而我在車站就遇到主將學長，到頭來也無從得知自己一個人搭夜車會有哪些不良反應。

「總之，妳每次發動超能力都是睡著的時候，那個亂七八糟的超能力還會讓人發瘋墮落、行蹤不明？」主將學長瞇起眼睛。

糟了，爲了強調立即返回老家找始作俑者堂伯的迫切性，我直接轉述刑玉陽關於阿克夏記錄開閱者的統計缺陷，主將學長覺得這個超能力很不ＯＫ。

現在我這個學妹除了隨時可能被冤親債主和惡鬼帶去自殺，還多了腦子壞掉和看見奇怪的幻象預言亂跑失蹤等新風險。

「學長，我不能不睡覺啊。」我有點囧。

我剛剛是眞心想發動能力，主將學長該不會察覺這一點了？

「至少不要在車上睡，忍著。」

「那學長你考慮好答應我剛剛的要求了嗎？裝作不知道那個。」

「我再想想。」

別這樣吊人胃口，我會很煩惱的！

我又看了一次手機，這回刑玉陽的簡訊來了。

——**跟著鎮邦，別惹麻煩。**

我看了看時間，如無意外，刑玉陽每天最遲午夜十二點前就會上床睡覺保持體力，主將學長應該是趁我剛剛打盹時聯絡過他報備行蹤，這表示刑玉陽至少天亮前都不會再找麻煩，之後就算他發現不對勁，我也已經在老家了。

主將學長帶我在非預期的大站下車，離我想轉車的站點又遠了點。

「我剛剛查到這個站外面有二十四小時租車服務，就算資訊錯誤，這種熱鬧的大站也比較容易招到計程車。」主將學長如此解釋，和我並肩走出車站。我吸了一口涼爽的風，凌晨空氣很乾淨，不遠處居然還有幾家尚在營業的路邊攤。

「先吃個宵夜，再去租車，雖然辛苦一點，到崁底村再休息，之後去找妳堂伯時間還很充裕。」主將學長說。

就算轉車到最近的偏僻車站，距離崁底村還是有一段遠路，鄉間小路往往比想像中更花時間，原本計畫是抵達小車站再找人來接我，上次幫過王爺廟的兩個青乩——小高和小趙總不會不賣我這個面子，頂多麻煩其中一個來接我，要是聯絡不上，就等到天亮搭公車去崁底村，但現在加上主將學長有兩個人，要找人接送就不好意思了。

小車站肯定沒有機車出租行也更難招呼計程車，主將學長考量到鄉下地方自己有交通工具比較方便，既然要租車就一次到位，他在車站查完google地圖後說從這處大站走縣道去崁底村，反而比我們從最近的小車站拖拖拉拉出發要省時。

這樣一來就是走我完全沒經歷過的路線，看了看地圖好歹是縣道不是羊腸小徑或鄉道，最重要的是，主將學長的趕路策略讓我有機會在天亮前進入王爺廟，雖然白天溫千歲也能出現，但我不確定現在的自己能否在白晝與王爺叔叔流暢溝通，夜間時段比較有把握，錯過這一夜又要等十幾個小時。

我等不下去！再說身邊有主將學長，就算閉著眼睛走路都沒問題！

於是主將學長帶我吃完臭豆腐，外帶兩份炒米粉上路。摸黑騎車本身倒沒什麼，深夜巡邏是主將學長的日常工作，而我幾次出事不是白天就是在老房子裡，或許晚上出門還比較安全。

「學長我需要幫你看地圖嗎？」主將學長很會認路，但這次路線我看了就暈，頻頻換路還切不同社區小巷子。

「大概記住了，不確定時再停下來確認就好。」主將學長說。

接著我們便專心趕路了。

穿過縣界，銜接到一條往南的縣道，中間經過大片種著檳榔的村落，然後騎進山裡，機車沿著彎彎曲曲的山區道路繞行，路上很安靜，久久才會遇到一、兩輛汽機車錯身而過。

「學妹，妳會怕嗎？」主將學長問。

「還好。」我老實說。許洛薇不見了，我慌到沒時間怕鬼；正和主將學長組隊中，滿滿的安心。

儘管走的是陌生道路，幸虧網路訊號清晰，google地圖上，我們的小藍點的確愈來愈靠近崁底村了，目前凌晨四點，保守估計大概還有半小時到四十分鐘就能抵達崁底村，距離天亮剩餘時間緊迫了點，應該還夠我試一次召喚溫千歲。

上次我存了小高和小趙的手機號碼，想著不知何時會派上用場，現在可不就用到了？等等就請主將學長直接把我載到王爺廟，再拜託那兩個乩童幫我開廟門。

目前爲止都很順利，我正想鬆鬆緊繃許久的肩膀，忽然間，主將學長騎進一片濃霧。

「……」套路！這一定是套路，爲啥鬼怪都喜歡挑山區馬路下手，怎就不找中山高速公路或雪隧？

主將學長果然謹慎地放慢車速，我從背包中掏出一瓶淨鹽水，打算一有動靜就打開瓶蓋天女散花。

五分鐘後，機車順利通過那片能見度不到十公尺的大霧，一切平靜。

「小心駛得萬年船。」我有點尷尬。

「應該是山谷地形容易起霧。」主將學長道。

前方路段霧氣明顯稀薄許多。

「學長，有人倒在馬路上——」同樣在關心路況的我一顆心立刻跳到嗓子眼。

主將學長當然發現了，我喊出來時他已經穩穩減速煞車，距離目標還有一百公尺，其實我只看見人影趴在地上，還是多虧附近剛好有盞老舊的水銀路燈，主將學長沒有貿然接近。

「那個是真的人嗎？」我和主將學長都看到了，應該是真人出車禍沒錯吧？既然這樣得去幫忙才行，但從霧氣中看過去，朦朧的燈光，倒臥的人影，這幅畫面不知怎地令我有些害怕。

「我先過去看看，妳待在原地，如果情況不對就報警。」主將學長脫下安全帽。

「報警？」

「萬一我們遇上假車禍，說不定歹徒就埋伏在旁邊。」

「啊，這種手法我有在新聞上看過。」接著落單被包圍的機車騎士就會遭搶劫圍毆，女生還可能被性侵，想到這裡，我火大了。「學長，如果倒楣遇到假車禍，我報完警後可以參戰吧？」

「看情況。」他說完快步朝那貌似受傷倒地的人影走去。

我目送主將學長背影，一邊在心中琢磨著，若是肇事逃逸，傷者附近應該有自己的交通工具才對，一眼望去空空如也，難怪主將學長懷疑是假車禍，但也有可能是被丟包的受害者。

有股微弱違和感像毛毛蟲似撓著我，原來是我看不出那個趴臥傷患的性別，即便光線昏暗，距離又遠，照理說，設計系畢業的我透過骨架輪廓和打扮猜男女不難，往前看時我卻只覺得「有個人趴在那兒」。

都是這一年來的悲慘靈異經驗害我草木皆兵。

望著主將學長背影，他明顯瘦了些，自從他找我去調查神棍後，就一直幫著處理我和刑玉陽的麻煩，面對面相處時主將學長總是很有精神，唯獨這樣不經意的瞬間才徹底發覺這段時間壓力在他身上帶來的影響。

等等，為什麼主將學長往前走了快一分鐘，他和那個傷患的距離還縮短不到一半？

「學長！你先別靠近！」我用力大吼。

這個距離他不可能沒聽見，但主將學長似乎真的沒收到我的警告，頭也不回繼續走，甚至不覺得奇怪。

我不做二想立刻追上去，卻被撲面而來的白霧逼得頓下腳步。

一道非常現實的想法掠過腦海——萬一我和主將學長走散遇鬼，處境危險的那個人有壓倒性的可能是我！

「鬼打牆啊啊啊——」我還是抱著僥倖希望主將學長或其他剛好路過的人會聽到。

後退兩步，靠著租來的機車，至少能確定我現在還在馬路上，一旦走進霧裡，別說接近主將學長，分不清東南西北的情況下，會走到哪裡還是未知數，那些被魔神仔牽走的人也沒想過自己會經過那麼多不可思議的奇怪地形，但目前還沒聽說過魔神仔連交通工具一起扛走的。

現在最安全的做法是，等主將學長自己回來，或者這麼說更好，堅持當一個好路標幫他定位，我從刑玉陽那邊學到一個遇鬼大絕招——等天亮！

聽起來夠合理吧？管你靈力還是妖力，總不可能無限量一直用，撐在原地等狀態解除，只要能忍住誘惑或別因恐懼亂跑，遲早是活人的勝利，如果這樣還是沒用，逃也是白逃，只好求神佛庇佑了。當然若能聯絡上警察也不錯，二十四小時隨傳隨到的援兵，被當成瘋子總比變成眞的瘋子好。

「手機……學長沒接，可惡，訊號斷斷續續的。」我當機立斷改撥110，本想靠公權力介入來打破困境，但通訊範圍顯示有格子卻撥不出去，我決定接下來再多撥幾次。

這次鬼打牆的元凶是好是壞、是何玩意我都無從猜測，因爲心燈熄滅的蘇晴艾被說是一切異類都想玩弄欺負的對象，或許是我目前沒遇過的品種，也有可能是先前開罪的敵人。

確定要固守，我立刻將手裡那瓶淨鹽水沿著機車澆了一圈權當結界，自己則縮在機車上，打開車燈保持引擎不熄火。

「薇薇，要是妳在我就衝了……哪會像現在這麼不好？」我用力按著臉忍住哽咽的衝動。

如果我比主將學長先出事，他會自責一輩子，身爲他的學妹，必須相信主將學長夠強，而且能做出明智判斷，我的責任則是保護好自己，別造成他的負擔。

五分鐘……十分鐘過去……

我低聲誦著存在手機裡的經文，原本被淨鹽水隔離的白霧卻頑強地滲入結界。濃郁的燒焦腐臭味衝進鼻腔，我幾乎是反射性地彎腰將不久前吃進去的宵夜都嘔了出來！

嘔吐只是幾秒間的衝擊，卻讓我內臟翻騰險些窒息，重新得回呼吸後，我立刻打開第二瓶淨鹽水猛灌一口，忍住鹽水帶來的反胃感，腦袋總算清醒許多。

熟悉的焦臭白煙，沒有形體的怪異——

「譚照瑛？」

我後知後覺反應過來，莫非自己剛剛差點被妖鬼上身？淨鹽水果然不是萬能，還有點護身效果就很好了。

一喊出名字，白煙便漸漸凝聚出少女形體，她就是刻意在許洛薇面前自殺的「高中好友」，然而，譚照瑛卻沒因此得到淒美感人的懷念，除了父母偏執地大量殺害動物企圖用生祭法復活女兒，所有認識譚照瑛的人不是覺得她可有可無，就是意識到這名少女不太正常的一面避而遠之。

訪談過許洛薇高中時代的相關人物，並且也算是利用ＡＲＲ能力夢見那段過往，我非常確定譚照瑛生前是個反社會人格的控制狂。

她想用死亡勒索許洛薇的心，或者盡可能對許洛薇製造最大的傷害，換成其他天真少女說不定一輩子都無法再相信別人，幸好許洛薇不是省油的燈，死後的她完全忘記譚照瑛就是最狠的打臉證明。

現在的妖鬼譚照瑛崩潰得不成樣子，她那瘋狂的父母沒能用思念喚回她，只有我能讓她恢復人形，我想連她父母也從未看過譚照瑛的眞面目，但我非常明白她是一個爛人，譚照瑛死後還繼續尋找獵物，利用KTV大火害死了高中時的學長。

毫無疑問地，她最想要的獵物還是許洛薇，這也是一隻鬼壽將盡且快崩解爲魙的怪物，連自我認知都快消失了，我這身臭皮囊恰巧是她最需要同時也能傷害到許洛薇的好工具。

「滾開！譚照瑛，我今天心情很不好。」許洛薇不見了，我更沒話想對這個差點操控父母變成殺人犯的瘋子說，人類法律已經奈何不了譚照瑛，但我可沒忘記她企圖讓自己的高中同學林梓芸以及當時同行的我變成生祭法最終活祭的事！

要是有辦法毀滅她，哪怕要揹業障我也在所不惜！偏偏降妖除魔不是我的專業。

「給我……把身體給我……薇薇是我的好朋友……嘻嘻！」身上不時出現各種扭曲的譚照瑛發出笑聲，在我聽來更像鳥類或貓狗哀鳴。

「絕對不給妳！妳以爲妳是誰——妳這垃圾！」我鼓起勇氣罵回去。

一瞬間，譚照瑛的臉孔看起來像是向內塌陷成黑洞，我則在黑洞裡看見死於生祭法的無數生靈怨氣正撕扯著已經破碎的魂魄——失敗的生祭法邪門至此，竟然連魂飛魄散也求不得。

這傢伙已經沒救了，她會不擇手段拖我下水！意識到這點的我渾身僵硬，更糟的是，右腿似乎開始抽筋了。

結界失效，我更不能坐以待斃，立刻脫下薄外套澆上淨鹽水，用濕衣當武器抽打妖鬼！

譚照瑛一時不察，被濕衣抽成兩半，隨即飄到我背後，我飽受驚嚇轉身，她已恢復原狀，看樣子想對妖鬼造成致命傷是不可能了，話說回來，譚照瑛根本已經爛到底，只差一點就會變成環境污染物之類的存在。

正當我硬著頭皮打算抽到她知難而退，一團漆黑惡臭的物體赫然從機車另一側爬上來，足足有半個成年人那麼大，我想也不想左手淨鹽水就灑過去，右手濕衣則繼續攻擊譚照瑛。

此刻的我行爲完全就像個瘋子，但我最害怕的是保特瓶裡的淨鹽水剩不到三分之一，那團髒物被我一澆立刻縮回黑暗，我卻忘不了那鮮血與爛肉腐敗的氣味，這些惡鬼的味道比形象要更讓我作噩夢。

那是鄧榮死後「剩下的樣子」，這個性侵戴佳琬的神棍被自殺復仇後的戴佳琬吸收了，許洛薇曾經詳細地對我描述過鄧榮殘餘物之噁心，鄧榮的出現表示戴佳琬也來了。

如果我是死了一半的人，戴佳琬就是死了一半的鬼，有部分的她連鬼都不算，而是某種稱爲「魙」的不穩定怪物，有點像會寄生魂魄的癌細胞，不過我也不能肯定到底她作爲鬼的那部分剩多少，畢竟還有融合前神棍鄧榮殘魂的情況在，總之魙脫離正常人魂範疇，鬼差也不管了。

正如戴佳琬生前被社會體制遺忘放棄，死後也沒有被陰間接納，得到矯正引導，無論自願還是被迫，她一直劍走偏鋒。

上一次，她替我趕跑譚照瑛，但我絕不會傻到以爲這次她還會幫我。

身爲當事者，我只是被搶食的獵物而已。

我瘋狂掙扎的樣子似乎娛樂了譚照瑛，她還保持著生前喜歡戲弄嘲笑弱者的習性，但她卻沒發現戴佳琬已經在旁虎視眈眈，兩隻惡鬼能力高下立辨。

誘走主將學長的是戴佳琬嗎？主將學長雖然是麻瓜，鄧榮可以殺死活雞，說不定某種程度下他也能影響活人視覺，又是聲東擊西！和之前戴佳琬綁架我的手法一模一樣，眞是一招鮮吃遍天啊！

「戴佳琬！出來！還是妳的樣子已經噁心到不敢見人？」或許她已經現身，只是我看不到，其實這樣也好，看不見至少不那麼怕，若能誘導戴佳琬和譚照瑛兩虎相爭，說不定我還有渺茫的機會成功溜走。

至於為何能目睹譚照瑛，只能說我和她之間的業力不是一般的強，打從一開始就只有我能看見她，因此譚照瑛報復社會的最後一擊是把我這根稻草拉下水。

譚照瑛果然被我的話轉移注意力，我則運起全部意志，不讓任何非人力量入侵身體，後頸卻冷不防被男人的嘴啃咬。

「啊！」我尖叫出聲，眼淚也迸了出來。

鄧榮趁機咬了我。

那一咬傳來的其實不是痛，而是露骨淫慾混著鑽心的厭惡，兩種矛盾至極又完美融合的執念，甚至可能是戴佳琬體驗過的被侵犯細節，她一直很懂怎麼瓦解我的防禦，此刻我憤怒之餘，竟然感到羞愧，以及即將面對更多羞辱的深沉恐懼。

一打二我真的辦不到，馬上就要輸了……怎麼辦？我也是人，會有極限的！右手已經痠軟無力，再也揮不起濕衣，不得不找個地方扶靠。

「叭——」刺耳噪音響起，陷於嚴重混亂的我渾身一顫，惡鬼氣息瞬間往外退。

低頭望去，原來我握住機車握把想穩住平衡時無巧不巧按到喇叭。

鬼魂對風吹雨打很敏感，連活人都會抓狂的音波攻擊理論上應該有用？

「叭——叭叭叭！叭——」我按住喇叭嘴裡咒罵：「沒心燈又怎樣？拎祖媽有喇叭！」我

就跟你們這些死鬼耗到機車沒電，在這之前希望來抗議噪音污染的人愈多愈好！

「主將學長——」我希望他沒走遠，此刻濃霧能見度太低了，我懷疑譚照瑛又勾結其他異物前來圍堵目標。其實說勾結也不太對，她可能已經沒剩下多少智力，存在本身卻像一團腥臭餌料，有可能吸引一些強大卻充滿惡意的異類跟著她覓食。

不知是租來的機車品質不良，或者這些惡鬼裡有人懂得動手腳，我獲得喘息不到一分鐘機車就熄火了，拚命發動機車，引擎卻要醒不醒，徒然發出困獸悶吼。

其實我知道接下來會發生什麼事，殺手學弟看過不少同時被複數雜靈附身的病狂例子，從他那邊我聽聞許多毛骨悚然的案例，幻想戴佳琬和譚照瑛會先打一架來決定獵物所屬權根本不切實際，她們會做的是同時入侵再爭誰能成功操控我！

這裡不安全了，哪裡是安全的？

「老家……很安全……」但對此刻沒了機車的我來說遠在天邊。

我痛下決心棄車逃亡，抓起背包衝進茫茫霧氣，只要能接近崁底村，哪怕只有一公尺都好！就算不是溫千歲，若能踏進哪位好心境主的地盤，說不定祂會幫我趕跑這些惡鬼，不幸遭附身也能被安排到有能力驅邪的宮廟。

至少溫千歲明白說過，譚照瑛是境主驅趕的對象，KTV大火事件後更是一躍成為陰間通緝犯，生祭法引起妖怪眾怒，官方總算願意積極處理譚照瑛這個麻煩，我卻先被譚照瑛堵到，顯然官方還是不夠積極！

跑著跑著，四周還是有朦朧亮光，之前沿途看到的山路明明沒幾盞路燈，始終沒跑進漆黑路段，難道我一直在路面上來回繞圈？

再跑下去就要沒體力了，而且主將學長不知走到哪裡，他有沒有遇到危險？霧中始終有種彷彿殘缺腐爛屍體一樣的東西跟著我，還有些飛來飛去的不明生物不時用細小爪喙刮著我的臉和手腳，每每讓我驚跳起來繼續徒勞無功地逃跑。

「溫千歲——有沒有認識溫千歲的，請告訴王爺蘇晴艾在這裡！我需要找王爺幫忙！救救我！」我病急亂投醫嚷嚷著。

忽然間，遠方響起一陣半真半幻的鑼鼓聲，幾乎被自己的心跳聲和喘息蓋過，我緊緊握拳按在胸口，用力深呼吸後專注傾聽，確定聲音來自固定方向，我立刻朝那個方向跑去。

鑼鼓節奏很熟悉，我忍不住又漫出眼淚，這次是高興的，我曾在王爺廟聽過，那是溫千歲和他的兵將戰勝鄉下妖精時的慶賀音樂。

鑼鼓聲始終若有似無，我開始經過不同明暗的路段，有時周邊暗到實在不敢踏步，除了霧氣的濕潤觸感外伸手不見五指，幾乎以為鑼鼓聲是恐懼到極點自我安慰的幻覺，但我仍拿起從背包掏出的強光手電筒照著腳下的路。

是柏油路呢！這樣想著的我居然感到有點安心。

跑到快斷氣時，身邊忽然炸開劈里啪啦的鞭炮聲，我反射性閉上眼睛跳了幾下怕被炸傷，回神後才發現根本沒聞到火藥味，地上也沒有鞭炮炸過後的紙屑，然而身邊已經沒被奇怪霧氣包圍。不遠處路旁有間小土地廟，非常簡陋的鐵皮屋，好在也沒有欄杆鐵窗，拉有電線，點著電子蠟燭，廟旁種著大榕樹，樹身用紅布圍著。

我三步併作兩步衝到廟前，雙腿無力一屁股坐到地上，咳了兩聲才再度爬起，走到慈眉善目的神像前跪下，雙手合十。

「還有一個人被鬼打牆困住了，跟我一起騎車來的男生，拜託土地公替他指引方向。保佑他平安無事！」我不敢貿然說出主將學長的本名，目前看似安全，但誰又能肯定我不是逃離虎口卻進了蛇窩？倘若是正神應該不會計較我此刻的不敬。

神像毫無反應，手機依然沒有訊號，無法求救也聯絡不上主將學長，我握緊供桌邊緣垂下的刺繡紅布。死到臨頭才來抱神明大腿，我也知道很厚臉皮，但蘇晴艾真的不是壞人，我以後會發心做更多好事來彌補此刻佔的便宜不行嗎？讓我活下去吧！起碼活到可以處理好冤親債主的冤孽，還有送許洛薇投胎，我就心滿意足了！

大腦成了糨糊的我不知道到底有沒有把那段心聲說出口，只知自己好像靠著桌腳哭了，忽然間桌上滾下一顆火龍果，我趕緊鬆手以免把人家的供品全抖下來。

「對不起……」眞是成事不足敗事有餘啊！蘇晴艾。

我訕訕地撿起火龍果想放回水果盤裡，抬眼卻對上光芒大熾的電子蠟燭，暈眩襲來，我閉起眼睛卻再度看見那片白霧。

身體好重……依稀感覺到自己躺在土地廟裡堅硬的水泥地上，奇異視覺還在持續，霧氣中浮現主將學長的身影，他依舊正邁步走向倒在地上的人體，然後那人一躍而起跑了，主將學長跟著追上去。

別追！快回來！我無比焦急卻出不了聲，像是被無形的網綁在地上。

主將學長一度停下來辨別方向，卻發現他迷失在霧中騎虎難下，我了解主將學長，這時他一定會想逮住元凶揍一頓暴力破解靈異現象，然後他似乎又鎖定了霧中的腳步聲或人影，再度追上去。

不對，霧氣後面是公路護欄，該死的還有個小缺口，下面是垂直落差將近五公尺的雜樹林，主將學長卻毫無察覺地往前跑，萬一掉下去他鐵定會受傷。

「主將學長——不要往前！回來！往四點鐘方向順著路走！」聲音像是撕破喉嚨飛了出

來，瞬間我胸腔以上到整個頭都痛得要命。

主將學長頓住腳步，似信非信地張望四周，霧氣又一次吞沒他的身影，黑暗則遮蔽我的視野。

Chapter 04 / 神之火龍果

我渾身顫抖倒在小土地廟裡，剛才到底是土地公神靈附體還是我的超能力發動？或者兩者兼有？總之對我的身體來說似乎很不妙，心臟差點爆炸，超級想吐。

帶著露水氣味的風吹拂著額頭，彷彿躺了很久，我才從險些心臟病發的混亂狀態下慢慢恢復鎮定，依舊渾身發軟無法起立，掙扎著抓起手機一看，時間距離我躲進土地廟過去不到十分鐘。

閉著眼睛忍受盤踞在眼皮內側的燒灼刺痛，又乾又刺的喉嚨簡直像吞了一把沙子，我有預感之後一定會紅腫發炎痛上好幾天。

一雙強壯手臂將我從地上抱了起來，我嚇得扭身就躲，然後被專業擒拿力道輕輕鎖住上半身，不用看臉就知道是誰出手，主將學長回來了，我忍不住一陣鼻酸。

「小艾！剛剛那是妳嗎？」主將學長把半死不活的我攬在懷裡問，他果然有聽到我的警告。

「好……像是……嘿！」我勉強開口。

主將學長把手放在我額頭上，立刻被燙到似地縮了下手，然後重新覆上去，確定我發燒得很厲害。接著他翻找我的背包，拿出碩果僅存的一瓶淨鹽水，其他都在我逃命時沿路灑光了。

他要餵我喝水，我用力搖頭，現在我口渴又喉嚨痛，完全喝不下鹹水。「學長……我喝過了……那是驅邪用的……留著……再灌我會吐，不，我會死……」

主將學長扶著我背靠牆壁坐著，接著在土地廟裡裡外外找了一圈，不見水龍頭，眞的就是間陽春小廟，唯一水源是廟後接雨水的塑膠桶，裡面都是青苔落葉，還有不知名的小蟲。

無奈之下，主將學長倒了點淨鹽水弄濕毛巾，摺成一小塊蓋到我額頭上降溫。

「妳用了超能力嗎？」他嚴肅地問。

我微微點頭代替說話，又囁嚅著補充：「好像這裡的土地公也有幫忙？」

「不要再用了，妳現在臉色好蒼白。」

我睜大眼睛表示無辜。

要不是主將學長眼看就要出事，我也不想動用詭異的ＡＲＲ超能力，堂伯說會有副作用，他沒誆我，還有輕描淡寫的嫌疑！這能力明顯有問題，代價更是不小！

「我把機車牽回來帶妳去醫院！」前不著村後不著店，主將學長只好出此下策。

怎麼可能再讓他跑回鬼打牆裡？那我不是白白吃苦了？

「我只給崁底村的蘇醫師看病，而且現在不嚴重了，我只是很累。」我啞著嗓子哀求。

「小艾，不要鬧。」主將學長說。

「學長，我脖子後面被鄧榮咬了，你幫我看看有沒有怎樣？」我忽然想起還有這項噁心事。

鄧榮是會吸精氣的惡鬼，可以替戴佳琬蒐集力量，我和許洛薇養的雞群就是被鄧榮吸乾暴斃。這隻惡鬼咬了我，加上動用超能力，我剛剛差點就因身體無法負荷登出人生。

他臉色一變，急忙撩開我後領檢查。

「學長，別不說話，很嚴重嗎？」我有點慌。

「沒有傷口，腫了一大片，像蕁痲疹。」

「有多大片？」

主將學長比了半個手掌大小的面積給我看，他的手很大，那不就整個後頸都是了？光想就恐怖。

「可是除了剛被咬時，後來就不會痛了。」

「我摸一下？」

「好。」

「痛嗎？」

「沒感覺。學長你再用力一點壓壓看。」這下我不淡定了，可不要變成啥怪病才好，白峰主的詛咒那次讓我知道因果病可以皮肉潰爛到殺死人。

不是不想自行確認患處，但我現在雙手還是無力抬不起來，總覺得那個ＡＲＲ超能力要是用得太過火，我在發瘋前就會中風變成植物人，簡直就像……強迫推開上了幾十道鎖的門，如果那扇門材質太差，就要被超自然力量拆爛了。

成千上萬的凡人不具陰陽眼也沒有超能力，只能靠生理五官近距離互動是有道理的，因爲好端端的人體要以那麼龐大的功率交流訊息會短路故障。

主將學長又用力壓了壓，我才感到肌肉深處傳來悶痛。

「壓過的地方變白了，血液循環很差。」

「應該不會壞死吧？」我小心翼翼地問。

「學妹，我看起來像醫生嗎？」主將學長皮笑肉不笑反問。

「淨鹽水！我先冷敷消毒看看。」我趕緊再請學長弄濕已經變暖的毛巾改敷脖子。

對話結束後，我強撐的嗓子已然告廢，乾癢得像無數螞蟻在喉嚨裡爬動，我發出驚天動地的咳嗽。

「飲用水在機車上。」主將學長發現我背包裡全裝淨鹽水有點無言，運動飲料在火車上喝完了，我當時又沒計畫要自行騎車到崁底村。

「我不說話了，等天亮再行動比較安全。」我抓著他的衣角就是不想主將學長再冒險。

「今天天亮會比較遲，剛才我回來時天氣變糟了，可能會下雨，土地廟這裡是山陰，清晨恐怕不會有陽光照進來，再說，妳這個樣子還能等一個小時嗎？」主將學長認爲事態緊急不容拖沓。

目前這條詭異山路通訊不良又無人車經過，就算土地廟坐落在此，困境仍然沒有解除。我頓時明白拳頭大才有話語權的潛規則，像溫千歲那樣給力的境主果然只是少數，小土地廟能充當綠洲讓我們暫避已是幸運。

「那就再休息片刻，等我可以走路一起去！」

正當我們爭執不下，供桌上又滾下一顆火龍果。

「……」主將學長和我面面相覷。

這是請我吃的意思嗎？

主將學長更直接，撿起那顆火龍果開始剝皮。

「學長，不如擲筊再確認比較保險？」

「我之後會帶水果來這裡拜神致謝，妳先吃，說不定有特殊療效。」

學長都這麼說了，口渴比飢餓和疼痛更難忍，我已經難受得快發瘋，不再客氣小口吃起放到嘴邊的火龍果，新鮮芳香的果肉汁液滑下喉嚨後，我感到舒服許多，先前嘔吐後胃部若有似無的抽痛也消失了。

過了一會兒，我扶著牆壁站起來。

土地公牌火龍果其實沒有那麼神，但多汁又鮮甜，充滿台灣農民的驕傲，令我恢復了三成狀態，然後靠著演技灌水到七成半。既然主將學長從地形方位判斷我們人在山陰處，我乾脆死心不期待日光了，及早動身更實際。

反正火龍果都吃下肚，一不做二不休，再向土地公借點道具突圍方爲上策。

我拿起桌上兩塊半月形紅色木塊請示土地公。「信女蘇晴艾懇請土地公原諒先前不敬，可否借廟裡的香開路護身去牽機車？同意的話請賜信女三個聖筊。」

還好之前和許洛薇爲了送她高中學長投胎，跑了不少宮廟問神，求神問卜已經駕輕就熟。

喀喀喀三個聖筊，這位土地公是個豪爽人，我默默漲了許多好感。

在花瓶邊找到供香，塑膠袋裡的立香只剩下半袋，我一咬牙全抽出來點燃，給土地公上了三炷香感謝祂義氣相挺，走出廟外打算再闖一次鬼霧，抓著一大把煙氣騰騰的老山檀，頗有壯膽功效。

「小艾！」主將學長搖頭。

「學長，要是你出事，我不就孤立無援？還不如你就近保護我，而且土地廟離停車位置應該不遠，我們只是中了鬼打牆在馬路上轉來轉去。」他一定很在意停車上前看個狀況，回頭我就半死不活的事，根本不是主將學長的疏失，但我不知道怎麼安慰他。

主將學長深深看著我，我則用盡全力表現出堅強不屈的意志，「學長，我的老家有早點、飲料、被窩！」

「早點、飲料、被窩。」他輕輕複誦，然後笑了。

我從背包裡拿出頭燈交給主將學長，身爲柔道人當然不會自廢武功，解放雙手是一定要的，一天到晚出事的我更不可能沒帶備用燈具，就是經驗不足把頭燈收納在錯誤位置，情急之下只拿到手電筒。

主將學長戴上頭燈，背對我蹲下來。

「妳拿香，我揹妳。」

這不是主將學長第一次主動說要揹我，但我總覺得沒有必要。

「學長，萬一臨時有狀況需要你出手，我不就容易從你背上摔下來嗎？」

「我會輕輕放手讓妳滑下來，若是這樣還不行，回去加強訓練。」主將學長是個實事求是的男人。

「行，當然行。」我怕走不到五十步就露餡軟腳，還是乖乖爬上他寬闊的背。

主將學長立刻揹上我小跑起來，步伐又快又穩，這情景特像某部動畫。不得不說女主角拿男主角當交通工具，泊車口號是「坐下」的設定曾博得許洛薇大大好評。

重新踏入一度害我驚慌逃命的白霧時，我渾身都繃緊了，不由得將點燃的香叢握得更緊，空著的那手則牢牢攀住主將學長肩膀，同時眼觀四面，耳聽八方，警戒著隨時可能冒出來的敵人。

主將學長有重大關頭愈發冷靜的安定體質，此刻我倒感覺出他不太緊張，只是很小心，現在我們都沒有陰陽眼，不考慮超能力的話，他對危險的敏感度比我高很多。

「學長你怎麼都不會在馬路上打轉？」他聽到我的警告後抵達土地公廟的速度有點快，此刻也是很篤定地往前走，表示他沒有走錯方向或S形繞路浪費時間，雖然柏油路只有一條，但靠山側其實有很多產業道路入口或當地人開闢的碎石土路，我剛剛差點就被誘進山裡。

「順著排水溝走，另外注意走路姿勢正確就不容易偏離直線，固定腳尖方向也是。」主將學長說。「這片霧眞的頗邪門，鬼魂可以製造虛假天氣現象？」

「林梓芸摔車那次雖然也有霧，主要是有很多燒死鬼出現和譚照瑛製造的幻覺加成，現在這個是眞的霧，我們認識的那些鬼沒這種能力，所以有可能是魔神仔……等等，學長你剛剛追的那隻是鄧榮嗎？」這個戴佳琬的連體嬰方才是同時走在前面引誘主將學長又追在我後頭？感覺有點奇怪。

「我分不出來是哪隻鬼，可是那東西不太像人，雖然看上去是人的樣子，但我總覺得它像某種動物，有毛皮爪子之類，妳和阿刑也說鄉下有魔神仔和精怪。」主將學長只是簡單說出他的看法，現在不是聊天的好時機。

「感覺現在倒是沒剛才那麼危險，機車就在前面了。」主將學長說。

「學長小心，敵人說不定會在機車那邊埋伏。」我舉起剩不到一半的香支警告，白霧還在作祟，香支燃燒長度一望即知我們在霧裡待了比自己以爲還要久的時間。

「如果再遇到那些髒東西，妳就拿香打。」遇到科學無法解釋的敵人，有學過武術的人第一反應就是打看看，至少比歇斯底里要實際。

「我就是這麼想才準備一大把。」但我還是很焦慮，擔心不知何時雨就落下來，烏雲正在頭上聚集，空氣裡也充滿潮味。

出乎意料地，租來的機車就乖乖停在路肩，四周什麼也沒有，說不定和我逃進土地廟前聽到的熟悉鑼鼓聲有關，我希望那些惡鬼怪物先逃了，但還是不能大意。

機車順利發動，主將學長是眞福星！我和許洛薇也被山路怪異陰過，第一次返鄉時機車熄火怎樣都沒辦法發動，被迫牽車步行露宿，換成主將學長，魔神仔就沒種這樣搞，有夠現實。

「最好快點走！等我們離開土地廟保護範圍後，那些鬼怪說不定又會攻擊。妳說那尊溫千歲很強，表示這一帶牛鬼蛇神應該不弱才需要這種神明鎮著，那個叫小趙的乩童當初不也是在崁底村附近出車禍？」主將學長馬上分析出接近崁底村不等於安全的重點。

「說不定就是溫千歲把大尾都趕出地盤，導致界線外的精怪特別多。」我好像一不小心眞相了。

主將學長載著我回到土地廟，這時借來的普通老山檀香支僅剩不到半指長，我感激地將殘香插到土地公廟外的杜腳，拉著主將學長虔誠地向土地公拜了拜，主將學長有點不自在，卻依舊從善如流。

「謝謝，謝謝，接下來的路我們會自己走，等事情解決了再正式來拜謝您。」我忙不迭地道謝。錦上添花不如雪中送炭，日進斗金的大寺大廟那麼多，還不如路邊守護一小塊偏僻危險地帶的不起眼土地公。

正要重新出發，主將學長卻從他的行李裡拿出一條長紙筒，紙筒裡面裝著一綑又粗又長的……哇靠！雄黃香！主將學長怎會隨身帶著這種傳說中露營驅蚊的殺器？早點說不多好？我包包裡那疊綠蚊香完全弱掉了。

主將學長抽出半把雄黃香一口氣點燃，然後叫我戴上口罩不要聞，畢竟雄黃對人體也有毒，且煙霧眞的好嗆鼻。

「《白蛇傳》裡，妖怪喝了雄黃酒會露出原形動彈不得，所以我這次買了樣本過來打算問阿刑雄黃香用在日常防護上的可行性，聽妳說過炭底村也有妖怪正好試試。」

搞了半天主將學長是來我老家實驗生化武器！高手的思路就是狠！

「一支雄黃香可以撐五個小時，如果剛才那些鬼怪繼續跟車，至少也要對它們燻上一燻。」沿途放催淚彈的節奏！

雄黃這種驅邪物本來就有殺蟲消毒功用，對付一些腐爛污穢或性質接近蟲蛇等陰濕生物的妖怪搞不好特別有效！就是不便宜。

最後，靠著主將學長神來一筆的軍火攻勢，以及王爺兵團若有似無的護航，我們在微微敞亮的天空與毛毛雨下成功抵達炭底村，直取王爺廟，途中手機仍然一直打不通。

□

王爺廟廟門已經打開，整座廟裡外卻靜寂無人，沉澱了一夜的空氣，還未點上新的供香，氣氛有些慵懶。

我用王爺廟辦公室市話打給小高跟小趙，才知道平常天亮前就會來開門灑掃的兩名青乩今天都在宿舍裡不約而同遲到，我那位王爺叔叔討厭不夠乾淨有能的乩童，小高小趙應該是被設計了，這表示溫千歲在等我過去溝通嗎？

然而我一踏進王爺廟立刻失望，裡面並沒有那抹白衣美少女的空靈身影。

好吧！這兩個天兵就是單純睡過頭！

葉伯偏偏去鹿港了，據說是被當地某個宮廟管委會邀去調解爭議或靈異災難之類，最快也要今晚才能趕回來，王爺廟目前呈現家裡沒大人的悠閒狀態。青乩們見我來了特別嗨，上次溫千歲大顯神通後，他們好像把我當成王牌通靈人之類的存在。

瞞還是不瞞？這個問題沒困擾我太久，主將學長馬上就搶過主導權聯絡葉伯，向老人報告我們在來時路上遇襲之事。葉伯要我用王爺廟的浴室洗柚子葉澡，並命令主將學長去找蘇靜池求助，然後準備一副牲禮正式請溫千歲幫忙。

於是小趙留下來聯繫水電工大叔（這位才是王爺廟的正牌乩童）替我畫驅邪符與準備淨身材料，維持王爺廟日常運作，小高則帶領主將學長去找蘇靜池。

還沒睡飽的水電工大叔臭著臉出現，這次我總算如願以償讓他幫我正式驅邪了，雖然沒感到超凡靈力，但人家貴在業務嫻熟，我被搖鈴經咒招待一番後精神安定不少，乩童臨走前到處看了看，好像在奇怪那隻紅衣女色鬼怎沒跟著我？

洗澡時我勉強扭頭看著鏡子，後頸腫起的斑塊已經擴散到半個背，水電工大叔警告我邪毒發散出來比較快好，只是看起來相當嚴重，有種麻木的怪異感，只有用柚子葉擦澡時會刺痛。出浴後清爽復活的我，趁小趙去外面掃地時來到溫千歲的神像面前。

溫千歲現在應該下班了，但白天廟裡不可能沒有他的耳目，而且這位神祕境主貌似已經知道我的困難，擺出各種陣仗暗示正等著我上門協商。

「薇薇不見了，幫我找到她，拜託。」我小聲地許願，沒有回應，天亮了果然不行。我只好先趴到辦公桌上補眠，等堂伯出現再說，真是悲慘的一夜。

薇薇！薇薇妳在哪裡？意識逐漸模糊時，我仍抓著這個念頭不放。

一波又一波徐緩的海浪從不明遠方來到「我」這塊岸邊，淹沒腳踝。浪裡傳來許洛薇的氣息，她正在沉睡，非常非常深的睡眠，毫無快樂或痛苦，連夢也不存在。

醒來又是頭痛難當，至少沒有快死掉的感覺，因此我也無法肯定ＡＲＲ能力到底有無發動，抑或是我焦慮下的妄想。如果那個夢是眞的，至少表示許洛薇沒受折磨，卻也不在清醒狀態。

時候到了嗎？那頭赤紅異獸即將完全覺醒？我討厭這樣。

許洛薇明明是人類，是我的好朋友，才不是什麼長翅膀又會飛的嗜血怪貓！

「晚上到蘇湘水的小屋等我，記得一個人來。」一道帶笑的清脆嗓音響起，我猛然抬頭，眼前無人駐留。

剛剛溫千歲來過了！這表示他答應幫我？

怔怔出神時，一陣劈里啪啦的腳步聲飛快接近，一高一矮的蘇家雙胞胎出現了，哥哥蘇星潮還是跟去年一樣，沒怎麼長大，外表看來就是個可愛的小蘿莉，弟弟蘇星波以十一歲男孩標準來說已發育得玉樹臨風、一表人才。

然而，堂伯對我說過這兩個男孩是來還債的，命中註定都活不過二十歲，更慘的是，堂伯窮盡所能卻只能折壽給雙胞胎其中之一，剩下的男孩隨時可能猝死，堂伯就像揣著兩個心愛的炸彈過日子，一個有定時裝置，另一個被放在黑盒子裡。

我漸漸看出那名難以挽留的孩子十之八九是蘇星潮，堂伯對他的溺愛如此明顯，滿溢絕望的深情，或許小潮早就明白自己是會較早離開的那個，臉上總掛著任性恣意的笑容，許洛薇卻說他其實是個早熟豁達的小紳士，古靈精怪的表現只是爲了讓家人感覺被需要。

「小艾姊姊～」

「小潮！小波！你們怎麼來了？」

「聽說小艾姊姊出事，我們當然要來探望妳，爸爸說這個藥膏很有效，我和弟弟在家長奇怪的疹子時也常塗。」有著圓圓大眼的標緻男孩討好地獻上手中的黑檀木製長方形小藥盒，今天也穿著類似浴衣的復古打扮，瘦高弟弟則是襯衫長褲皮鞋，不苟言笑，一個賣萌一個耍酷。

「小艾姊姊妳沒事吧？」蘇星波同步送上一把慰問的野薑花與一袋早點——蛋餅配奶茶，身邊頓時瀰漫沁人心脾的芬芳。

太可愛啦！我頓時感到心靈深處被徹底淨化了。

「沒事！」我拍拍胸脯。

「爸爸說蘇醫師到外地出診，中午前就能趕回來替小艾姊姊檢查，請妳先休息。」蘇星波一板一眼道。

「喔，好，謝謝，不好意思麻煩你們了。」

「薇薇姊姊呢？」或許是一出生就比我還接近死亡的命數，兩兄弟都有陰陽眼，蘇星潮立刻問到重點。

想振作起來找個理由告訴他們不必擔心，但臉上挫敗恐慌的表情恐怕出賣我了，雙胞胎迅速收斂笑容。

蘇星潮用雙手包著我的手掌，低聲認真道：「我知道小艾姊姊擔心爸爸會妨礙妳，又覺得我們是小孩子，不想告訴我們真正的情況，但小艾姊姊要相信我是站在妳這邊的。」語畢，他又充滿自信地笑了笑補充：「well，老弟只能站在我這邊。」

「我會保密。」蘇星波道。

這麼小的孩子，就想保護嚴格說起來和自己還不是很熟的姊姊了，我內心五味雜陳。

「我相信小潮、小波。只是薇薇失蹤的事我自己也一頭霧水，等我拜託溫千歲查出方向，一定會需要你們幫忙的。」我誠懇地說。

對啊！這兩隻可是牽制蘇靜池的地圖兵器，情況對我不利時拜託堂弟們混亂堂伯再好不過。

「小艾姊姊被鬼咬的地方自己擦不到藥，我幫妳擦。」蘇星潮熱心提議。

堂伯果然什麼事都沒瞞著寶貝大兒子。

「沒關係，我可以……」剛舉起來的手又變成麵團。

反正是小孩子，我毫無不自在，沒想太多就去換了件小可愛露出紅腫的上背接受蘇星潮的服務，光是換件衣服又讓我氣喘如牛，小男孩則用勝利的眼神望了望廟外。

「小艾姊姊，妳不可以讓那個警察叔叔幫忙擦藥喔！男女授受不親。」蘇星潮嚴肅地叮囑。

我愣了愣，「當然不會啊！但學長才大我三歲，你們叫他叔叔過頭了啦！」

「好啦！我們會叫他哥哥。」雙胞胎勉強讓步。

「你們似乎不喜歡主將學長。是他看起來太凶了嗎？」我問。

雙胞胎沒正面回答，只是抓著我的袖子，我則拍拍蘇星波的肩膀又摸摸蘇星潮的頭髮，兩個小堂弟都是如此特別的好孩子。

□

得到溫千歲邀約，今天我說什麼也非睡在山上小屋不可，這間蘇家族長歷代改建避世的水泥平房，迄今仍受蘇大仙結界庇佑，屋外百年大榕樹更是傳說中蘇湘水的埋骨之處。

主將學長之前聽我說過族長小屋結界非常好用，這次就沒阻止我去山上過夜了，他買了便當並在天黑前陪我走山路到小屋再獨自下山，然後去村裡派出所借住，這時當警察還是有好處的。

我不敢怠慢，早早就洗澡吃飽，做好準備等溫千歲現身。

經過一天休息，超能力副作用泰半退去，但我餘悸猶存，只敢用靜坐對抗睏意。

一個朦朧瞬間，外表約十七歲的白衣少女就出現在客廳裡，溫千歲果然不受蘇湘水結界影響，畢竟他本來就是蘇湘水培養出的境主，說到法術、法力啥的應該系出同源。

「呃……王爺叔叔，晚安？」雖說已經很熟了，和瘟神獨處還是相當有壓力。

「乖姪孫女，恭喜妳又差點玩掉自己的小命，看來比起神媒，妳更想用靈體模式當我的祕書？」溫千歲坐在桌角蹺著二郎腿道。

我拚命搖頭，不想浪費哪怕一秒鐘，立即展開協商。

「薇薇不見了！我不知道她是被鬼差帶走還是因爲其他因素失蹤，你知道她現在在哪兒嗎？」連上回算計我們還會靈魂出竅盜用其他人軀殼的術士，溫千歲都有辦法揪出那人與「耿派鬼術」有關，身爲非正規神明，溫千歲的小道消息絕對不容小覷。

「就算我肯查，妳能付多少代價？」溫千歲緩緩泛起一個笑，遞出敏感問題。

在王爺叔叔到來前，我早已將此刻的對話沙盤推演過無數次，其中想得最深最痛的，就是代價的多寡。

「一年代言人，但要在我和薇薇分手以後。」

「一年？」溫千歲嘲弄地挑起眉。「原來許洛薇在妳心中就值爲我當差一年？」

「抱歉，找到她以後，事情一定不會就這樣結束，但我只想拜託你幫我找到她而已，王爺叔叔。我還有很多事要做，不能被綁在廟裡。」

「如果我說一年不夠呢？」

「那我只好把一切都告訴堂伯和許家，他們家大業大，應該有其他辦法吧！坦白說我現在扣著消息來找你，已經夠對不起許洛薇的父母，只是我的私心。」我考慮許久，不得不面對能力有限的殘酷現實。

聽到我口中冒出堂伯兩個字，溫千歲明顯不爽起來，目前我是把堂伯擺在更有力的救兵位置上，也是因爲堂伯不會對我收取人身自由的代價，眞希望激將法對溫千歲有效啊！

這位瘟神王爺忽然收了笑意，盯著我沉思。

「確實是得考慮『家大業大』的麻煩……」

我隨口說的四個字被溫千歲複述一次，頓時生出難以言喻的詭譎，那個「業」字聽得我心慌慌。

「乖姪孫女，妳挑事的時機太碰巧，或許一切眞和那許洛薇有關。」

「『一切』是什麼意思?你已經有頭緒了?」我立刻湊上前。

溫千歲伸出食指，示意我保持距離。「不，我是指自身的麻煩。」

我愈聽愈糊塗。

「許洛薇和您有啥關係？」

「這也是我想不通的部分，但我先前已提過，按照卜算，原本今年不會到那間咖啡店插手妳的事。」

「結果來了兩次。」如今看來，王爺兵團今早能夠在領地外及時掩護我，之前與溫千歲的互動都像是某種冥冥之中的鋪陳。

「早已沉寂的命數竟在此時出現驛動……驛站的驛，小艾，別聽錯了。」

「有，我有聽進去。」我汗，還眞的聽成異動。「王爺叔叔，單憑這麼點小跡象你就能聯想到我和許洛薇？」

「我這甫出世就斷氣的短命鬼，命數趨近於零，死後又和這片土地簽了兩百年不能離開的陰契，唯一卜錯的意外就出在這次，妳說好不好認？」

「好認。」我乖乖點頭。

「但我實際上仍被困在這塊土地上，無法深入調查是何原因驅動我身上的業障。」溫千歲說完解開高領，露出一小片胸膛。

我來不及感到羞澀，就先被盤踞在灰色屍體肌膚上的血紅烙痕嚇到了，異常鮮明、隨時將要滲出鮮血的傷口竟然是人類雙手的形狀，彷彿有個人曾緊緊掐住溫千歲的脖子。

身為千金小姐和平民戀人的私生子，溫千歲剛出生就死了，他曾說只在世上吸了一口氣，如今我或許已經目睹溫千歲真正的死因。

「您想起來了嗎？」去年溫千歲在對我描述身世時，對自身死因模糊帶過，當時他在襁褓之中，我以為記不清楚很正常，但那時從溫千歲的語氣和我夢見的故事內容判斷，溫千歲應該是被我高祖母家的人殺死的，那戶人家寧可把女兒嫁給江湖郎中蘇湘水，先前根本容不下這個污穢的私生子，只不過是淹死或悶死的手法差別而已。娘家已經把高祖母的戀人打死、弄死嬰兒，製造出一大一小兩個恐怖的疫鬼，要不是我高祖父來得及時，當地差點生靈塗炭。

沒想到，凶手卻在溫千歲身上留下醜惡的傷痕……活活掐死！

「都這麼多年了，如果沒想起來會變成這樣嗎？話說回來，妳果然能看見我身上的『業障』，不愧是ARR能力的天賦者。」溫千歲慢條斯理穿好衣領說。

「等等！你怎麼知道阿克夏記錄開閱者的縮寫……堂伯打報告時你在旁邊看？」

溫千歲給了我一道代表「廢話」的冷笑。

另一件事同樣令我害怕，溫千歲被衣服遮住的皮膚，與他姣好容顏完全不同，也根本無法想到是神明會有的顏色，在在都暗示著他正遭受某種嚴重的惡化現象。

「所以王爺叔叔你花了約……一百二十年才想起完整的死因，這樣下去會變成厲鬼嗎？」

我飛快心算後湧起擔憂。

刑玉陽曾用白眼看溫千歲，看到的是又黑又紅的一團熔岩，我不懂這意味著什麼，總之麻煩大了！

溫千歲沒回答我的問題，只是懶洋洋地搧著扇子。「陰契限制我只能困在這裡眼睜睜坐視業障惡化，這不符合我的性格，所以我打算讓妳撿便宜了，乖姪孫女。」

聽見王爺這樣說，我一則以喜，一則以憂，喜的是終於得到尋找許洛薇的強大助力，憂的是溫千歲的狀態似乎比許洛薇還糟糕。

「先回答妳之前的猜測，許洛薇並非被鬼差帶走。」溫千歲語氣篤定。

「何以見得？」玫瑰公主不是被官方帶走這件事讓我鬆了口氣。

「若鬼差帶得走那頭畜生，一開始妳就不會遇到她。」

忽略溫千歲對許洛薇的形容，我因他的話陷入沉思。溫千歲言下之意，陰間對許洛薇睜隻眼閉隻眼的理由不是網開一面，而是拿她沒辦法？

「如果鬼差不能帶走她，那許洛薇以後要怎麼投胎？」

溫千歲看著我笑而不答，但笑意並未進入眼底，我只好嚥下這個目前來說還太過遙遠的問題。

「那王爺叔叔你要怎麼調查許洛薇的下落？」

「作案者是誰我心裡有數，不過還得查到確切證據，妳且在這裡盤桓幾日等我部下傳回消息。」

原來溫千歲早在我來求助之前就已經展開行動了。

另外，溫千歲只差沒說白，許洛薇並非自願離開老房子。該死！果眞有個綁架犯！

「敵人是不是在下一局棋？」我垮下肩膀。

「是。」

「還剩幾步？我有機會嗎？」

「快被將軍了，但妳來找我，這一步救得不錯，尙有活路。」

這時候溫千歲的自戀讓我感到無比耀眼，連帶我也想更加努力。

「那等消息的時候，我也用ARR能力夢看看有沒有新線索，王爺叔叔你應該有辦法引導我開啓超能力對吧？」就算要冒險，爲了許洛薇也値得。

一包土芭樂乾平空飛來擊中我的後腦勺。

「那種神通力從來不是好東西。」溫千歲厭惡地說出口後愣了愣，似乎對情緒流露有些意外。

我猜王爺叔叔應該是被有神通力的修道者攻擊過，比如說我的高祖父蘇湘水。成功把一個還不會說話的小疫鬼拉拔成文武全才的陰神王爺，當中肯定少不了各種鞭策教訓，爲了避免被遷怒，蘇晴艾自然同仇敵愾，再說，我一樣不喜歡這個會爆腦的超能力。

到底是誰綁架許洛薇？

Chapter 05 / 王爺徵信服務

許洛薇失蹤已經三天了，期間我度日如年，分分秒秒都在引頸長盼溫千歲告知最新消息，然而王爺態度諱莫如深，只要我耐著性子等，就連阻攔我進村的譚照瑛和戴佳琬到底情況如何我也一頭霧水。

我打發煩躁的方式就是找堂伯深入溝通ＡＲＲ超能力細節，蘇靜池和刑玉陽的說法如出一轍，甚至更加詳實，最後一絲奢望就此熄滅，再怎麼希望超能力的事只是誤會，被這樣反覆保證以及在土地公廟解放能力的衝擊後，我只好嚴肅接受這份古怪的新命運。

一回故鄉立刻就給堂伯帶了個ＡＲＲ超能力可被地方神明誘發的新發現，堂伯對此的反應不是很開心，若要精確形容，有點像醫師看見病人的腫瘤變大的感覺。雖對我的超能力解釋了老半天，堂伯從來沒有說我以後被冤親債主攻擊有救了，到頭來，我被怨靈索命的困擾仍舊沒變。

週休二日結束後，主將學長因為目睹令我奄奄一息的超能力副作用，堅持請假照顧我，此時葉伯已經回來了，無論在小木屋或王爺廟都沒有主將學長發揮餘地，我只好帶主將學長到處觀光，雖然都是些沒啥好稱道的鄉下風景，主將學長卻相當樂在其中，連長草的堤防和農會銷售門市都能逛得津津有味。

事已至此，我反而淡定了，不再天一黑就急著回小木屋等溫千歲出現。

葉伯並未將我的事告訴孫子，這和我打算對待葉世蔓的方式不謀而合。殺手學弟晚了三天才發現我回老家，我不想再隱瞞他，所以該斷的地方就要斷清楚。老實告訴他超能力的事還有許洛薇失蹤了，我和王爺正在查，沒有需要他的地方，請他常去老房子幫我關心戴姊姊，就是幫我最大的忙了，哦，還有瞞住刑玉陽，最好讓「虛幻燈螢」老闆認爲我暫時會在鄉下接受堂伯指導，忙著適應超能力。

殺手學弟沉默許久，出乎我意料，他毫不遲疑地答應了。

「我說過，會乖乖聽學姊的話。」他說這句話時語氣有些苦澀，卻是異樣認眞。

當我對主將學長提議一起搭蘇醫生的車去火車站，我親自送別，租來的機車再由小高、小趙替他託運回原租車行，主將學長看著我不說話。

「學長，怎麼了嗎？」

「小艾，我請了長假，配合假日，所長同意我從明天起，可以再連休二十天，反正我的積假本來就休不完。」

「學長，你在開玩笑吧？」積假休不完的原因就是工作量爆多、人力不夠不給請假啊！

「小艾，我不放心妳，妳打算獨自進行某些危險行動，這一年來到底瞞著我什麼，既然妳不說，我就自己查。」他語氣很溫和，卻不容反駁。

我被晴天霹靂擊中。「學長，人和人之間有時候不是刻意隱瞞，只是有些沒必要說明的隱私，那個……」

「阿刑知道我不知道的隱私？他和妳談戀愛？」

刑玉陽曾有過和主將學長同班同學偷偷交往的前科。

「靠！當然不是！」我握拳澄清。等等！主將學長到底發現多少？虧刑玉陽還打包票他能替我瞞住主將學長，他的演技也沒有想像中那麼好。

「和冤親債主有關嗎？反正是靈異那方面吧。」

哪怕主將學長沒猜到許洛薇也很接近了。我汗流浹背。

「雖然我尊重妳的隱私，學妹，但我不允許妳一個人偷偷冒險時又動用那種超能力。」主將學長朝我逼近一步。

我還以為忙碌的警察工作可以絆住主將學長，這不科學！

大概是我嘴巴開開錯愕的樣子太搞笑，主將學長伸手揉揉我的頭髮解釋：「我不能老讓阿刑來幫妳，他也有日子要過，可是總得有人代替妳父母阻止妳做傻事。」

主將學長的臉看起來有點模糊，我真的不想在這時候哭，眼淚卻不聽使喚。

「堂伯對我很好，真的，只是冤親債主在這個家族裡殺太多人了，他們不能收留我這顆炸彈，我也不想拖累別人。」

主將學長說中我內心深處最隱微的渴望——我想要被阻止，想要躲在靠山後面，希望有人替我去打敗那些怪物，但這些都比不上知道關愛我的人可能被靈異鬼怪傷害的恐怖。

「冤親債主操控我爸媽臥軌，我想替他們報仇，差點被跳樓，我想替自己報仇。」不管許洛薇被哪個賤人綁架，我都要救出她！

「我知道。」主將學長說。

提到冤親債主，我猛然一顫，想到某個可能性，許洛薇的失蹤難道和死因有關？不，現在不是漫天猜測的時候，我得等溫千歲的情報。

「學長，我眞的不希望你請假。」

「學妹，但我是眞的想放假。」

這個理由實在太神聖，我毫無反駁餘地。

「你是不是有派出所所長的把柄？」以主將學長的性格能力，他搞不好還眞抓到長官的小辮子。

夕照落在主將學長身上，染得他一身柔柔的光亮，五官卻因爲陰影顯得更加立體，尤其是眼神，好像會割人。

「所長很開心，說其他同仁的排休往後延，支持我既然有線索就請個長假去追陶爾剛的消息。」

「什麼？」我從主將學長口中聽到一個微妙人名。

陶爾剛是某個集團用婚約詐欺山神的女子後代，目前被術士聞元槐綁架後下落不明。這個中年男人也是家族私生子，本身掌握該家族地下資金流向，負責洗黑錢，就是俗稱的白手套。陶爾剛破壞白峰主雕像偷走神體後，想必A了不少錢，原本就因躲避家族追殺行蹤極度隱密，落到術士手中後更有如從這個世界徹底消失。

「其實所長很愛看特種部隊或刑警之類的電影題材，上次抓到那堆撿屍犯和搖頭丸藥頭他雖然開心，還是叨唸若能破獲黑幫軍火走私或大尾的金融罪犯就更好了。」主將學長說。

所長，你的心也挺大的。

「你哪來的線索？」

「蘇靜池先生。」

「你向我堂伯討的，還是堂伯主動告訴你？」

「都有。」主將學長說關於陶爾剛這件事上，他們是一拍即合。

「線索是什麼？」我也想快點找到聞元槐揍他一頓，這個術士實在太惡質了，不過目前許洛薇更重要。

「陶爾剛女兒就醫時被屏東胡家的人找到了。」

陶爾剛就是爲了救被詛咒的女兒才冒險露面與我們一起解除白峰主的禁錮。

「那個胡家就是×家族？」上回神海集團事件沒人告訴我那個虐待山神的家族眞面目，我也就順其自然跳過了，畢竟層級太高不是我應該知道的祕密。「學長你不會一個人去惹那種神經病家族吧？」居然把山神當奴隸用，難怪被詛咒，還差點讓白峰主墮落成大妖怪，會吃人和咒殺的那一種。

「蘇靜池先生已經施加巧計將該女性救出安置，苦於目前毫無陶爾剛下落，但他覺得若有機會誘出陶爾剛，或以善待女兒爲代價勸陶爾剛自首，我擔任接頭人還算適合。」主將學長略微提點來龍去脈。

「學長你想找陶爾剛是……？」屏東胡家、神海集團等等背後可能有的組織犯罪或不當金融交易應該不是他會想插手的問題，主將學長比較喜歡親上前線戰鬥。

「這是最快找到聞元槐的途徑，他欠我的還沒討回來。」主將學長折了折手指。

要不是中了符術，主將學長也不會被我的冤親債主附身，萬一他徹底失控，當時在現場的我和虛弱的刑玉陽麻煩就大了，還好主將學長憑本能認出是我，沒有攻擊我們，乖乖配合束手就擒。

「學長你打算怎麼做？」

「我會看著辦，暫時還是先處理妳這邊，很多案子能抓到犯人或多或少都是託妳的福，說不定這次也一樣，我守株待兔便成。」主將學長說出他那神奇的戰略。等等，他說要盯著我，我的困境還是沒有解除！

「可是陶爾剛再出現時可能已經是瘋子或廢人。」我不禁憂慮道。聞元槐，據說是「耿派鬼術」的術士，就在刑玉陽的白眼前活生生拖出陶爾剛生魂，這個能力不但噁心而且太犯規了！

「至少是目前最有希望的突破口。」主將學長也不相信天上會掉餡餅，但都知道門市在哪總得去逛一逛。

「這麼說也對。」活人總比會元神出竅附身換體的術士好找，我們到現在還不知聞元槐的眞面目。「學長你要不乾脆去考刑警吧！」

我總覺得他是大材小用，一處偏僻派出所也能被主將學長混得風生水起，當初受訓明明分數第一，卻選了個不怎麼熱門的分發地點，顯然這就是主將學長的嗜好了，他還說過巡邏時看得到青山綠水對健康有益。

「我現在沒興趣準備考試和花時間受訓，再說，我喜歡派出所的環境。」

「不是很累又無聊嗎？」

「有踏實感，而且我常常支援外派，平常也會意外查到一些刑案。」主將學長攤手。

身爲經常替主將學長刷新世界觀與累積疲勞度的主嫌，我實在沒資格擔心他日子太無聊，蘇小艾於是心虛地縮回去。

主將學長就這樣一邊跟進蘇靜池給的線索，一邊在崁底村度假兼觀察我，每天拎著早點上山探望，白天有時一起去堂伯家或各自活動，傍晚再把我送回小木屋。

崁底村的派出所有在練柔道，這一點帶給主將學長大大驚喜，練習地點就在警察宿舍樓上，場地老舊卻挺講究舒適，榻榻米定期更換，茶水點心和更衣淋浴間一應俱全，聽說是爺爺剛當上族長就捐贈的設施，除了警察外，也有不少村民包括青少年在使用。

小時候只知道爺爺是柔道黑帶，之後逢年過節才回崁底村也沒特別注意，我練柔道已經是和家族斷絕關係後的事，還是多虧主將學長才知道原來村裡的警察個個都是黑帶——好像是某種不成文的規定，就算剛進來時不是，之後也會操到變黑帶。

主將學長照例把四十歲以下的中青代毫不留情電了一頓，卻很高興地說在我老家遇見幾個技巧精湛的前輩高手，我開始懷疑他請長假的眞正目的是爲了在興趣上自肥。

不少已退休還是聞戰而來的村中老人誇讚在主將學長身上看見我爺爺當年風采，我想是指心狠手辣的程度。

有主將學長在，我不愁沒事可做，在美好的鄉間小路跑上十公里有效緩和了我對許洛薇失蹤的憂傷，葉伯聽說這是我的修行後，立刻派小高和小趙加入我們，加上一些休息時間來找主將學長強化訓練兼聽警界八卦的警察，隊伍愈拉愈長，我又聽到那首令人懷念並摻著哀號聲的《男兒當自強》。

有青乩們陪我吊車尾，令人感到溫馨，一想到今天的痛苦將化為他日暴揍綁架玫瑰公主犯人的體力，我再怎麼累都能咬牙跑完全程。

□

許洛薇失蹤第七天晚上，溫千歲的調查取得重大進展。

白衣麗人款款坐在我特意為他挪到主位的竹椅上，纖纖玉指扯著摺扇邊緣一開一闔，有如拉住鳥兒翅膀玩耍，我卻偷偷留意著溫千歲領口，查看著那可怕的屍青色是否往外蔓延。

溫千歲業障惡化速度一定很不妙，他才會對我讓步妥協，甚至短短幾天就查到消息，證據是，溫千歲居然沒扣著情報趁機逼我多當幾年代言人！

「這幾天譚照瑛持續在村子周圍林地遊蕩，也接近過這間小木屋，戴佳琬則數度試圖溜進村子裡，我讓手下暫時驅開了。」溫千歲開門見山說。

我立刻起雞皮疙瘩。「村外也是您的領地吧？爲何不一次斃了她們？就算不能毀滅，砍爛也好。」

「已經被通緝的妖鬼與人魂墮落的半魙不算在我的業務範圍，身上業障已經夠糟心了，本王可不想把修爲糟蹋在本該由官方處理的妖孽上。」

溫千歲對職務內容向來斤斤計較，我不懂境主如何運作，但從溫千歲沒有攻擊冤親債主這一點判斷，這些境主必須強制遵守陰陽界的某些法則。

「然而，亦是爲了不打草驚蛇。」王爺又冒出一句。

「咦？」

「設計那警察小子的怪物不是譚照瑛和戴佳琬，然因譚照瑛的味道與它相似，可以賴此遮掩，那怪物才挨著這兩隻女鬼避人耳目。」

「味道相似？那天深夜我和學長在路上看到的倒地人影是第三個怪物？」原來那夜襲擊我們的怪物這麼多，我有點腳軟，找了另一把椅子坐著。

「由相同的生祭法創造出的怪物，不過，說是式神更貼切，『耿派鬼術』控制鬼魂的絕招，就是這種即使知道法術細節也無法偷師和複製的獨門絕活。耿氏一派不是用法術，而是以特殊式神控制強大的惡鬼，繞過了活人役鬼的各種風險。」

「生祭法不是復活死人用的嗎？」

溫千歲搖了搖頭：「可以說是，也可以說不是，我也是親眼看見該種式神才能確定是這麼回事。死者復活必然要付出代價，恐怕生祭法完全成功時，也會一併復活某種凶暴的非人之物，耿派鬼術傳人則將此等凶物收爲式神。換句話說，生祭法復活的是半妖半人，即便一時成功，反噬也非常大。當然，耿女道的弟子大約是懂得牽制轉化凶物的密法，外派偷學只是找死。」

溫千歲的意思是，耿派鬼術修習者使用生祭法的目的更可能是爲了獲得強大式神，而非復活某人，但一併復活的人與非人命脈相連，怪物死了，人也活不了，復活者死了，術士想要的式神也泡湯，同時維持式神和被復活的人所需條件想必很苛刻。

我想到聞元槐那形體不明卻異常危險的式神。「那個式神接近崁底村做什麼？是聞元槐派它去的嗎？」

「耿派不只那化名聞元槐的鼠輩一人，目前這麼多勢力在查他搞出的好事，或許引得師尊出手善後也不一定。這耿派鬼術論鬥法離無敵還遠著，厲害之處是隱密難尋。地府本來就在追緝這支屢屢逃離鬼差牽魂的術士門派，這樣還抓不到，也是令人佩服了。」

地府也是情報出處，然而是溫千歲這種上得了檯面的境主才有門道去討消息。我對溫千歲的行動力無比崇敬。

「等等，王爺叔叔你不是要說許洛薇的下落，怎會扯到耿派鬼術？」我乍聽入迷，慢半拍才發現這不是我最想要的答案。

溫千歲再度凝視我，我椅子下的雞皮疙瘩則默默累積。

「本王應妳要求先後派去找聞元槐和許洛薇的兩支隊伍，昨天相碰了，再說，術士和那隻翅膀畜生相關線索也不是第一次重疊。」溫千歲說。

我猛然冒出懷疑：「王爺叔叔，您是不是之前就在調查許洛薇？」

溫千歲看過許洛薇變身，不，這麼說更好，他在譚照瑛陷害我和林梓芸時阻止了許洛薇暴走，但他從來都沒有針對我身邊有隻紅衣女鬼的奇特現象發問，或要我交代遇上許洛薇的來龍去脈和之後的處置方法，我以爲溫千歲是個見怪不怪的地方神明了……怎麼可能！只是當初連蘇大仙傳說都沒聽過的我太廢柴，溫千歲不抱期待，直接繞過我自己調查還比較快。

望著白衣麗人秀麗溫雅的臉龐，我的後背迅速爬滿冷汗。

「耿派鬼術的式神很罕見，還算能理解成因，但那隻妳養著的所謂『好朋友』，我怎麼也想不通那隻怪物怎麼來的。更奇怪的是，妳似乎也擁有某種神通力，和那個咖啡店小鬼一樣，乖姪孫女。無論如何，妳和許洛薇的安穩不會持續太久，看樣子妳也有覺悟了。」

溫千歲說話時，我只能緊緊握著手心。

「而我又會在你們這份因果裡扮演何種角色？」瘟神王爺說到這時笑了一下，意義不明。「打從蘇湘水起了這間廟困住我後，我就註定要參加這一局，但本王向來不喜歡落於人後。」

「王爺叔叔，你請盡量查啊！我也想快點知道薇薇怎會變成那樣？還有，綁架薇薇的確定就是耿派鬼術的人了嗎？他們從哪知道許洛薇的存在和能力？我們明明很低調，李家出事那次已經有術士盯上我們，這說不通！」許洛薇去殺手學弟前男友家保護小妹妹以及我被受操控的李嘉賢用咖啡下符時，我們就被試過深淺了，看來敵方覺得很驚喜。

「調查還在進行，部下們似乎遇到一些瓶頸，若本王能親自出手，一切又有何難？」

「難道就沒有變通的辦法嗎？」

不對，溫千歲不是那種會浪費時間抱怨的性格，他一定知道從陰契中暫時脫身的漏洞，只是又在拿翹而已。

「辦法是什麼？我能幫忙嗎？話說在前面，這件事對王爺叔叔你也有好處，別再趁機勒索我了。」

溫千歲遺憾地嘆了口氣。「只要有個層級差不多的地祇願意暫時代替我工作，我就能在不接邀帖與抬轎巡境的狀態下自由行動。」

「代班很難嗎？總是有比較涼的廟或是管區之類？」

「如果離開的境主不回來，代班神明得替他當到任期結束。這也就算了，荒廢本職還有處罰。」

「……好像挺有風險。」我抹了抹額頭的汗。

都說簽陰契了，境主本身當然無法爲彼此代班，按照公務人員逢缺不補的血汗程度，官派神明可能自己的工作就做不完，剩下一些灰色地帶的小神，人家幹嘛冒險來幫你？

「陰契跟誰簽？請那邊的長官稍微通融不行嗎？」

「陰契不是和天界地府或任何特定勢力簽約，而是與土地約定的咒誓，成功了就能得到神明般的力量，除非有強大外力介入，我是非還完這筆債不可，而陰契也不會管我是否在契約時間內被業障腐化，只是把我綁在這裡。」溫千歲聳肩。

「具體來說，我要完成哪些挑戰才能請你出馬？」

「乖姪孫女，妳若能讓海邊那尊石大人來頂我的缺，我就替妳和許洛薇解一次圍，之後妳們愛怎麼攪和我也不管。」

海邊石大人廟原本是漁民撿拾到一塊斷硯並供奉的水鬼廟，屬於典型地方自主崇拜的陰神，但後來石大人表現太好轉任公職。接任的魂魄是爺爺好友陳鈺，他則是類似蘇湘水那類神祕人物，對法術很是有一套，爺爺為了不讓他死後跟著石大人離開去做城隍幕僚，乾脆把石大人廟封為城隍，要陳鈺留下來保佑鄉里，總之現在的石大人是小時候從妖怪手中救過我的陳鈺爺爺。

神明身分的陳鈺外表恢復青春，我雖然只在夢中見過，十分神似《百鬼夜行抄》的飯嶋蝸牛青年版本，我想說：這簡直太棒了！礙於不能呼喚神明舊名，如今我也循例稱他為石大人。

後來我不管去幾次石大人廟，從未沒看過城隍爺的靈體出現。

溫千歲和石大人一開始就不對盤，在我看來比較像是溫千歲單方面挑釁石大人，相反地，海邊那尊總是一副如如不動的模樣。

「王爺叔叔，假設幫完我和許洛薇，你還會回來服刑……呸呸呸，不小心說錯，是發揮大愛造福蒼生對吧？」不是我小心眼，而是溫千歲根本沒掩飾「本王看心情決定要不要坑人」的態度。

「小艾，妳在擔心我背信？但也得要妳先讓我出得了這塊地盤。」溫千歲身上的業障侵蝕雖然不容忽視，但他的確沒有我著急。

「我明天馬上去辦！」目前只剩這個雙贏的做法了。

「甚好。」

「對了，王爺叔叔，您當初從陰契得到什麼力量？」我這句話問得小心翼翼。溫千歲以前是非常恐怖的疫鬼，而他出生就被掐死，死後遭疫鬼父親挾持並且感染眾多惡業跟著墮落，就這樣失去投胎機會。即便揹負著悲慘經歷，溫千歲後來也成為地方神明了，萬一我真的處理不了許洛薇的問題，問玫瑰公主要不要簽個陰契，管區劃小一點或許能成。

「想知道神明的力量有多麼了不起嗎？」溫千歲語調有些諷刺。

「不是的，就……替許洛薇問問，您也說她的存在很異常了。」我認為這點沒啥好隱瞞就坦白交代了。

溫千歲端詳了我一陣子道：「只不過是獲得壓制身上業障和維持清醒的力量，加上答應簽這陰契可以得到蘇湘水承諾送我的遺產，想想還是挺划算。」

就是這個！我也只求玫瑰公主可以人模人樣傻乎乎過日子，沒期待她會變成多偉大的神明，過了這道坎後，再和許洛薇認真討論看看這條出路，雖然她一定會反對，冤親債主的事我再想辦法就好。

「妳別太過一廂情願，不是每個厲鬼都能把持住清醒，崩潰只是時間早晚的問題，在我看來，許洛薇一開始就被壓制在跳樓地點，那意味著某種外力早已介入。」溫千歲說。

「還不到絕望的時候嘛！而且許洛薇真的很能打，至少她能替我向蘇福全出口氣。」我刻意輕鬆地說。

溫千歲身邊縈繞白霧，我的眼皮漸漸沉重。

掉入黑甜鄉前，依稀感到有隻冰涼的手輕輕拂過我的臉頰。

那一夜我只剩下空白的睡眠。

□

天剛亮，主將學長已經出現在族長小屋外，整個人容光煥發，看來他在崁底村如魚得水。

「妳今天打算做什麼？小艾。」

「去石大人廟。」主將學長和刑玉陽都聽過石大人廟這段典故，也知道溫千歲其神其事，主將學長一開始接受得有點辛苦，後來轉念一想，既然證實城隍和王爺存在，警察常拜的關公也值得期待了，於是略過不表。

「有特別的目的嗎？」

我才思考不到五秒，主將學長的眼神就變了。「別想敷衍我，學妹。」

一旦代班的事成了，我就要立刻和溫千歲啓程尋找許洛薇，就算地球爆炸都攔不了我，就這點來看，愈早和主將學長取得共識愈好，我不可能一直瞞著他，但說不出眞正的原因也是事實。

「我今天需要拜託石大人暫時幫溫千歲代班一陣子，溫千歲找我協助他做事，之後可能要到其他縣市調查事情。」不只查我的薇薇，也要查溫千歲業障惡化的原因，所以不算說謊唷！

忽然發現偶爾充當神明代言人也不算壞事。

「溫千歲要妳幫他調查？」主將學長抱胸而立，掛在手腕上的早點讓我不爭氣地嚥了好幾口口水。

「本來是不方便對別人說，學長，你也知道溫千歲某種程度上算是我的祖先，蘇家和其他本地人也靠他保佑，尤其是蘇家人，沒溫千歲庇護，冤親債主會更猖狂。但溫千歲目前遇到一點麻煩，他又不是正規神明，只能想辦法自救，他還說要是能順利請假，可以幫我們抓聞元槐。」我說出自己對溫千歲處境的粗略理解。

「會動用到那種該死的超能力嗎？」主將學長馬上問了。

我用力搖頭。「溫千歲很討厭我那個超能力。」我還以爲神明會喜歡有點神通、更好感應使喚的活人，溫千歲也的確很挑代言人，但他對我那能偷看大宇宙意識的能力似乎是眞的很嫌惡。

主將學長舒展五官，總算首肯我去找石大人，但他要跟我去。

「學長，你又看不見，而且你在旁邊我會不好意思。」

「既然不是見不得光的事，有什麼不好意思？我也想見見世面。」主將學長從來不是會對朋友或學弟妹客氣的性格。

「我……」怎能說人家想趁四下無人對陳鈺爺爺多說點體己話。既然陳鈺早就知道冤親債主會向蘇家索命，也製作小陶人幫蘇家後代保命，我總要期待他會看在有效戰力的份上幫我找到許洛薇。

算了，到了石大人廟後，眞的不行再直接請主將學長迴避就是。

吃過早飯後，我們先到王爺廟和葉伯與青乩們打聲招呼，也對溫千歲燃香默禱我蘇晴艾要代表王爺出征了。偷偷觀察的感想是，葉伯他們似乎不知道溫千歲身上的業障出了問題。

當個深受信眾依賴的王爺公也挺不容易，溫千歲其實很敬業。我決心要替溫千歲度過難關，若能成功說服石大人，就死命監督不讓溫千歲落跑陷害陳鈺爺爺替他揹鍋。

石大人廟的廟公是陳鈺爺爺養子，在父親死後接替廟公工作，是我見過最和善好聊的神職人員。意外的是，今天我和主將學長才剛踏進石大人廟前庭，陳叔已一身短袖唐衫配長褲皮鞋的正式裝扮站在門口相候。

「陳叔您好，今天廟裡有活動嗎？」這下可糟了，我原本期待趁沒人時好好拜託石大人。

「沒有，但石大人有開示本日清場，要等蘇家人過來。」陳叔說。

石大人廟翻新作為城隍廟後，神像下多了一塊兩尺餘長的純黑鐵丸石硯板，撒上薄薄一層當地人才知道的一處小沙灘的雪白貝殼沙，沒有鸞筆之類的書寫道具，石大人這邊也從來沒有出現過任何法師、乩童或鸞生。

只要用手指抹開白沙，就會出現墨字效果。當然這是廟方禁忌，通常沒人敢造次，據說曾經有不良樁腳想假傳神旨替自己包地方工程撈油水，第二天白沙不翼而飛，半顆都沒剩，剩下黑黝黝的光滑石盤，如同城隍的鐵面無私，照得人心裡發寒。

我也是上回帶著白峰主和中邪的主將學長回到崁底村，與陳叔聊天時知道一樁祕密——城隍廟落成後，爺爺經常在晚上帶著酒來城隍廟，陳叔曾好奇偷看，發現蘇洪清對著沙盤喃喃自語，間中停頓就像與人對話。

「不愧是蘇大仙子孫，你們蘇家人就是厲害。阮後來不敢多看，怕神明不高興。」當時陳叔還對我比讚，看到蘇家族長拿沙盤當留言板只有佩服，不過陳叔應該還是不知道石大人是他老爸這件事。

石大人從來不降乩，頂多給你擲筊，什麼叫實力派，這就是實力派。然而爺爺去世後，沙盤再也沒出現過字跡，只是陳叔仍會勤勞地擦拭石盤、更換白沙，就算純當擺設同樣很順眼。

「石大人今天在沙盤上寫字了？」我問。看來石大人對溫千歲的動向也是抓得很準。

「不錯，阮原先設想來的可能是靜池先生，未料到是阿妹仔妳出現了。」陳叔道。

主將學長摸摸下巴：「這尊城隍確實很靈驗，不知可否問他陶爾剛的位置？」

要是能那麼簡單，我就不用爲許洛薇的事操碎了心。

「神明不是萬能的啦！少年人做警察抓歹人別肖想偷懶！哈哈！」陳叔豪爽地拍拍主將學長的肩膀。

主將學長笑了笑沒放在心上，眞要讓他靠神明指示找犯人，恐怕主將學長反倒會感到彆扭，不過在這次事件裡失蹤的陶爾剛是被害者，我只能希望聞元槐沒失手弄死他。

「既然石大人已經在等我，我還是自己進去比較禮貌，學長，痲煩你和陳叔在這邊等我。」我暗讚陳鈺爺爺實在太上道了。

來海邊的路上，我一直擔心會撲空，石大人原本就低調到我和許洛薇都感覺不出他到底在不在廟裡，何況這次委託代理王爺廟的要求仔細想想相當過分，人家不理我也毫不奇怪。

進了大殿，我立刻掩起殿門，可能是心理作用，但我希望提升隱密性讓石大人更樂意露面，大門完全關上前我從門縫望出去，兩人站在庭院石碑邊看著我。陳叔這條命是蘇大仙救回來的，他對蘇家人任何奇葩創舉都沒意見，主將學長則沒有信奉民間信仰的習慣，無論我做啥他都能冷靜旁觀，換成一個普通村民看見我這超不禮貌的舉動不衝過來數落才怪。

廟門盡數關上後，室內頓時暗了許多，雖有電燈和蠟燭照明，感覺卻像變成另一處空間。

我首先跑去看沙盤，上面卻沒有任何留言，是陳叔抹掉了嗎？我點了三炷香，祈請石大人現身，過了許久，不見那抹令人期待的身影，我只好對著神像報告重點。

「石大人，請問您答應幫溫千歲嗎？」我捧起那對紅筊，遲遲不敢拋出，倘若石大人其實不在家，單純因概率摔成笑筊，或者他不高興直接說ＮＯ呢？

「石大人，石大人，我們當面談一談可以嗎？」我望著平整的沙盤，如果能像爺爺那麼厲害，石大人應該就會願意和我談了吧？我又想起在絲瓜田裡被妖怪追逐的慌亂無措，不自覺呼喚起兒時對那個人的暱稱。

「眼鏡爺爺，拜託……」

待在那個人身邊時，就像待在爺爺奶奶身邊一般感到安全，我知道眼鏡爺爺會保護我。

倘若如今的石大人因為神明身分限制拒絕幫忙，我也完全能理解，畢竟一開始就是我在強人所難，但我就是無法放棄，除非石大人面對面讓我死心。

一陣鑼鼓聲由遠至近傳入靜謐的城隍廟，剛開始樂聲很低，我以為是錯覺，直到門外的鞭炮聲大到像是被亂槍掃射，正殿大門與左右兩偏門同時打開，廟前鞭炮不斷兼煙霧瀰漫，人影幢幢。

已經非常熟悉的鑼鼓聲，今天加進笛子當主旋律，聽起來特別喜慶。

我猜，自己大概又被溫千歲捉弄了。

「王爺叔叔……你早就決定要自己來了吧？」我那驕傲到頂天的祖先怎麼可能把命運寄託在不靠譜的後代上？

「乖姪孫女，我這是給妳表現機會。」溫千歲明明在廟外卻能聽見我的喃喃自語，害我壓力更大了。

「不戰便幫，不幫便戰，反正你會鎮守在此，不就是為了以防我這個『萬一』？本王也不想拖拖拉拉落得一身醜態。」溫千歲對城隍廟趾高氣昂的態度，簡直可說是陰神之光。

「呵，王爺倒是會說漂亮話，你費盡心思將這女孩送到我面前，不就是想打人情牌嗎？」

一道年輕男子聲音響起，石大人開口了。

四處張望，依然沒發現神明身影。唉，陳鈺爺爺變成年輕城隍爺後，提到我的口氣也變得好疏離，難道通靈青年性格都像刑玉陽那樣傲嬌嗎？

溫千歲騎著一匹毛色滑亮的神駿黑馬，旁邊擺著雕工精美的紅木轎子，看樣子是打算親自來迎接石大人，禮數上合情合理，但我總覺得這幅構圖有點微妙。

熱鬧的溫千歲與清寂的石大人，本地宮廟兩大派系就像烤箱遇上冷氣機。

「若然，這張牌，石大人接是不接？」溫千歲對我招手，目光卻注視著匾額上方的屋簷。

我腳步彆扭閃著虛幻鞭炮與王爺旗下兵將充當的鑼鼓隊，才走到一半就被步伐變幻莫測的花臉嗩吶手擋住去路，溫千歲手下們此刻看起來模模糊糊，故意包圍我加以戲弄，雖然這群王爺兵團對我有救命之恩，畢竟還是一群鬼怪，我僵在原地不敢動彈。

「誼不敢辭，王爺亦過於小心了。」海濱城隍聲音露出些許笑意。

海風颳得我耳畔獵獵作響，忽然有片刺繡精緻的布面拂過手臂，像是某人正擦身而過，轉頭卻只剩空氣。一道畫面閃現，長浪捲上岸邊岩石，浪花化爲一匹白馬乘風向上，沿著長滿樹叢的海岸山丘狂奔而來。

我趕緊晃掉那幀畫面，超能力這樣隨便自動掃描，我承受損耗的扣打不就一下子用完了？

無人騎乘的白馬環繞著海沫氣味，揚蹄躍入城隍廟前，落地無聲，棗紅色鞍轡轡頭搶眼又華麗，一個字，帥！

剛剛回神，鑼鼓隊已規規矩矩在溫千歲身後擺出陣列，都是些能在白天活動的靈界朋友呢！倘若溫千歲沒刻意展現，我根本意識不到他身為境主的強勢程度。境主並非官派神明，手下可說都是靠自己招攬，本來就是戰力優先兼來路不明的雜牌軍，萬一溫千歲墮落，這些手下多半繼續追隨簇擁，本地不會只多出一個大疫鬼，而是一支暴走的疫厲軍隊！

石大人自然明白這個明顯暗示，是以爽快地答應代班了。

不知為何，我就是懂，不是每個城隍都能像石大人這樣乾脆答應暫領陰契，因為他是爺爺最要好的朋友陳鈺，從小父母雙亡，親戚因意外落海後他孑然一生，獨自一人住在石大人廟長大，生活清苦卻知足。陳鈺有生之年都在守護這片土地，對他來說，溫千歲的陰契根本不算風險，同時，無論兩方隔閡多大，一直護衛著崁底村的溫千歲必定也跟陳鈺惺惺相惜，雖然表面上還是會互相吐槽。

話說回來與其讓我看馬還不如用這堪稱bug的眼力欣賞陳鈺爺爺——這時叫哥哥也沒問題的城隍身姿！

或許是誠意感動上天，我竟然看見白馬馬背上多出一抹紅色背影，和許洛薇的玫瑰色不同，是正紅的官袍！

白馬紅袍單手牽著韁繩的年輕男子，卻有著一頭扎眼短白髮，如同我夢見的那個人遺容，他將頭髮剪了作爲製作替身的材料，即使沒有回首，我也絕不會認錯。岽底村裡最了不起的長輩，眞的成了神明。

我說不定明白陰陽眼和女鬼加在一起還是看不見石大人的原因了。

奉行天條的正神不會在活人面前露臉，甚至連乩身都很少使用，這是刑玉陽告訴我的鐵則，因爲祂們會避免干涉人們生活，減少因果循環，取而代之親近人類的，則是與人們程度接近、生活中交流密切的各式各樣神明，或按照刑玉陽的說法——「被當成神供奉的存在」。

原來我一直以爲只是被人爲敕封升等的石大人，早已是被天上加封完畢的正神了，或許陳鈺早就註定會在此地封神，石大人名號只是爺爺送他的一段機緣。

眞想和許洛薇一起分享我此刻的感動與驕傲，她還沒見過正神，我迄今也只得一個背影，不過，許洛薇一定會和我有共同的想法，就是眞官派，制服才會那麼守舊兼缺乏設計感，滿滿的正神味啊！

溫千歲策馬走近石大人，城隍與王爺並轡而行朝群山方向移動，彼此交換了幾句對話，卻是我無從得知的內容。溫千歲忽然轉頭對我眨了眨眼，嘴角掛著邪氣的微笑。

猛虎即將出柙。我油然冒出這個念頭。無論何種理由，溫千歲暫時得到解放都是不爭的事實，他會怎麼做則是我更難想像的部分。對了，陳鈺不愧是爺爺永遠的智囊，精明程度從他沒坐溫千歲提供的轎子這點就看得出來。

一個不小心，崁底村搞不好就會冒出王爺娶親的緋聞了，溫千歲逼我喊他叔叔還不夠，連石大人也要虧，看來升遷速度是禁忌話題。

一票神鬼都走光後，在休息室喝茶的主將學長和陳叔仍對過程一無所知。我心知肚明，城隍廟暫時空了，然而，與其說主神不在好入侵，我直覺這棟建築物反而成了進來容易出去難的魚簍，畢竟陳鈺爺爺從來不是省油的燈。

再說，頂澳村本來就在溫千歲領地內，之後石大人大概是兩間廟輪流辦公之類？

我鬆了口氣，無聊地在大殿裡東摸摸西看看平復心情，不經意望向沙盤後愣住了，下意識發出一聲哽咽，連忙用手摀著嘴。

眼鏡爺爺對我來說只是一段勉強記起的兒時回憶，但在我看見的過去中，那個人直到死前還掛念著沒能將蘇晴艾收爲學生，留在身邊指導照顧。從來沒有償還過，虧欠了這麼多、這麼久的一份心意，我該如何是好？

鐵丸石板上，白貝殼沙簇擁著四個黑字。

好久不見

Chapter 06 / 游擊戰

王爺的指示很簡單，即刻拔營進攻！

其實是對手耿派鬼術太難找，這次還是多虧對方拖了個活人俘虜陶爾剛逃竄，外加打算進行時間壓力下的祕密資金轉移，勉強算是有漏洞可追，然而單憑溫千歲手下實力還是沒辦法鎖定聞元槐最新動向。

想成線上遊戲野外地圖ＰＶＰ的話，溫千歲這種百年陰神一出馬，等級經驗和技能數分分鐘碾壓聞元槐，可惜長期被陰契卡在崁底村裡當ＮＰＣ，這次溫千歲雖能自由活動，卻處於血條逐漸減少的詛咒狀態。

蘇靜池提供一台機車讓主將學長載我行動，又塞了大疊現金給我，強調是協助王爺暗訪的資金。

石大人進駐王爺廟代管的大事到底瞞不住葉伯也不該瞞著蘇家族長，為此我還被葉伯唸了好久，為何不找他見證順便把迎神儀式辦得正統一點，我回答兩位神明都想低調，其他則用「神明指示見機行事」的藉口混過去。

神奇的是，對於溫千歲要獨自出門旅行，崁底村眾倒是沒啥意見，從前都是降乩令轎班扛神像隨行，應哪間神明邀請與落腳地點都會明講，這次卻只說要查案，還點名蘇晴艾隨侍，這一點曾引起不少耆老討論，結果演變為默認我是溫千歲屬意的葉伯接班人，這種熱烈期待的氛圍教人吃不消。

至於主將學長同行的部分，大夥更沒意見了，畢竟讓年輕女孩子單獨跟著溫千歲行動太冒險，有個休假中的警察學長幫忙比較安全，再說，主將學長勤勞能幹的好名聲和閃亮逮捕記錄也被炭底村長輩拜託警界人脈鉅細靡遺犁了一遍製成專題報導，在村中廣爲流傳。由此可見，當蘇家人眞的不能幹壞事，太多千里眼了。

聞元槐的式神在炭底村外襲擊我們，爲什麼？此外，如果阻止我進入炭底村找救兵這件事眞的那麼重要，式神爲啥沒有直接攻擊我，而是把我丟給戴佳琬和譚照瑛，自己則轉頭鎖定主將學長想害他受傷呢？

主將學長似乎也和我思考著相同問題，畢竟那一夜的逃亡經驗實在太靈異了。

「目前只知道聞元槐沒必要時不殺人，但那個鬼術流派據說以前不但會殺而且殺很大。」我說。光是看聞元槐把活人當商務西裝穿，動不動就將人弄成精神失常便不難明白，他口中的戒殺根本沒道德到哪裡去。

「總之他詐欺神海集團和綁架陶爾剛是事實，就算附身栽贓給精神病患，只要有證據還是能讓他的本尊受到某種程度的司法制裁，前提是得逮到人。」主將學長很清楚聞元槐是幽靈人口，不會有逮捕狀這種東西，只能自己動手。

「我想神海集團應該更傾向私刑，刑學長和我堂伯那邊，大概會直接向陰間告狀讓聞元槐得到報應。」我不擔心抓到術士後怎麼處理，及時救出許洛薇才是重點。

目前王爺與我們的合作調查模式是，溫千歲讓手下去追最後出現在崁底村的術士式神，同時綜觀全局單兵作戰逼耿派術士露出更多破綻，間或派手下告訴我今晚王爺在新竹北埔或明天到台中霧峰報到之類的指示，路線上完全沒有邏輯可循，難怪神海集團和我堂伯之前都逮不到聞元槐。

我甚至懷疑溫千歲頂著替我找許洛薇的藉口，暗地裡調查其他私事。但王爺有權利自救，只能相信溫千歲會遵守與我之間的約定了。我和主將學長就在這種疲於奔命的情況下消耗著他的假期與我的耐心。

「阿刑知道我們在抓聞元槐，妳說動溫千歲來幫忙，我會把沿途得知的線索和他分享。」主將學長把本次行動目標明確定調在抓住聞元槐本尊，他和刑玉陽都是遭術士陷害的苦主，有充分資格參與圍捕計畫，還是跑在前線上，這樣一來反而沒注意到我的首要目的——找回許洛薇。

真正讓我不安的是，刑玉陽並沒有提起許洛薇，我也無心編些薇薇還在我身邊搞笑的假象，直接避提鬼室友話題。然而，刑玉陽很清楚溫千歲從來不會被我「說動」去懲戒敗德術士，瘟神王爺連屬於人魂的惡鬼都不能動了，遑論活人。問題來了，白目學長何時會掀桌發難？

「學長，把線索告訴刑學長是無所謂，但你要小心別讓刑學長單獨冒險，他這人挺衝動的，說實在我也有點不放心戴姊姊，如果戴佳琬還跟著我們倒還好，就怕她回頭突襲戴姊姊。」這就是被太多怪追的麻煩，我不確定自己可以全天候吸引惡鬼們注意力，有些凡人一旦進入惡鬼執念視野，根本防不勝防。

就連許洛薇的高中同學林梓芸，都曾經和我一起被譚照瑛列爲生祭法的活人牲，進入某種惡鬼想殺或想帶走卻尚未成功的獵物名單。覺得我過度杞人憂天的人，請看看在ＫＴＶ遭遇鬼打牆被燒死的前炻泉高中網球社長，惡鬼抓人眞是七年不晚。

「既然如此，我讓阿刑就近保護戴佳茵，抓聞元槐的事由我們兩個來。」主將學長很上道地保證。

「他會乖乖聽你的話嗎？」我不太有把握。聞元槐可是害慘了刑玉陽。

「對阿刑來說，救人永遠比揍人重要，這一點我有信心。」

「對喔！」只能說主將學長太了解刑玉陽的弱點了，我和刑玉陽會認識，就是因爲主將學長不放心他一個人亂闖，於是找柔道社學妹幫忙調查神棍，神海集團那次冒險也一樣，蘇晴艾都在充當易碎品和壓艙物。

「小艾，妳這份擔心很好，從你們的情報來看，聞元槐極為擅長利用人際關係埋伏設陷阱，我們必須預作提防。」主將學長道。

「我也這麼想，聞元槐都可以和我的冤親債主合作，利用蘇福全當打手牽制我們，再拉攏幾隻和我們有仇的惡鬼也不意外。等等，早先李家虧欠的厲鬼陳碧雯老師嚴格說來也被聞元槐作為類似煙幕彈，掩護他在該事件裡的存在，還眞是鬼術專家。」我心有餘悸地說。

「只要犯人還活著，就可以將其繩之於法。」載著我趕路的學長擁有堅定的信念。

哪怕現實如何令人失望，總有些好人不肯放棄原則，待在主將學長這座燈塔旁邊，就算蘇晴艾心燈滅了，胸中的餘燼也絕不會變冷。其實這樣就很夠了，即便主將學長和刑玉陽有一天幫不了我，將來依舊可以幫助許多人，這個想法對我來說並不消極，也不是自我放棄，某種程度上，反而變成我前進的能量。

「學長你也要保重。」

「不會再發生讓小艾用超能力來找我的事了。」他這樣說，聲音有些用力。

「那你要記得不要衝過頭，否則我會不擇手段去找你。」我握著機車後座扶桿的手指緊了緊。對主將學長說出這句話，我心裡卻想起另一抹紅色倩影。

是的，薇薇，不擇手段呢……

就算將讓很多人傷心失望，我也會把自己缺陷的超能力包括這具肉身用在必須要守護的對象上，到頭來，我就像厲鬼一樣執著。

□

一路追著溫千歲，行程中免不了投宿，開房間是個敏感的社會議題。

其實我和主將學長都希望各住一間房，但主將學長說這樣他貼身保護兼監督我的行動就沒意義了，因此請我若能接受就只訂有兩張單人床的房間，輪流守夜。我怎麼算吃虧的都是主將學長，先不管我絕不同意讓請了長假的他自出住宿費，和學妹單獨同房對主將學長這種男人絕對不會被視為福利，他就算感到彆扭也不可能表現出來，這份風度讓我更加慚愧。

當然我也很彆扭就是，一想到主將學長會盯著我睡覺的樣子，我就想仰天狂叫。

為啥會這樣？和刑玉陽住一間房我覺得還好，主將學長擺明是當保鑣，但我卻沒有變成大小姐的尊榮感，大概是偶像光環還在作祟，我更習慣看著主將學長做事而非被他看著，再說，萬一這段旅行被柔道社成員知道傳出奇怪緋聞，我會想殺人。

殺手學弟已經知道了，唉。好在他不會想歪我和主將學長的關係。

「上次去神海集團和刑學長也是一起住，這樣更安全，我相信主將學長。不過溫千歲或他的手下忽然出現時，我看起來像自言自語，學長你要有心理準備。」最後我這樣說。薇薇還在術士手裡安危不明，我居然計較這種小事，罪惡感油然而生，但主將學長的陪伴有效地讓我分心，對許洛薇下落不明的打擊不那麼慌亂也是事實。

「那就好。」主將學長搔了搔鬢角說。

「學長，我還是要說一句實話，你現在要是有任何欣賞的女孩子就眞的要避嫌喔！不然傳出去以後不好追人家。」我嚴肅地盯著他。

「……放心，我現在是標準單身漢，很清楚自己在做什麼。」主將學長拿起枕頭拍鬆放回床上。

「呃，學長我不是不知好歹啦！只是不希望你好心幫我結果對之後的生活留下不好的影響，你看，像刑學長爲了幫學妹結果變成這樣。」我坐在自己那張單人床的床尾，也學他的動作抓著枕頭胡亂揍了一通。

「妳不是戴佳琬。」

「是啦是啦！我當然不是殺人狂，但還是會擔心嘛！」

「學妹，遇到這麼多麻煩的人是妳，現在妳反而擔心我之後可能有的微不足道的影響？」

他忽然起身走過來，居高臨下低頭看著我。

我一時回答不出，他又繼續追問：「爲何口氣彷彿之後妳已經不在的樣子？無論這趟冒險會帶給我哪些麻煩，妳給我負責解決不就好了？」

對喔！主將學長之前就說過，如果他哪天想追新女朋友會拜託我助攻，無論是提供女性意見或者澄清不實謠言，蘇晴艾當然義不容辭！

這樣想過後安心許多，我勒著枕頭想像那是術士的脖子，抬頭回望主將學長。

「可能是不知這些混亂何時才到頭吧？我眞的欠學長太多了。」

「別談誰欠誰，我也想找到陶爾剛還有親手教訓那個闖元槐，再來是，妳常常帶給我工作上的好處。」

「那些算是好處嗎？」雖然主將學長直接或間接因爲我的緣故賺到業績和人脈，卻是血汗換來的收穫，換了其他警察不見得吞得下那些挑戰。

「我說是就是。」主將學長不由分說。

「要怎樣才能像學長一樣，每件事都能不靠別人卻做得很好呢？」我有感而發。

他立刻皺眉。「我沒有每件事都做得很好，也常常需要請人幫忙。」

「不是酸學長啦！我是眞的覺得你很會規劃，還能堅持做到，這太難了。」我努力以他爲榜樣，雖然學貸還不完，至少不要再借錢；就算沒有靠設計賺錢的天分，也要認眞完成老師出的功課；寄人籬下雖然尷尬，能做的家事我就都撿起來做，用勞動力彌補。

多虧主將學長建立柔道社，那裡成爲我逃難般的大學生涯中唯一自由自在的樂園。主將學長可以輕鬆靠外表受歡迎，甚至許多人擠破頭的明星路也對他敞開，卻選擇經營吃力不討好的柔道社，重點是，他強烈傳達出一種態度：我想做這件事，所以我要做到。

主將學長聽了我的讚美，反應卻顯得有些複雜。

「學妹，妳有過很想得到某樣東西，卻被告知只能放棄的經驗嗎？」

「以現實遭遇來說，有很多。可是學長也遇過那種事？」主將學長和好高鶩遠四個字絕緣，我以爲他只設定合理的目標，當然也就能夠如願了。

「剛遇見阿刑時，我很想跟他一起練合氣道，我知道自己有天賦，卻卡在沒學費，家裡也反對我學。」

「所以學長放棄了？」

「沒有，我不在乎程度落後阿刑，我決定自己存錢並說服父母，但那位老師不願意收我爲徒，甚至說其他人想把合氣道當才藝隨便學，只要有付錢他都可以教，唯獨我不行。」

聽到這段話時我震驚了。「刑學長他老師有毛病啊！」

主將學長搖頭。

「那位老師的理由，讓我無法反駁。」合氣道老師明白告訴主將學長，他的天賦的確不在刑玉陽之下，但沒有超過刑玉陽，而刑玉陽當時已經初段了，這段差距不但會一直存在，並且將持續擴大。

「可是學長你努力起來怎麼可能輸刑學長？」

「不，我一開始就輸了，因爲高中畢業之前，合氣道或柔道對我都不可能超過『才藝』和『興趣』的程度，但阿刑剛上小學時就已經將合氣道當成保命技術在練習，所以他可以廢寢忘食，可以不顧學業和交友，因爲不這麼做他就活不下去。」

「白眼引起的危機……我懂。」

「當時雖然我不知道白眼的祕密，也明白他經常受欺負，性格很容易惹麻煩，練合氣道的模樣眞的是在拚命，刑阿姨與老師則完全支持，因此那位老師勢必不可能給我相同待遇，而我也無法像阿刑全身心投入練習。」主將學長持平地描述這段過去。

合氣道老師對年幼的主將學長說，他可以收下主將學長的學費教點基礎功夫，甚至讓主將學長練到拿黑帶也不難，但這樣做對主將學長不公平，武術傳承向來注重師徒倫理，他認爲主將學長值得另一個有心全力栽培的啓蒙恩師。

再者，男孩子之間總是愛比較，主將學長若堅持只想學合氣道，他和刑玉陽這段友誼恐怕不會維持太久，畢竟他再怎麼追趕刑玉陽都是徒勞，人非聖賢，難免心生嫌隙。

「那位老師建議我以後若還想學武，就抱著打敗阿刑的目標去學，他樂見其成。」

「原來如此。」那位合氣道老師也是用心良苦。換成其他人，可能會想先練再說，總比荒廢時間白白看朋友愈來愈強要好，但主將學長的確是那種開了頭就很難放棄的性格，之後若有更好的機會，恐怕他也不會移情別戀。

然而，想要深造某種武術，一開始就擁有完整師承，持續加深師生情誼，並培養師兄弟相關人脈是最理想的。任何有點水準的高手都不難看出主將學長將來成爲高段武術代表的潛力，不過系統學習往往是最困難的一點。

幸好看過刑玉陽與合氣道老師的例子後，主將學長也不想屈就，刑玉陽還告訴他，要讓老師夠欣賞你，才有可能學到他的絕招和各種訣竅，說白了就是內門弟子資格不好拿。

「所以學長你的啓蒙恩師就是國中時的柔道教練了？」

「對。」

主將學長做了一個小學生的最大努力，他調查附近所有武術資源，終於發現其中一所國中有退休警察在免費教學推廣柔道，接著他依舊進行田徑隊練習，維持優異的體能，更加認眞取得好成績，一來讓父母無話可說，二來上國中後他可不想把時間浪費在多餘的補習溫書上，事先打好基礎可以省下麻煩。

刑玉陽知道他的計畫後，一度瞠目結舌，最後卻笑了出來，偶爾也會陪他跑步並教他一些合氣道招式，主將學長將就著學，但他很清楚無法在合氣道上和刑玉陽一較長短。

小時候合氣道老師對他的讚美大概包含了安慰性質，合氣道閃躲聽力的天賦刑玉陽還是高於他，反過來說，丁鎭邦覺得自己對凶猛的柔道更得心應手。

——丁丁，我的對手就是你了，快追上來，我才不會等你。刑玉陽這麼說。

上了理想國中後，主將學長課餘時間就只有柔道了，接著實力刷刷地漲，國中還沒畢業時就令刑玉陽備感威脅，高二後已經能和刑玉陽打成平手，體格優勢就是佔便宜。另一個原因則是刑玉陽想要無傷制伏主將學長已經很困難，總不能眞的將人斷手斷腳，因此雙方對打往往偏向留力拆招，鍛鍊反應爲主。

「國中三年加上高中三年，很感謝教練幫我打下堅實柔道基礎，他是刑警退休，告訴我如果高中畢業想繼續練柔道，除了挑戰成爲國手，就是當警察還會用到柔道，否則我遲早要在興趣和工作中選邊站，以後要養家就不能不考慮收入問題。」主將學長不顧家中反對考上體育系，繼續思考哪條路更適合自己，他一度考慮當體育老師，但體育老師面對的是兒童與青少年居多，平常用不到柔道，無法精進技術。當兵時特種部隊和國安局也有來邀人，可惜主將學長不感興趣，他後來還是選擇從事警職。

「學長你雖然沒能像刑學長那樣把合氣道當成求生技能，至少也變成工作技能了，可以抬頭挺胸地沉迷柔道啦！」重點在柔道結合生活，其他要求戰鬥身手的職業一樣忙碌又不自由，但柔道同好肯定沒有警界多，還可以光明正大拿歹徒練手。

「我只是想有一份兼顧興趣的穩定工作，這樣等到阿刑的老師回來，才方便說服他收我當徒弟。」主將學長表示他都精算過了。

「所以學長你要改練合氣道？」搞半天主將學長根本沒打算放棄兒時夢想？那我的柔道魂要寄託在誰身上？

「不能這麼說，其實我和阿刑現在主要交流練習內容也不是標準的合氣道和柔道了，許多是各國軍警格鬥術或一些有趣的小眾格鬥流派，那位老師目前正在日本進行古柔術武者修行。我考上警察後，他開出一個條件，只要我能在他面前連續打敗阿刑三次，他就答應正式收我當第二個傳人。」主將學長說這句話時眼瞳閃閃發亮。

主將學長之所以對奧運興趣缺缺，因爲他早就歪到「比賽規則不允許」的神祕世界，誰有空跟你浪費時間搶金牌！他和刑玉陽工作繁忙之餘還會硬擠出時間交手保持實力水準，不只是兄弟情比金堅或武術宅的浪漫，還關係到主將學長肖想十多年的弟子資格審查和刑玉陽身為大師兄的純金面子。

最強之矛與最強之盾將在老師歸來時分出高下，那兩個人就是吐血也要練啊！

「刑學長應當不至於那麼小氣反對你跟他的老師學？」

「但那位老師特地強調，包括交手前的健康管理也算在內，若被他看出阿刑有一絲放水嫌疑，立刻判我失格。」主將學長說，看來並非刑玉陽不肯放水或主將學長拉不下面子的問題。

「學長你和刑學長打過這麼多場，把握有多少？能順順贏的那種。」

「一次都……有點勉強。」主將學長單手摀臉嘆息。

「那個老師根本不想收你當徒弟吧？」我愈聽愈囧，主將學長實在不容易。

「我也這麼覺得，但阿刑好不容易替我爭取到這個機會，我還是想試試。阿刑說他的老師很不喜歡收徒弟，被刑媽媽拜託才破例，收學費開才藝班當成打工沒差，畢竟他的老師也還在血氣方剛四處學藝磨練的階段，比起教學更喜歡找強者切磋，大概也是怕阿刑沒有常態練習的對手，功夫會退步，才勉強答應回國後會考核我。」主將學長說。

「血氣方剛？」

「老師和刑阿姨是大學同學，當初刑阿姨懷著阿刑走投無路時，就是老師收留她，還幫她找到落腳處。」

主將學長終於還是忍不住在和我的對話中偷偷省略所有格直接稱呼老師，看他表情滿足，感覺非常良好。

「所以那個老師目前還不到五十，以合氣道來說真的很年輕。」我讚歎道。刑玉陽七歲開始練合氣道，只是個小豆丁，當時他的老師年紀和現在的主將學長差不多。

「每次和阿刑交手都能感覺出他的實戰經驗很豐富，起碼瞞著我有過幾次死裡逃生的記錄，沒去警局裡保過他，這點連我自己都不太相信。總之，他能輕易進入極度專注的放鬆狀態，我還辦不到。」主將學長說他真的查過刑玉陽的前科，懷疑好友的激進性格可能進局子卻沒找自己幫忙，結果沒有收穫後還頗感驚奇。

「警察也不是每天醒來都在搏生死，刑學長那是有實際需求的特例。」我不想深究高手那種分岔髮尾開幾度的龜毛標準。

「小艾，妳不也是這種『特例』嗎？」主將學長將話題轉到我身上。「我聽阿刑說過，妳想從靈異事件中得到對抗冤親債主的勇氣和技能經驗。」

「是這樣沒錯啦！學長你還記得我剛接觸柔道的那個學期，就要和你們這票黑帶一起參加社內淘汰賽，我那時候也是靠衝高練習量才沒墊底。」如果上大學前我已擅長某種運動就算了，偏偏當時我從小到大頂多是體育課及格程度，一開始知道有處罰嚇得要命，後來觸底反彈咬緊牙關苦練，把同期的新人男生摔在墊子上時，猛然意識到主將學長打開了我某個開關。

如果你說我會贏可能是男生讓女生，那就太小看主將學長的變態處罰促進男女平等的效果，生物逃命本能讓那個男生在對上我之前，悲痛地幹掉了他原本為之加入柔道社的班花同學（大概是賭主將學長最後會看在處罰對象是女生的份上不了了之）。最後以法律系一年級班花當機立斷在受罰前退社，主將學長命令全體伏地挺身拍手歡送，令對方破涕為笑收場。

請注意，這裡我說的是全體，表示倒楣名單不分男女，那一晚大家已分不清臉上流的是淚還是汗，不知為何結束時每個人都很開心，彷彿生活裡的不如意都代謝掉了。

偶爾也會出現見不得女孩子難受的英雄主動充當祭品，曾經墊底過的敏君學姊卻拒絕主將學長照顧女生的減刑提議，還當面嗆了主將學長一頓後老實領罰，之後發奮圖強人見人怕，第二年就拿到黑帶，比較起來，只在新人裡排第一的我，簡直是令人安心的平凡。

但是，畫畫的蘇小艾就此蛻變為柔道的蘇小艾，總是用來創造花草美人的溫柔畫筆，原來也可以捅人鼻孔一招斃命。

「勤能補拙，這些都是學長你教得好嘛！」因為是主將學長與相信主將學長的人組成的認眞社團，才沒讓離開或待著的人留下不好的回憶，我是這樣認爲的。其他人想模仿主將學長的嚴厲作風只會落得失敗下場，鬆弛也是一種維護社團和諧的方式。

直到現在我還記得意外過關的喜悅與驕傲。被冤親債主找上後，我只知道不努力不行，又不是生在修眞門派，或有林正英道長當師父，不想死就得苦練！

倘若沒有柔道經驗打底，挑戰未知領域後發現自己其實做得到的信心，我恐怕無法狠下心來對抗冤親債主以及一票怪異病態的厲鬼。再說，打人與打鬼，重點在殊途同歸的「打」字，要我乖乖坐著嚇得傻兮兮被附身吃虧送命，門都沒有！

「儘管我不希望妳老是用這種方式讓自己身陷險境，若想要快速掌握狀況，也只能這樣了。另外小艾，不用覺得我在幫妳，和妳一樣，其實我也需要累積特殊實戰經驗，至少我想親身體會阿刑從小到大的遭遇。但他從來不讓我介入，戴佳琬那次屬於意外，阿刑一開始就傾向認定神棍騙色才找當警察的我協助調查。」主將學長抱胸靠著床頭意興闌珊道。

「我和刑學長一樣，寧可不要你冒險。」我說。

「客套話說說就好，如果妳當眞這麼見外還騙我……」他低頭微微一笑，像是一隻咧嘴的大貓，咬合力超過四百五十公斤的那種。

「沒有沒有，保證沒有說謊。」只是戰略性精簡情報而已。

和主將學長聊天太令人疲勞，我下意識揉了揉眼睛。

主將學長見狀終止話題，拿出手機設定鬧鐘。靈異通訊還是夜間更方便，我通常子時過後就不睡了，只靠靜坐保持體力專心等溫千歲通知，主將學長就讓我在白天抵達投宿點或華燈初上時睡幾個小時。

據溫千歲提供的最新情報，他已鎖定某個可以直接提供耿派鬼術，更有可能是聞元槐本人情報的目標，似乎是術士的線民，這個線民當然受到保護了，不過我們家王爺還是很有辦法的。

陰神行事得盡量低調避免引起官方注意，溫千歲現在舉止正是打擦邊球，爲了防止一個不慎全盤皆墨，溫千歲打算十拿九穩再動手，難免耗費較多時間。

「躺下，不許用超能力作夢。」

主將學長雖然這樣命令了，眼底卻盛滿憂慮，這是他無法處理又不願逃避的問題，我對許洛薇的心情也是如此，更無法拒絕主將學長的好意，如果許洛薇不要我幫忙，我會非常非常傷心。

「好，我眞的不想瘋掉也不想死掉。」我誠心誠意這樣說，主將學長幫我拉好涼被，卻不許我鑽進被子裡裹住頭，這樣他要是發現我臉色不對才能隨時叫醒。

「小艾，想哭也沒關係。」主將學長輕拍我的肩膀後走開，留給我一小段距離的隱私。

我閉上雙眼縮起手腳，眼淚立刻順著臉流到枕頭上。

好想念許洛薇，好害怕下次見面時，她已不是我熟悉的模樣。

即便在這世上我已不是孤伶伶的一個人，受到許多人的關愛照顧，失去許洛薇，我依然感到刺骨的孤獨。

□

朦朦朧朧間，我站在一處水深只到膝蓋的海灘。

腳趾縫塞滿柔細的赤色貝殼沙，奇異艷麗的沙子在夕照下宛若躺在水中的一片火，這是浮現在我腦海中的意象，其實現在我什麼也看不見，卻直覺明白這片海非常廣大，大到沒有人類的船隻能夠橫越。

別人是作夢，我更像變成了夢的一部分。陽光照在我仰起的臉龐上，我卻成了眼球退化的深海生物，微微顫抖著，一邊想著明明看不見卻知道海灘模樣的奇妙知覺，以及許洛薇就睡在這片淺水中的事。

雖然不是刻意爲之，但擁有ARR超能力的我果然就是要靠作夢遠端連線好友，要是因此拿到有用線索也是意外收穫！盲目地涉水而過，摸索著許洛薇的位置，雙手卻一再落空，溫暖海水漸漸冰冷。

太陽下山了，某種險惡的威脅感席捲而來，只知道許洛薇正毫無防備地沉睡，無論我怎麼呼喚，她都聽不見。抓起一把貝殼沙，想遠遠地丟出去洩憤，潮濕碎沙卻黏在掌心，化爲燒痛我的火焰。

「這些沙子就是妳嗎？薇薇。」我有點慌，夢過的戴佳琬眞面目是腐爛黑泥，萬一許洛薇也沙化了怎麼辦？

海岸沒回答我，除了我手上那朵持續存在的火焰，水下紅沙層並未跟著燃燒。忽然想到許洛薇最後一次變身時我碰觸到貓身有翼的她，手掌被輕微燙傷的事。

猛然跪下來將頭埋入海水，直到整張臉壓進沙層表面，卻未被海水嗆到，許洛薇就在附近的感覺更強烈了，就像……一個碩大無朋的繭！

她的魂魄果然正在進行最終蛻變，之前不穩定的獸身形態終於要有個結果了。

「薇薇，妳會變成妖怪嗎？」我哽咽地問。

赤沙安靜如昔。

「爲什麼妳會變成妖怪？誰對妳這麼做的？妳就是因爲這樣才死的嗎？」

我的能力還是不足以打破隔閡喚醒許洛薇，「我的能力」，眞是好笑的說法！不過就是最近刑玉陽和堂伯說我有點特殊天賦而已，若我卯起來認眞修行三十年，還能誇口用超能力尋找特定魂魄，目前的我什麼也不是。

光亮終於完全消失，海岸下方是無底深坑，空間破了一個洞，海水與貝殼沙迅速洩漏殆盡，照理說，我該醒來了，卻持續留在空虛灰暗的狹縫裡。

阿克夏記錄開閱者會日趨瘋狂，最後行蹤不明，我終於明白理由。

一朝無法甦醒，必然落得如此下場。

Chapter 07 / 蓮花燈

正當我無計可施，只能寄望主將學長及時發現異狀，叫醒我的肉體或有必要就送醫急救時，仔細一看，四周幻象都消失了，手中火焰卻依然鮮明。難道還有後續發展？

「許洛薇？」我試著對小火焰呼喚玫瑰公主。

火焰在掌心上微微蠕動，我又叫了一次，這次它往某個方向動得更明顯，我可以拿這玩意當聲控指北針用嗎？試著邁開腳步，動是動了，但到底是步行、爬行還是用滾的？我完全分不出來，這次連嘔吐感都喪失，直接與肉體斷線，我悲傷地認知到，會感到痛其實是件好事。

肉眼沉睡中喪失功能，意識又不知在哪飄盪，不見棺材不掉淚的我認了，硬著頭皮走下去。無從估算時間，這朵小火焰不知何時會消失，我嚇得什麼都不敢想，只能專注地捧著唯一的依靠。

前方忽然出現另一朵細小火焰，我想狂奔，觸覺依然模糊不清，黑暗中金黃色火焰開始長出更多花瓣，形成一朵發光蓮花，有個嬌小人影捧著那朵蓮花，整個人卻被黑暗覆蓋朦朦朧朧。

我從身形勉強判斷出是個小孩子，連忙朝對方跑過去，從那孩子的打扮看不出是男孩還是女孩，只知不是現代人。

金蓮花散發的光芒愈發耀眼，詭異的卻是半點也無法照亮捧花人，他身後是墨塊般的幽暗，看著他，就像隔著薄暮時分的水潭凝視池底，即便孩子背後沒有出口，我還是下意識想看清那張臉，奈何愈是用力凝視，愈是昏暗朦朧。

小赤火忽然爆炸，黑暗空洞的視野頓時充滿密密麻麻的星芒，照亮那個孩子也閃爆我的眼睛，膝蓋一痛，忽然多出跪在硬地上的感覺，我已記不清楚方才驚鴻一瞥的童稚臉孔了。

我不是正躺在旅館床上嗎？伸手沿著地面摸索，抓到一把布料，觸感涼滑，是絲織品？除了許洛薇，我這輩子還沒遇過第二個穿著這種昂貴織物的好野人，當下愣住。的確已睜開眼睛，視野依然一片缺乏明暗的漆黑，我失明了？

疑似變成瞎子的事刺激過甚，反而感受不到任何情緒，過了數秒，白光猛然轟炸而至，有如近距離直視探照燈，我哀叫一聲死死抓著手中的布料，那是我現在與現實世界的唯一聯繫。

白光只持續一瞬，陣陣頭痛襲來，四周開始變暗，最後恢復爲地磚輪廓，藉著路燈照明，我看見樹叢和運動器材與其他公共設施，判斷自己大概夢遊到了不知地點的小公園裡，此時公園裡已經沒有遊客了，我所在的位置似乎特別偏僻，標準治安死角。

我跪趴在其中一盞路燈下方，原來方才看到的白光是路燈照明，但此刻任何光源都會刺激敏感的眼睛，我只能低頭小心別亂看，夜色正濃，我卻抓著某個男人的褲管不放。

眼睛周圍血管一抽一抽地發疼，幾條青筋正浮起來跳舞，這次沒被鬼附身，變成正港的夢遊，奇怪？說好要盯住我的主將學長居然放任我的身體跑到外面，難道他出事了？

短短時間內我腦中已經冒出好幾個問題，同時竭力聚焦視線，路人好歹會關心兩句伸手攙扶，這個站著不動的紈褲人士顯然有問題！

那人正居高臨下俯瞰我的醜態，吃定我無法拿他怎樣，我也的確連頭都抬不起來，但蘇小艾的柔道之手此刻正用十成功力抓住某人衣物，瞬間扯下一條褲子還是很簡單的。

靈感來自許洛薇前不久才想要扒褲子限制主將學長行動，當時這個餿主意由於過度爆下限，立刻被我否決，此刻在實戰中，我卻感受到賤招的實用性，套句刑玉陽的教戰守則，把事情鬧大就對了。

紈褲人士似乎感應到我的歹念，不著痕跡想後退，我立刻收緊手指，傳達出無言威嚇，他立刻就不動了。

萬花筒般的視野終於恢復正常，我直接鎖定那人長相，似笑非笑的臉既熟悉又陌生，熟悉的是我始終念念不忘的莫名在意，他於我而言卻是一個徹底的陌生人。

「烏鴉小哥？」

「妳果然找得到我。」鬈髮黑衣青年望著我，漠然平凡的五官隨著我的回神，漸漸匯聚成明顯的微笑。氣質打扮上烏鴉小哥比主將學長略微年長，近距離細看，膚質容貌卻因養尊處優或罕有出門，較終日勞碌的主將學長更加年輕，甚至比我還要嬌嫩。

「聞元槐，是你？還是你已經換新名字了，我直接叫你爛人更好？」出現的時機、這份存在感，以及與前一個替身過分相似的氣質打扮，最重要的，是我的直覺如此叫囂，眼前之人就是那個接二連三設局玩弄我們的術士。

烏鴉小哥和我先前見過的四十來歲術士不同，眼神語氣和小動作俱眞實靈動，雖然之前那個替王子易打工的替身也是活生生的男人，但當時感覺不出特殊力量，聞元槐故意隱藏實力也是原因之一，這次出現我眼前的青年卻流露著一股非常危險的氣息。

就算是會元神出竅附身操控其他身體的術士，還是有個本尊，他竟然沒藏在兔子洞裡眞讓人意外。

「現在師父還是叫我聞元槐這個名字，這樣稱呼我即可，晴艾妹妹。妳可以鬆手，說幾句話的時間還是有的。」聞元槐爽快承認了。

言下之意他等等就要落跑。我立刻抓得更緊。

「要不袖子給妳牽吧？否則妳這樣趴在地上實在不得體。」黑衣術士如此建議。

我盯著他垂下來的袖口，自動送上門的過肩摔機會不可放過，猛然抓住他衣袖，這才用空著的左手按著膝蓋站起來，大腿外側肌肉一使勁就刺痛，雙腿緊繃的程度瀕臨抽筋邊緣，身體狀況對我的戰鬥很不利。

「把許洛薇還給我！」我低聲嘶吼。

要不是許洛薇還在他手上，我本打算見面就先賞他一頓粗飽。

「我們之間似乎有點誤會。」

「你想強辯許洛薇不是你綁走的？」

「那倒不是，我的主要目標就是那位紅衣小姐，不過，其實我也滿喜歡妳的，不想看到妳死掉，但妳繼續這樣一條筋地追著我，即便我不出手……」聞元槐半垂著眼說：「貌似晴艾妹妹會先撐不下去。」

「我聽你在放狗屁！」

「這樣吧，妳回答我的問題，而我也回答妳的問題，雖然不保證答案詳細，但絕不說謊如何？」

聞元槐這傢伙主動出現又交換條件是什麼意思？我不信他喜歡我之類的鬼話，難道是我身上有哪些令他忌憚或想套取的情報？

「你綁架許洛薇的目的？」我才不管誰先誰後，反正我這邊可沒保證回答時要說眞話。

「既然妳都請動那位王爺來抓我，想必知道我派特色，善使鬼術者，自然是打算役鬼了。」

我在和許洛薇重新同居時就有想過類似麻煩的可能性，進而躲避高人注意，刑玉陽也警告過我一個心燈熄滅的衰人帶著紅衣厲鬼太招搖，簡直就像柔道菜鳥綁黑帶跑進運動會裡閒晃。沒想到眞的遇見覬覦許洛薇力量出手捕捉的術士，會是這樣恐怖又噁心的事。

「輪到我了，爲何妳會注意到我，還給我取了個綽號？看綽號內容應該是在神海集團見面前就給妳留下印象了，那麼就是在楊亦凱的告別式上——我倆眞正的初次見面，晴艾妹妹。」

聞元槐點了點頭。

我很不喜歡他故作親暱的語氣，別忘了這個術士當初也想綁架我，只是未遂，該不會今夜他準備親自動手一畢未竟之功？想到這裡我心裡發怵，決定情況一不對就先朝他褲襠要害踹兩腳，不見得每次都要用柔道開場，實戰就得出奇制勝。

「我怎麼知道？就是看到你啦！」難道我會傻到廣告自己有超能力嗎？哼！

「這樣可不能說是回答，瞎編也好，妳得給我一段說法。」聞元槐聲音雖然笑嘻嘻，卻是不假思索的強硬態度，看來他隱藏眞面目演戲給一個廢柴跟蹤狂兼神棍打工十年的確憋了不少氣。

此外，我從這句話聽出聞元槐也是像刑玉陽和蘇靜池那類擅長分析一切資訊的類型，一個人情急之下的藉口往往會混進一定程度的事實，我害怕的是，他不知會從我的藉口中分析出哪些連本人也沒意識到的情報。

怕歸怕，眼下和術士面對面卻是千載難逢的機會。

「《威利在哪裡》。」我說出某個一閃而逝的聯想。

他只花一秒就會過意來。「啊，我也喜歡那套兒童繪本。」

小時候住爺爺家，爺爺常帶我去鎮上圖書館，那時我最喜歡做的事就是到童書區找出英國插畫家Martin Handford的作品《威利在哪裡》，每一頁插畫都畫滿螞蟻般形形色色不同姿勢、職業打扮的人物，我則必須從人群裡找到繪本主角，穿著紅白條紋裝的威利，同時還會有二十幾個和威利打扮類似的模仿者來誤導讀者。

說不上爲何會著迷這種地圖式搜索的繪本，不過這些迷你又可愛的小人物啓發了我對畫畫的興趣，至於那個躲在人山人海中的威利，久而久之也不難找。每回到圖書館總是自我挑戰要把所有「威利」找出來才肯回家，有些被我記住每一頁的特定位置，有些則記得大概，但總有幾處是我得費心重找才能發現答案，這就是樂趣所在。

「我一眼就找到你了，雖然你和大家好像差不多，但又哪裡不太一樣。」而我是對閒雜人等莫不關心的內向性格，會這麼在意一個陌生人眞的很奇怪。

「妳知道威利其實是一名殺了二十五個兒童的連續殺人狂嗎？他的裝扮正是精神病院病患服裝。這個讓英國父母為之恐懼的犯人從精神病院逃脫後，再也不曾被發現，堪稱現代版的哈梅爾吹笛人，不，還要更可怕，孩子們死了。」

「這是都市傳說吧？許洛薇早就告訴過我了。」無論FBI面試題也好，繪本恐怖八卦也好，我的紅衣室友少數令人印象深刻的專長之一，就是知道各式各樣的犯罪冷知識。

許洛薇還告訴我，「連續殺人犯」這字眼是美國聯邦調查局幹員提出來的定義，同時間，威利的原型真凶正在肆虐的八〇年代英國，警方大概還沒跟上犯罪側寫的新偵查手法。

大一時我和許洛薇分配到同間學生宿舍，她看見我在讀借來的威利系列後忍不住加入一起玩，順口對我科普了繪本背後的驚悚內容，那時我就知道，這個有錢美女有著充滿問號的腦袋，千萬不可小覷。

我和許洛薇的初相識，話題始於一個打扮得像宅男的繪本男主角兼連續殺童狂，玫瑰公主秀這一手雖然比不上「你去過阿富汗」【註】那句名臺詞經典，卻堪稱破壞童年的重磅炸彈了。

「所以妳覺得我像威利？是哪兒讓妳感到不對勁呢？」聞元槐居然擺出不恥下問的態度。

「你為何對被我看見的事這麼在意？」我總覺得話題歪到超出路肩了。

他露齒一笑：「小時候，師父讓我讀這套繪本時，總是叮囑，世界上有很多人其實非常敏感又執著於找出答案，我則必須讓自己不被發現，雖說我可沒殺過小孩子。」

耿派鬼術不是學畫符養鬼嗎？師父給徒弟看繪本是啥招？無論如何，再小的個人習慣都是線索。

「我本來就在提防冤親債主，又得罪不只一個惡鬼，朋友還被鬼附身的路人推下月台樓梯過，時時刻刻留意附近表現不自然的人很正常吧？再說楊亦凱的告別式那天，感覺你就是怪怪的，又不像熱心民眾。」我略微回想後老實說。

穿一身黑擺酷的人不是沒有，但要黑得那麼幽玄詭異，烏鴉小哥還是我出生以來首度遇到的特例，彷彿不是黑衣而是看不見的黑霧籠罩著他。女鬼陳碧雯和刑玉陽都沒看見聞元槐的心燈，表示他絕非一個正常活人。

「感覺……這可真是麻煩，雖然無法理解，但我同意女性的感覺是挺奇妙。」他嘆氣。

「換我問了，你對主將學長做了什麼？」現在我會和聞元槐一對一談話，可以肯定主將學長出事了。

註：小艾這裡用的是《福爾摩斯》的梗。

「妳那學長的確挺有心，守在床邊一步都不走，連晚餐都是請旅館代訂，我就在湯裡放了FM2和Stilnox，看來順利起效。」

「你對學長下藥？卑鄙！」後面那個藥名我沒聽過，反正應該也是某種安眠藥。FM2俗稱迷姦藥，服用該種藥物的人醒了之後可能什麼都想不起來。總之，聞元槐這次用很科學的手段把主將學長放倒了。

假使他沒說謊，眞的只有安眠藥，哪怕情況不利我還是鬆了口氣，至少不是降頭或符術等更讓人反胃的法術攻擊。

「這是讓無關人士遠離紛爭的好意，晴艾妹妹。話說回來，妳睡得比吃了十倍藥物劑量還沉，簡直像是植物人，卻忽然夢遊一路走到我面前，我又確定妳未被降神或附身，果然妳的事還是很讓人好奇。」聞元槐道。

「你到底想說什麼？」

「我對妳的觀察仍嫌不足，然而箭在弦上不得不發。」

我已直接或間接因這術士的陰險吃了好幾次虧，被他玩弄在股掌間，對此人的作風有一定了解，他含糊帶過句子，我卻心領神會，食指朝他鼻子一比：「你在控制許洛薇的計畫裡卡關了對吧？」

被我道破真相，聞元槐竟不惱，只是袖子一翻，手裡變魔術般多了盞蓮花燈，正是曾被用來鎮壓白峰主的法器，他還以解放白峰主為由誘騙刑玉陽用自己的精氣去捻熄蓮花燈，刑玉陽事後虛弱了好久，換句話說，他拿刑玉陽替蓮花燈充電了啊！

「靠！你偷那盞燈就是打算用在許洛薇身上？」我們到底被這混蛋術士剝了幾層皮？

「此言差矣，這盞燈可是絕佳的鎮魂法具，我十年前就看上寶物固然不假，最近卻發現馴服許洛薇的過程缺它不可，幸好有諸位幫忙順利入手。話說回來，晴艾妹妹，我們的確很有緣，誰能想到妳後來和楊鷹海私生子會有那麼好的交情呢？」

後來？我真正認識刑玉陽是從神棍事件開始，許洛薇平常看起來只是附在貓身上的廢柴紅衣女鬼，她會變身成赤紅異獸的隱藏技能連刑玉陽都不知道，我一直搞不清楚聞元槐到底為什麼會鎖定許洛薇，聽他口氣，竟是在我和刑玉陽還不太熟的時間點，許洛薇就被盯上了！

我被他手中的古銅蓮花燈黏住視線。蓮花燈中棲息著半截尾指長的金黃色火焰，正是方才夢遊時看見的亮光，許洛薇的赤火指引我走到聞元槐本尊面前，蓮花燈看起來挺像《西遊記》或《封神榜》裡面的厲害法寶。

難道聞元槐把許洛薇關在蓮花燈裡？我不禁湧出這種猜疑。既然聞元槐都承認他必須用蓮花燈控制許洛薇，換句話說，破壞蓮花燈或者搶到手，就能攪黃聞元槐的計畫！

「恐怕得委屈妳了，我想知道，如何才能讓妳和許洛薇之間的契約失效，並且由我和她重新訂立主從契約？」術士微笑。

「我們之間才不是啥見鬼的主從契約！你不也知道我們是朋友！」頂多加上大小姐與管家的白痴日常。

聞元槐摸摸下巴：「但妳使用許洛薇的方式和我們術士非常相似，難道不是嗎？」

他一言刺中我的心病，我不禁惶恐地晃了晃。

我和許洛薇之間一直以來都不是對等的，生前庇護我，到死後失憶陪我戰鬥，她一直都是擁有力量的那個人，我沒有驕傲到不吃嗟來食，而許洛薇從來不曾高高在上地施捨，她只是用很搞笑的方式幫助我。

我一度以爲她天性就是愛惡搞，直到譚照瑛事件後我才得知許洛薇過往也曾是接受幫助的被動立場，她懂放下自尊不是件易事，故意用超乎常理的誇張態度，例如找個室友同居胡鬧，讓我比較容易握住她伸出的援手。

見我憤恨地瞪著他，聞元槐摸摸鼻子改弦易轍道：「好好好，我懂妳們感情親密，但妳們之間的關係的確具有契約效力，無法中斷又排外。」

「那你就放棄啊！不要來搶我的薇薇！」我怒道。

「所以我想讓妳主動斷絕這段關係，當事者總有某些辦法，就像妳們當初不知如何訂立契約一樣，所謂絕交方法。」聞元槐繼續厚顏無恥地要求。

我不敢置信地看著他，這術士看來聽不懂人話。「你憑啥覺得我會主動配合，讓你控制薇薇？」

「晴艾妹妹，妳又從何天眞地認爲，得不到許洛薇我就會放了她？」聞元槐柔和的口吻令人毛骨悚然。「玉石俱焚不是更好？」

眼淚比我的思考速度更快掉了下來，我幾乎立刻哽咽無法作聲，因爲聞元槐那句話並非玩笑，就像當初他說過抓個野生山神很難但並非不可能，毀滅許洛薇對他來說就像拿起一只碗，雖然放回桌上沒問題，但順手摔碎顯然更爽。

「你怎麼可以這樣……怎麼可以這樣！」我結結巴巴，語不成句，一股心痛讓我按著胸口，幾乎喘不過氣，只能用力搥了兩下，滿臉都是淚水。

聞元槐看著我悽慘的樣子微微蹙眉，一時沒留意到蓮花燈的火焰跟著晃動。

「唉，妳別哭呀！又不是什麼大事。頂多我借她兩年，之後保證還給妳。我這不是有急用嗎？」聞元槐說。

「你還想怎麼『用』她？死變態！」我終於受不了大吼。

「罷了，今夜只是提前告知，讓妳有時間考慮，把許洛薇借給我當式神對妳我都好，我忙活了這麼久，追求的可不是魚死網破的結果。」聞元槐說完這句話時，我已下定決心硬搶他手中的蓮花燈。

「王爺會抓到你！」我開始說些話想分散他的注意力，替突襲製造機會。

「說到這個，王爺大人的確快到了，在下差不多該告退。爲了證明我非空口白話之人，我打算送妳一個適合撒氣的禮物，晴艾妹妹。」術士忽然天外飛來一筆。

確定牢牢抓緊他單邊衣袖，不等術士將話說完，我另一隻空著的手屈爪猛然抓向蓮花燈，他卻動也不動。

抓住蓮花燈了！我在心中歡呼，可隨即發現掌中只握住一團空氣。

「咦？」

額角都是冷汗，我傻傻地望著好整以暇的聞元槐。他從來沒有輕敵，連一秒的漏洞都沒留給我，滴水不漏的行事作風比深不可測的實力更加讓我恐懼。

「最後一個問題，『我』在妳眼中如此眞實嗎？」

一壓低重心蓄力，渾身肌肉立刻抗議。不管了，我就是要摔死這王八蛋！

扣住術士袖子紅著眼旋轉蹲低，肩上陡然變輕，我仍依循本能完成整個過肩摔動作，只聞

「喀拉」脆響，回神細瞧，被我摔在地上的竟是一具紙人！

「怎麼會這樣？」方才還好端端與我對話的聞元槐，剎那變成竹條紙糊的模型，只有那套絲質衣褲是眞的！

過了十幾秒後我赫然反應過來，不能就這麼愣著，既然敵方使出某種以假亂眞的法術，紙人身上說不定有藏符咒之類的線索，正想撿起被我摔得亂七八糟的紙人檢查，紙人胸口忽然冒出一簇火，轉瞬吞噬整具紙偶，簡直像被潑了汽油般燒得獵獵有聲，我被火勢逼得倒退五、六步，瞪著火焰咬牙切齒。

正要從現場撤退回旅館查探主將學長情況，一陣怪風包住燃燒的紙人，彷彿想撕碎目標，然而聞元槐的紙人實在太好燒了，只見紙灰碎布被捲起升空再緩緩飄落，除了燒焦碎屑與灰燼，沒留下任何線索。

王爺大人把行動不利索的隨從甩在後方，孤身出現在我面前跑第一抓賊，可惜還是晚了一步。

「乖姪孫女，妳剛剛到底在做什麼呢？」一襲白衣的溫千歲劈頭就問。

「我有抓著他的衣袖，可是不知道是假人，感覺上根本就是活生生的男人。」我趕緊辯解。

溫千歲扇子一挑，一小片殘布飛到他手中，雖然燒焦了，勉強能看出是帶暗繡花紋的莓紅織物。「男人穿這顏色？」

「不是，黑衣黑褲，身高大約一百七十五，年齡三十以下不好說，總之很年輕，我在楊亦凱——就是許洛薇高中學長，後來我們還送魂魄去投胎的那位先生的告別式上見過，那時還不知他就是聞元槐本尊。」

我跑過去端詳溫千歲搶救下的一小片衣料，滿頭霧水。「我剛剛看見他的確穿黑衣沒錯，身上沒半點紅。」

「小艾，妳還記得紙人的模樣嗎？」

「剛才兵荒馬亂，聞元槐忽然變成紙人就夠驚悚了，其他事情我沒印象。奇怪？黑色和紅色完全不一樣，我怎會沒發現？」意識到這件不合理的事，我也是滿頭霧水。

「妳又沒睡醒？」溫千歲一臉拿我沒辦法的表情。

「我眞的醒著啦！」

「本王意思是，這紙人本來做成女的，可能放了點本人的頭髮指甲，好讓替身看起來更眞實，加上術士的血或唾液來操縱，所以他才要銷燬證物。對手原本打算欺敵，讓妳以爲看見一個女人，沒想到妳繞過幻術直接看到對方眞面目。」溫千歲說。

「那樣不好嗎？現在至少確定聞元槐的確是男人，雖然和耿派鬼術的女傳女情報不同。」

「妳要是立刻看出術士的把戲，或許可以在假人自燃前拿到媒介，這樣一來就連我都能直接逮人，更別說鬼差了。」溫千歲繼續數落。

「這雙超能力眼睛又不聽使喚，我也很困擾啊！」半夢半醒時看見的東西也是半眞半假，就像刑玉陽的白眼發動時會嚴重影響肉眼視力，超能力也會讓我看不見現實物體，在生活中有可能造成致命危機。

我不禁冒出一個駭人的想像，ＡＲＲ能力繼續修行下去，理想狀態難道就是變成某種經典靜態超能力者，把自己深鎖在富麗堂皇的別墅裡，坐在大椅子上搞定一切問題，成天看書喝紅茶哪兒都不去？這太可怕了！我的夢想之一就是自由地逛超市大採購，紅茶我只想配夜市牛排！

「算了，調查也不是沒有進展，有個人魂在轉交給地府前想讓妳看看，聞元槐的線民就是他。」王爺說完，手下們押著一個披頭散髮的鬼影姍姍來遲。

「吳天生？」我喊出老符仔仙的本名。

老符仔仙委託刑玉陽替他安置被戴佳琬殺死的神棍堂姪痴魂，作爲回報，吳天生發誓不再爲難我們，之後他繼續逃避地府追捕，我也懶得管他躲到哪，畢竟自己的麻煩都堆積如山了，沒想到這隻老鬼竟然勾結上聞元槐！

「是不是你把許洛薇的存在告訴聞元槐？你違背自己發過的誓言？」我厲聲質問。

「嘻嘻嘻！老夫可沒違反自己起的誓。『我吳天生保證再也不找你們這些活人麻煩，若違此誓，魂飛魄散。』」外表狼狽的老符仔仙一聽聞許洛薇三個字，眼底爆發出瘋狂喜悅的精光，顯然是對許洛薇恨之入骨，正為她現在的悲慘遭遇開心無比。

活人——活人！媽的這傢伙用文字遊戲陰我！

我頓時有些恍惚，一直認定設局的人是聞元槐，其實吳天生才是始作俑者，他在與刑玉陽和解時就已經下定決心要報復許洛薇了。

刑玉陽早就不厭其煩地教育我，死人的偏執和活人不同，厲鬼尤其無法理喻，我卻一直沒有真正明白這句話的意思。在我看來，刑玉陽和我才是吳天生痛恨對象，甚至主將學長也有一份，畢竟我們聯手破壞了老符仔仙和神棍法師的詐欺事業，更阻止老符仔仙利用戴佳琬的胎兒重生，不想端詳此刻老符仔仙的反應，他最恨的居然是斬斷他一條腿耀武揚威的許洛薇？

「小艾，妳還有何話想問他最好盡快，我約了鬼差。」

「王爺叔叔，非得這麼趕嗎？」我還想好好拷問呢！

溫千歲精緻秀美的五官微微顫了顫，及時忍住抽搐的衝動。

「人魂不是本王能碰的對象，抓到目標略問個話，立刻移交給鬼差還算在安全界線內，偏偏妳又在關鍵時刻出事，本王只好將鬼差約在妳的肉身所在地點見面。」

這裡有個重點，溫千歲對陽世人魂沒有執法權，頂多就是出於義勇幫忙驅趕惡鬼，逮捕訊問、審判定罪等等都是陰曹地府的權力，本來就綁手綁腳的溫千歲被迫同時進行關心疑似出事的蘇小艾、抓老符仔仙以及聯絡鬼差三個任務，每個都是分秒必爭的挑戰。

這種官方體系與陰險通緝犯打擦邊球的戰鬥水準，真不愧是資深境主！

「該問的重點您一定幫我問了，我對老符仔仙的下場不感興趣，只想知道他有沒有把許洛薇的存在出賣給聞元櫆以外的對象？」雖說一個聞元櫆就讓我吃不消，但我還是得釐清之後的潛在敵人有哪些。

而且，吳天生的情況明顯比我最後一次看見時要糟很多，他來託付吳法師的痴魂時身上就有點邪化跡象，我們都心裡有數，老符仔仙遲早會變成厲鬼，只是那夜發毒誓時他談吐還算清晰，如今斷腿處異常腫脹並且不斷淌流污血，恐怕就是這些墮落變化讓溫千歲逮住他的老鼠尾巴。

「那位大人吩咐我保密，他當時正在尋找新式神，我也拿到很好的報酬。」吳天生嘿嘿笑了幾聲，形貌更加猥瑣。「沒能親眼看見那賤婦被『九獸』操弄啃咬的模樣，不夠解氣啊！但也值了……」

我怒火攻心，想掏出淨鹽水往老符仔仙身上潑，偏偏夢遊出來身無長物。聞元槐說讓我拿老符仔仙撒氣，但我兩手空空時要怎麼幹爆一隻惡鬼？術士分明存心給我添堵！

九獸？難道是聞元槐的式神名字？習性聽起來挺糟糕。本來就不相信聞元槐，實際聽見這個術士有多惡劣的證言，我的心肝脾肺更是像浸入冰桶。起因就這麼簡單，許洛薇替我出頭，被人記恨在心，吳天生冒出小人瘋狂失控時的常見反應：不擇手段、不計後果要毀掉仇恨對象。

「聞元槐知道吳天生會被抓，他本來就是棄子，不，應該說沒有道義的買賣關係。」這表示老符仔仙不可能知道聞元槐的真正據點。當前找到許洛薇才是正事，其他細節讓地府去訊問沒差，反正聞元槐都搶先承認他就是犯人了。

「那術士親自說的？」溫千歲問。

我點頭。「他說吳天生就當送給我撒氣的禮物，可能是想拖延時間。我才不上當，該怎麼辦就怎麼辦。」

「這廝似乎還留著某些把戲沒出。」溫千歲用摺扇敲著掌心，但王爺接下來就沒說話了，我只得乖乖站在一旁聽著被綁成炸蝦的老符仔仙胡言亂語，期冀撈到一些有用訊息，同時等待鬼差來接人。

緊張中又帶著點興奮，我當然想親眼看看鬼差的模樣，畢竟現在我也看得見老符仔仙，許洛薇雖不在身邊，大概我還是能目睹曾有交集的鬼魂，陌生鬼差就不清楚了。

「王爺叔叔，現在幾點？」我身上沒有能顯示時間的工具，在旅館入睡時約下午三點，但我不知自己實際上睡了多久，聞元槐說他利用主將學長叫晚餐的時間藥倒他，小公園目前安靜冷清，附近毫無人車喧囂。

「子時三刻。」

「這麼晚？」沒想到都快午夜了。

樹叢中忽然射出一條黑鎖鍊，纏住老符仔仙脖子，將他反拖回去，接著上方枝葉伸出一隻死白手臂，我嚇了一大跳，溫千歲卻是見怪不怪。

那隻鬼手比了個「ＹＯ」的嘻哈手勢，溫千歲竟然跟著比回去，接著黑鎖鍊方向陡然一換直接拖向地下，老符仔仙慘叫著沒入土中。

「交接就這樣？鬼差爲啥不露面？」我很失望。

「有妳這個大活人看著呢！這樣我就不用被硬逼聽鬼差新創作的嘻哈曲了，妳以爲討交情不用付代價？」溫千歲是北管派。

這年頭鬼差眞是多才多藝，我抹掉冷汗。

「現在怎麼辦？王爺叔叔你抓到吳天生時有得到能用的消息嗎？」

「那吳天生生前恐怕早已處心積慮想查出耿派鬼術那些術士的來歷，好偷些本事，本來就有一些關係交情在，吳天生能找上聞元槐交易就是證據。我逼問出一個留訊給耿派鬼術傳人的方法。」溫千歲道。

「眞的嗎？太好了！」我正想歡呼，又覺得不太對。「可是聞元槐剛剛主動來找我了，留訊對象也不一定是聞元槐，你都說那一派術士超低調，留訊方法應該是像賞金任務留言板之類吧？」

「那倒是無所謂，聞元槐的同門或仇家看到後可能與我們聯絡，能談判的空間就大了，起碼也能搗蛋回去。此人既爲男子，和同門間肯定有些糾葛爭議，說不定根本是個偷盜耿派鬼術不知怎地竟讓他學成的賊頭，若談得順利還不用我等出手，自有他人收拾。」溫千歲眞是寄黑函的一把好手。

「拜託您快點進行這方面的反擊！」

溫千歲露出邪氣笑靨，這種非正規調查似乎比站在王爺廟屋脊上指揮打怪更符合他的胃口。王爺在路燈下容貌皎然，持扇的手指宛若晶瑩剔透的白玉，雖然欠缺血色，依舊賞心悅目，無論何時都顯得乾淨優雅，與鬼差的鬼手相比，毫無疑問是截然不同的存在，但我還是很擔心他身上的業障反噬。

「王爺叔叔……您現在還好嗎？會不會太累？」我盡量自然地摸了摸自己的領口當作暗示，他的手下還在旁邊，我不敢講得太白。

「目前還好，果然新鮮空氣對健康有益。」溫千歲可愛地用手撫著胸口作勢深呼吸。

「我得先回去了，旅館離這邊遠嗎？」還是很擔心主將學長的情況，我不抱希望地掏了好幾次口袋，別說手機，連銅板都沒有。

「步行約兩刻鐘。」

半小時？幸好沒走太遠，我鬆了口氣。正要問溫千歲折返路線怎麼走，他像是會讀心術般用摺扇搧來一朵藍白色鬼火。

鬼火懸在我鼻端約三十公分前，透著虛幻的美麗。

「跟著火焰走。」

「謝謝王爺叔叔！」我眞的感動了。

回去的路上，身後偶爾能聽見微渺到幾乎以爲是錯覺的鑼鼓聲。見溫千歲還派人護送我一路回旅館，看來以後眞得找時間當幾年代言人，我一向吃軟不吃硬，唉！

Chapter 08 / 抽絲剝繭

回到旅館後主將學長還沒醒，看來聞元槐下的劑量不輕，我壯膽替他量了量呼吸脈搏，還算正常，接著在房間裡來回踱步。

果然不能一聲不吭等主將學長醒來，不斷害他遇到這種事，我實在沒臉再面對主將學長了。拿起手機，遲遲無法按下那串熟悉的號碼，打從我回崁底村後就沒聽過刑玉陽的聲音，情報交流兩個學長都自行聯絡好了，刑玉陽果然在生我的氣。

「我得代替主將學長回報情況才行，說不定刑玉陽正在擔心他怎麼失聯了。」

通常這時候作息和灰姑娘一樣的刑玉陽已經睡下，但以我對刑玉陽的了解，他此刻一定還醒著，畢竟主將學長和我已經結束鄉下假期，還另開新戰場正在不斷打游擊戰。

假使我是刑玉陽，絕對會先調查好友沒說而柔道學妹和她的王爺叔叔破天荒合作去抓聞元槐的可疑原因。主將學長都被迷昏了，我再瞞著室友失蹤的事簡直豬狗不如，也得向刑玉陽交代老符仔仙伏法的最新發展，這是接受他們好心幫助的蘇晴艾應負的責任。

刑玉陽，拜託你快接電話吧！

我才在心裡數到五，電話就被接起了，「虛幻燈螢」的店長果然正等著好友遲來的報訊。

「喂？是刑學長嗎？對不起……」我看著趴在床沿沉睡不醒的主將學長，瞬間哽咽。

「許洛薇在聞元槐手上嗎？」刑玉陽照舊省略推理一針見血。

「我本來不知道是誰綁架她，剛剛聞元槐主動來找我了，還說他要收許洛薇當式神，如果我不放棄許洛薇，他得不到就毀了她。」我語帶哭音，慌亂地轉述術士留下的威脅。

刑玉陽沉默片刻，旅館的空調聲有點刺耳。

「我……我不是想要你幫忙，當初是我想和許洛薇在一起，我會自己負責的。而且現在有王爺幫我。其實我希望主將學長可以回去做他的工作，只是我說不動他，我真的不想給大家惹麻煩，抱歉。」我捏著手機，盡可能平靜地說。

「妳是不是忘了，聞元槐也是我和鎮邦的敵人？」彼方傳來他不慍不火的聲音，很奇怪，我本來預期他會暴跳如雷。

「沒忘，但我現在只能考慮許洛薇的事。」一旦鎖定聞元槐位置，有最終兵器溫千歲出手，我不愁無法打敗術士，但是，他拿許洛薇威脅我，聞元槐深知我不敢用許洛薇冒險。

「學長，我夢到一片很大很大的海洋，我和薇薇被這片海洋連接在一起，儘管我不知道她在哪，卻可以感覺到她的存在。可是，海水後來漏光了，只剩下黑暗。」此刻我也不諱言提起ARR能力了，反正不管我刻意禁止或放任，這超能力都會自顧自發動，既然如此我還客氣什麼？

「海？黑暗？」他複述一次我提到的詞語。

「我也想過是不是聞元槐綁架她躲到某座離島什麼的，但夢中那片海域很特別，我說不上來，反正不是普通的海。」

「按照妳以前看見的阿克夏記錄，那片海說不定是許洛薇的回憶。」

「難道是聞元槐已經溜到國外了？」帛琉？希臘？峇里島？我又沒出國過，哪知道玫瑰公主夢中大海在地球上哪處位置？她為何會變成海裡的紅沙？

「他還帶著陶爾剛，溜不遠的，再說，耿派術士想把許洛薇做成式神，當中需要的儀式和手段，必定得在這座島上完成。」刑玉陽說。「妳說妳們被海連在一起，不是妳走進她的海裡？」

如果沒經歷過戴佳琬的例子，我一定聽不懂刑玉陽計較這點差別的意思。我不只一次進入戴佳琬自殺的客廳，但我可沒有和她住在一起的感覺，而是被關在裡面。

「對。學長，你不氣我又用超能力？」

「用都用了，我能拿妳怎麼辦？蘇靜池後來說了，那不是妳能控制的天賦，而且能力覺醒時往往都會伴隨一段暴走期。」最後面這句話應該是刑玉陽自己的親身經歷。

「呃，對啊！人家眞的是身不由己就看到了！」我趁機撇清。

「到頭來，妳得自己承擔後果，這一點沒有人能幫妳。」

按照刑玉陽的觀念，個人造業個人擔，這句並非詛咒或風涼話，只是單純的世間常理，我也是這麼想。

「我還是搞不懂大海意味啥，既然要夢還不如夢到閒元槐的弱點。」如同「家」對戴佳琬是控制她一生的牢籠，屬於某種執念核心，海對許洛薇應該也具有特殊意義。我自問很了解許洛薇的性格喜好，依舊想不出所以然，這頭色貓始終有瞞著我的祕密，而且還不少！

「既然不懂就別想了，阿克夏記錄超出世代和空間，有可能連宇宙都不同了，妳鑽牛角尖只是浪費時間。」

刑玉陽這句當頭棒喝讓我不知該怎麼感激他才好。

「如果有人綁架主將學長，對你說不放棄找他就要撕票，你也不會接受這種威脅對嗎？」

「廢話！放棄不找人，歹徒一樣可能撕票。」手機另一頭，刑玉陽沒好氣地說。

「刑學長，你記得我們幫戴姊姊抓跟蹤狂時，犯人對主將學長和你開槍的事嗎？」

「妳想說什麼？蘇小艾。」刑玉陽語氣不善，以為我想翻舊帳提他對槍口衝鋒的事，大家半斤八兩。

「當時我就在旁邊看著。我能理解學長你冒著生命危險救人的決定，還有身為旁觀者的心情，要是我不得不為了許洛薇赴險，雖然會給你帶來負擔，請學長你也理解我吧！」我看著主將學長歪倒的背影，努力不要變得軟弱。

「和妳這個笨蛋說話會拉低我的智商。」他過了很久才丟給我這句話。

「對了，聞元槐給主將學長下藥。是FM2還有另一種好像叫史啥東東的藥……我該怎麼辦？」我努力把大概發音報給刑玉陽，他好像一聽就知道是什麼藥了，刑玉陽也算是有相關背景的病友。

「都是強力安眠藥，藥效通常會持續到天亮，一切正常的話就讓他睡到自然醒。」

「我會在旁邊看著，以防萬一。」我說。

「隨便妳。」

我告訴刑玉陽老符仔仙的誓言陷阱，難得聽見刑玉陽又罵髒話，他已經很小心了，沒想到還是被吳天生鑽空子。

「刑學長，王爺大人從老符仔仙那邊找到耿派鬼術聯絡方式，但沒告訴我具體方法。」那時我正處於混亂中，加上信任溫千歲，顧不了那麼多，事後想想有點懊悔沒當下就問清楚。

「考慮到耿派鬼術特質，說不定是鬼魂才能聯絡他們的方法，不知道就算了，我這邊也會查查其他辦法。」刑玉陽的語氣聽起來不太希罕。

「地府也會想抓耿派術士對吧？他們帶走老符仔仙後說不定能直接查到聞元槐。」我有點擔心這一點，聞元槐被罰活該，但我一直不想讓許洛薇被鬼差注意。

「要看是什麼情況，地府再怎麼樣也不能直接對活人出手，但聞元槐與其同門可能控制一些應當投胎的魂魄，或提供惡鬼犯罪管道，比如說老符仔仙之前能躲避鬼差恐怕就是聞元槐的功勞，地府可能會對其做出某種程度的審問和告誡，其餘罪行等死後再處罰。」刑玉陽說。

一道陰影閃過心頭，我驀然開口問：「戴佳琬被神棍強暴懷孕，你用白眼看到的那個沒有魂魄的黑色胎兒，吳天生妄想借腹復活的點子，會不會就是聞元槐教他的？」

「有可能。這和聞元槐挾持精神病患身體僞裝成他人的原理有點接近。」

「那麼能成功嗎？」

「我傾向認爲吳天生想利用年輕女孩的肉體重新誕生這件事，從頭到尾都是一種妄想，那麼容易就能復活，地府還用混嗎？」刑玉陽嘲弄道。

我也這麼想，但是，刑玉陽這番話卻可以反推出另一種可能，假設滿足極端困難的條件，亡者復活——能否成眞？至少神海集團和許家在我想像中有能力動用超乎常理的人力物力。

譚照瑛雙親被生祭法呑噬，到了不擇手段準備殺人的可悲地步，即使能力背景不足，終究也創造出一個妖鬼，這表示父母不顧一切的追求，有可能出現某些不可思議的結果。

目前許家父母並沒有瘋狂召回逝去的愛女，三年前他們就爲許洛薇舉辦盛大喪禮，甚至比我還接受許洛薇的死，這也是我敬重那兩位長輩的理由，許洛薇的爸媽都是正視現實的強者。

萬一許家想讓玫瑰公主復活……思及此，我的心跳加快。

果然還是不行吧？許洛薇會變成異形，不見鬼差來牽魂，本人對投胎或復活之類的話題興趣缺缺，她的肉體早就燒成灰了，我不覺得許洛薇會喜歡用別人的身體復活，她連附身都有潔癖，只肯上我的身。

想像許洛薇復活的畫面，我隨即爲那份不可能感到心酸，這些追求死後復活的人與鬼的種種醜態，只讓我對許洛薇蓋棺論定的死亡更加確信。

「但吳天生不是傻子，本身就有咒術專長，能讓他相信借腹重生這種妄想的聞元槐才是最需要小心的，不是嗎？」我說。「九獸的存在代表有某次生祭法成功，那是不是意味著耿派鬼術裡有個活死人？」

仔細想想理所當然的事，爲啥之前大家忽略得非常自然？大概是生祭法實在太扯了，要不是陰間情報來源加上溫千歲背書，我還眞不信有個門派是這樣創造強大式神。

「蘇小艾，這次我要誇獎妳的腦洞。」刑玉陽忽然說。

「欸？」

「生祭法復活的死人必定是九獸的弱點，從溫千歲對於耿派鬼術的說法推測，九獸與活死人的關係類似手機與鋰電池，九獸的弱點……」

「——就是聞元槐的弱點！」我興奮地接話。

聞元槐對自家守護神的寶貝樣，我和刑玉陽有目共睹。

這個想法的價值在於，確定聞元槐攜帶人口增為兩個，其中一個還是聞元槐的死穴，循線捕獲這個術士的機率立刻高了一倍。和虛無飄渺的鬼魂不同，活人需要吃喝拉撒，是有質量的生物體，聞元槐要避人耳目照顧活死人和被奪走二魂的痴呆陶爾剛，就必須將此二人藏在某處掩體裡，移動時也需要私人交通工具，換句話說，在人類社會中只要「巴庫」夠硬、有本錢動員，靠黑道白道都能找人。

刑玉陽只需一通電話告知神海集團，就能給聞元槐施加更多壓力，但他肯定想親手追擊，替自己出口氣。之後我順便把烏鴉小哥的特徵也描述一次，他言簡意賅地回我一句「知道了」就收線，完全不拖泥帶水。

把失去意識的主將學長拖上床蓋好被子，確定他舒適躺平之後，我才進浴室洗掉過去幾個小時在外夢遊流浪的一身髒污。

凌晨兩點，普通人理所當然的睡眠對我而言已是高空走繩，太陽穴一抽一抽地疼，我正處於某種微妙狀態中，現在只要睡著，就一定會發動ＡＲＲ能力，因為這次那扇被推開的門並沒有完全關閉。

白日奔波，夜不安枕，其實我目前相當虛弱，四肢發冷，最好抓緊時間儲備最低限度體力好應付下一次超能力發動的侵蝕，但現在的我不能睡也不敢睡，輪到我看顧主將學長了。

老符仔仙的話不斷在我腦海中迴響，九獸——似乎是指聞元槐的式神，也就是溫千歲從地府那邊套來的情報，關於耿派鬼術的獨門絕活，生祭法的眞面目就是創造這種窮凶惡極的怪物，聞元槐綁架許洛薇貌似打算讓九獸對她做些極度噁心卑劣的事？

我在幾近發狂的怒火中壓抑著踹掉門板的慾望，說不定聞元槐就是希望我方寸大亂，趁機綁架我來操控許洛薇，這個術士從來不是被動性格。絞盡腦汁想通這點後，我背上冒出一層薄汗，離聞元槐的思路又更近了。

目前被多方勢力追捕的聞元槐，與被多方勢力保護的我，正用時間這條蜘蛛絲互相拉鋸，我必須沉住氣，等待那個能將聞元槐一擊必殺的漏洞出現。

一陣反胃襲來，這才想起自白天到現在滴水未進，從背包裡拿出礦泉水和麵包胡亂吃了幾口，身體需要燃料卻毫無食慾，機械地咀嚼吞嚥，我終究吃不完，只得把剩下的麵包放在桌上，瞪著半瓶礦泉水發呆。

「小艾。」清澈柔亮因此雌雄莫辨的嗓音在我背後響起。

我差點反射性抄起菸灰缸砸過去，溫千歲單獨出現時總是悄無聲息。這回王爺倒沒有表現捉弄我爲樂的不正經，只是斂容佇立窗前。

以溫千歲的傲慢作風，剛剛分別，沒事不會特地繞回來。思及此，我不禁一喜。「王爺叔，聯絡耿派的事這麼快就有進展了嗎？」

溫千歲望著我緩緩搖頭。「方才我那位負責押送吳天生的鬼差朋友遭伏擊了。」

「怎麼回事？」

「戴佳琬襲擊鬼差，擄走吳天生。」溫千歲坦言他料錯戴佳琬跟在我身邊的動機。

溫千歲一提起戴佳琬，我就完全懂了。

誰是神棍事件的首腦，放任鄧榮強暴戴佳琬，目的就是爲了製造胎兒，並且迄今還是逃過受害者報復的存在？兩名神棍崇拜的無極天尊——吳、天、生！

「老符仔仙之前躲過鬼差通緝，連帶戴佳琬也找不到他。」提到戴佳琬，她可是生靈化魙自我虐殺的超高效怪物，一自殺就幹掉兩個仇人，沒道理她會放過老符仔仙。

「考慮到吳天生的符術能力，又有閻元槐背後支持，戴佳琬要復仇沒那麼容易。何況，吳天生爲了報堂姪被殺之仇，必定也有針對戴佳琬反擊，她才會迂迴將吳天生留到最後。」溫千歲分析道。「咿！這女子倒是可憐，陰間已將其除籍，留待其他大能鎭壓消滅。」

說。

「要是戴佳琬不追著我和刑玉陽跑，又綁架母親，她是真的很可憐沒錯。」我揉著太陽穴說。

戴佳琬慢半拍才知道兩名神棍頭上還有個老符仔仙，可能是她在虐殺吳耀銓和鄧榮時逼問出來的真相。戴佳琬生前，兩名學長安置她時為了不節外生枝，並未告知她老符仔仙的存在，只說犯人已經抓到，當時戴佳琬的精神狀態也承受不起更多刺激，老符仔仙又已經跑了，導致後來喪失先機的戴佳琬只能跟著和吳天生交易過的我們尋找機會，更何況刑玉陽也是她的心儀目標，兩不衝突。

以戴佳琬對黑暗人性的敏銳與她那因執念而生的滿身怪眼，應該已看穿吳天生遲早會回頭報復，甚至可能老符仔仙暗中觀察我和許洛薇的弱點好賣消息給聞元槐時，戴佳琬就在一旁潛伏等待良機，螳螂捕蟬，黃雀在後。

「等等，戴佳琬打得贏鬼差？」我得時時更新戴佳琬的真實戰力。

「打是打不贏，但她沒必要打，渾身都是污穢，我那鬼差朋友相當於從頭到腳被潑了一桶大便，還是帶輻射腐蝕性的劇毒大便，他立刻去淨化了。我得到的目擊證詞是戴佳琬把吳天生融進自己身體竄逃成功。」溫千歲撇了撇嘴。

業障開始發作的溫千歲最不想看到的，恐怕就是戴佳琬這種墮落到極點的例子。

「她想把吳天生改造成像鄧榮那樣，只能寄生然後任她控制？」我驚駭地問。

「在新一步消息出來前還無法斷言。此事我脫離不了關係，因此本王得立刻負責追擊戴佳琬，奪回吳天生，就是特地回來告訴妳這件事。」

「王爺叔叔，你要擔任『其他大能』的角色嗎？」我期期艾艾，說不清是期待還是反對，只希望戴佳琬不要再害人。

「小艾，我是爲什麼才幫妳救許洛薇，複述一次。」溫千歲命令。

「調查您忽然業障惡化，重新厲鬼化的原因。」我乖乖回答。

「光是奪回吳天生要耗費的本錢就讓本王甚感不划算。」

時間成本、機會成本和道行成本，只要和戴佳琬交手樣樣都很虧，偏偏境主接到官方協作要求又無法拒絕，只能說這麼一來溫千歲被允許對戴佳琬動手，卻得自備子彈。

溫千歲不打算和戴佳琬較眞，我鬆了口氣。坦白說我不恨戴佳琬，只覺得她很麻煩，如溫千歲所言，既可憐又變態，可以的話還是來個高僧使用佛系渡化最適合，目前負面狀態的溫千歲和戴佳琬打起來，萬一不愼被污染，直接變大厲鬼就糟了。

「那王爺叔叔您預計花多少時間解決呢？」

溫千歲不答，我立刻急了。「可是薇薇還在等我去救她！」

「小艾，我會盡快了結此事，再說，聯絡耿派需要花點時間，期間妳和警察小子乖乖待在旅館裡等我消息，別給聞元槐可趁之機，我會加派人手保護旅館。」溫千歲道。

我的表情一定很糟糕，或許還流露不該有的失望？總是懶散微笑的溫千歲五官現出怒色。

「該死的聞元槐！」他低咒。

這下溫千歲和我都明白聞元槐那句「送我撒氣禮物」所指為何了。

溫千歲的確是聞元槐難以應付的強大對手，因此聞元槐特意製造戴佳琬襲擊吳天生的狀況來拖累溫千歲，術士料準戴佳琬會趁鬼差束縛住吳天生時動手，或者根本就是聞元槐給戴佳琬提示！螳螂捕蟬，黃雀在後，可是我們都忘了這個成語故事中，還有一個打雀人。

不只是遲滯戰術成功，更藉戴佳琬的手除掉對自己不利的證人，表面上還說是為我出氣，因吳天生才是那個出賣許洛薇的罪魁禍首。術士再度刷新下限，卯起來實踐人不要臉天下無敵的眞理。

「卑鄙！」我忍不住罵道。

溫千歲垂眸盯著我，像是想從我身上找出答案，每當王爺出現這種舉動時，我總是有點不安，某種程度上，我也有相同的疑惑，一百多年來和蘇家人公事公辦的溫千歲，為何獨獨對我這麼好？誠然我有些被他看上的特殊條件，不過目前為止相處的點點滴滴，溫千歲對我的照顧已經超過了那些條件能回饋的好處。

「王爺叔叔，您對自己的業障發作有頭緒了嗎？」

「尚未，不過方向無誤，愈是插手妳的事就愈嚴重，看來我的問題的確與妳有關。」溫千歲說。

「咦？那還是……」我說不出口請他就此罷手，現在眞正能幫我對抗聞元槐的只有這位強大的鬼神了。

「放心，本王還有不少時間可以耗。待吾奪回吳天生，耿派差不多有回音，屆時我可不管妳要吃飯睡覺啥的凡人毛病，趁此時養足精神。」

「好的，謝謝您。」我低頭咬著下唇，怕自己不小心又哭出來。

溫千歲離開後，我拿出紙筆準備抄經，筆尖懸在紙面上，遲遲沒寫下半個字。其實我並沒有被溫千歲的保證安撫，只是心情太難過了，反應變得僵直。

我終於理解自身處境不如預期的樂觀，既然聞元槐調開溫千歲的計策成功，他就不會輕易讓我的幫手歸位，恐怕戴佳琬的逃跑路線與藏匿位置將變得非常棘手，溫千歲追捕時還會遇上許多阻礙，這些連環陷阱都將持續絆住王爺。

掌心的灼熱正漸漸消失，這隻右手曾經握住許洛薇的手，遺體也好，靈體也罷，變身成赤紅異獸的她、紅沙化成的小火焰，我碰觸她許多次，這就是聞元槐說過的契約，我和許洛薇之間的神祕連結。

但我畢竟不是專業術士，如果不在連結最強烈的時候努力感應她，其餘時間就是什麼也沒有，過去和許洛薇之間只有單向的我呼喚她，不管她有無呼喚我，我都感覺不到，但是現在我有超能力。

儘管只是潮水似的連意圖也不明確的微弱呼喚，但的確是現在的許洛薇對我傳達的訊息：她在某個地方睡覺，準備蛻變成完全的怪物。

「妳倒是用力點求救，到底會不會？笨蛋！」我喃喃自語。「算了，不管妳有沒有呼叫，我總歸是要去的。」

最理智安全的做法是等待，但我必須現在就下決定，不能等聞元槐下次聯絡再交涉觀察，沒餘裕等溫千歲回來，因為許洛薇留給我的蜘蛛絲快斷了。

一個人被另一個人拯救的最好時機，往往就是那麼有限。

刑玉陽沒有掌握到最好的時機，戴佳琬向他求救時已經太晚了，他們只是疏離的直屬學長學妹關係，倘若刑玉陽和戴佳琬的交情有好到當下就知道學妹男友出車禍去世，需要各種支持，而學妹的性格又容易劍走偏鋒，起碼有機會在她盲目求助宗教時阻止她，至少不讓神棍的髒手有機會碰到戴佳琬，或者明白戴佳琬的老家對身心受創的她等同刑場，另覓方法安置。但在悲劇發生前，這兩個人就是很普通的不熟，畢業後毫無聯絡的同系前後輩關係。我們救了戴佳琬的人，卻沒能救到她的心。

許洛薇不同，玫瑰公主在大一上學期神乎其神地擋住了正要開始滑坡的蘇晴艾人生，把我拉入奇妙的新軌道。曾經我當成人情債務，連這份依存關係是否能稱爲好友也不確定，等我好不容易確定時，伊人卻香消玉殞。

我已經錯過一次最好的時機，許洛薇原因不明地跳樓，不能再錯過第二次，眼睜睜看她的魂魄面目全非，遭受聞元槐的恐怖對待。

只要忍耐不那麼美好的結果，讓強者替我出頭，自己就能全身而退，反之，若想爭取人質平安的勝利，就必須甘心付出高昂代價。

走到這一步才想通，我到底還是一個膽小鬼。

「好，先來留言，萬一醒不過來或瘋了，至少還能接力給下一棒。」這次有可能是我生涯最後一次動用超能力，ＡＲＲ能力還眞好用，難怪歷代能力候選者還沒學成就先把自己給玩爆了，看來我也不例外。

留言內容如下：

本人蘇晴艾即將要用超能力探測許洛薇所在地，綁架犯是耿派術士聞元槐，若因此精神失常，甚至喪失更多功能乃至死亡，我自願承擔一切後果，並委託刑玉陽爲代表將迄今關於許洛薇的事告知許家。

切記，請不要限制我的無意識行爲，讓我最後一次的冒險過得有價值，以此爲前提來治療或保護我的身體，畢竟我還是想活下去。

對不起還有謝謝大家，拜託了。

摺好留言紙塞進口袋，露出一截方便被發現，靠床坐在地板上，頭顱枕著床沿，主將學長就睡在邊上，帶給我許多勇氣。

握緊手心，我閉上眼睛，等待意識轉變。

仍舊是一團死硬的黑暗，我似乎來到某處乾涸沼澤，赤腳踩到一條條裂縫，土地龜裂毫無生機，進退兩難，濃稠、荒涼又孤獨的氣氛無處不在，沉重的虛無幾乎壓彎我的脊椎，如果這是聞元槐的內在，我眞想說他活該！

不對，不是聞元槐，我沒有根據就是這樣想。但也不是我認識的任何一個人，難道是隨機掃描到路人又卡地圖了？我明明還握著小小的火星，來自許洛薇幻化的火焰，如今只剩下一點點閃光了。

「薇薇，快帶我到妳那邊！」我不禁焦急呼喊。

喉嚨乾癢，我感受到的是不知來自何人的致命飢渴，此刻哪怕是我親手餵養的心愛雞隻，我也會用牙齒咬開雞脖子喝血的飢渴。見鬼的路人執念！別來煩我！

過了一會兒，頭頂開始下雨，隨著雨勢增強，飢渴也漸漸退去，腳下裂縫匯聚成涓涓細流，形成一張看不見的大網，接著黑暗中天搖地動。

嗤的一聲，緊緊抓住的小火星熄滅，臉頰上傳來潮濕冰涼的感覺，我睜開眼睛，首先映入眼底的是旅館內部裝潢，還在現實中，身體很沉重，就差一點點，似乎沒能完全發動超能力。

我被主將學長緊緊抱住，喘不過氣，勉強舉起手拍他的背表示暫停，他立刻鬆開懷抱，我卻被他的模樣嚇壞了。

主將學長滿臉淚痕，瞪著發紅的眼睛惡狠狠地看著我。

「妳想幹什麼傻事？我警告過妳了，蘇晴艾，妳還有沒有把我放在眼裡？」他用力抓著我的肩膀，把我壓在床上。

有點暈眩，整個肩膀隱隱作痛，伸手摸口袋，留言沒了，強烈危機籠罩下，我立刻推理出不久前發生過的畫面。

主將學長提早醒了，發現我的睡態不尋常，於是猛力想把我搖醒，偏偏我沒反應，他看完留言知道我打算冒險一搏，以爲自己晚了一步。

他哭了，爲我哀悼。

我們都沒說話，主將學長氣到不行，我則因爲他的淚水全身麻痺。

「學長，你剛剛差點抓我撞床頭，這樣很危險。」搞不好我又昏過去如願繼續夢了。

蘇晴艾企圖緩和場面失敗，主將學長俯低臉，我和他之間只剩一顆拳頭的距離，他濕潤的眼裡倒映著面無表情的我。

好不容易決定豁出去，結果莫名其妙被叫醒，現在我不知怎麼辦才好。

「學長，眞的對不起。」

「妳知道自己錯在哪嗎？」

被主將學長用力壓制住，他不會打我，但目前這個姿勢說明他非常想揍我，我直接死心放棄掙扎。

「我必須這麼做！是想活下去才冒險！」一旦放棄許洛薇，哪怕只是退後半步稍微利己，這個缺口就會變成冤親債主逼瘋我的絕佳武器。反之，哪怕後果會很慘，決定戰鬥的瞬間，我就是無堅不摧的，這份信念至少可以確保我變成鬼也能很猛。

「我不管妳想找許洛薇是怎麼回事，總之妳現在就給我發誓！不許用超能力找許洛薇！發誓！」他怒吼。

一滴他沒收乾的淚水掉到我的眼皮上，剎那間，我的雙眼跟著積水，主將學長的臉迅速模糊。

我居然把一個這麼堅強的男人逼到極限。

如果許洛薇此刻在這裡會說什麼？

「小艾妳白痴喔？」

是，我也覺得自己很白痴，但我太過珍惜許洛薇，她死後所剩的一切，我都想賭上生命守護。

許洛薇遺忘死因，變成一隻歡脫的紅衣色鬼，但她的死造成的破壞並未因此消失，我始終爲此傷心，想讓自己好過一點，看在別人眼裡又成了不自愛，同時傷害對我好的人，雙頭馬車快被扯裂成兩半。

「薇薇可能被怪物式神強姦！被閻元槐刑求虐待洗腦！我怕啊！怕到快發瘋！」我心痛得喘不過氣，胡亂嚷嚷。

主將學長與我額心相抵，一時間他的沉重呼吸聲與我哽咽的喘氣混在一起，他沒糾正我許洛薇已經死了，或質疑我在妄想，只是就這樣固定著我。

「會有其他辦法，一定來得及。」這句話他說得又重又慢，彷彿想把每個字都釘進我身體裡。

淚水積得太多了，偏偏被主將學長按著肩膀還跪壓在我身上，膝蓋剛好壓住手腕——這種小細節也不給活路，可見被他抓到的歹徒有多倒楣——無法舉手擦眼，我搖搖頭甩乾眼淚，卻被主將學長誤會我想拒絕，他抬起上半身，拉開距離再度逼近。

「好，我發誓！不要頭錘！」我閉上眼睛趕緊說。

被主將學長一攔，我和許洛薇這次連結算是斷了，勉強發動超能力也沒戲唱，現在的身體狀況不適合無意義盲測。最重要的是，不能讓主將學長承受我曾從許洛薇那邊體驗的哀傷，尤其是他的反應超乎我想像的激烈，我不希望主將學長自責過一輩子。

雖然我完全沒有自殺的意思，但或許就像許洛薇引用過的那句話，我對朋友做出了最過分的事，還是發生在主將學長身邊，他毫無行爲能力時，害主將學長有終身陰影也不奇怪。

「對不起啦……」發完誓我又道歉好幾次，發現他毫無移動跡象。

「回答我剛才的問題。」主將學長堅持犯人不反省就不放手。

「我不該自作主張不相信學長？」

答題錯誤，主將學長把體重全壓上來，我依稀產生自己扁了一半的錯覺。

「我不珍惜自己，很糟糕？」這是誤會啊！

「學妹，當我醒來看見動也不動的妳，口袋放著遺書，妳懂我的感受嗎？」主將學長在我連拍三十多下投降動作後總算願意放我一馬。

「不是遺書，是主動出擊的宣戰書。」不過主將學長說到那兩個字時我還是心虛了一把，畢竟當時我的確處於必須交代後事的臨界狀態。

說完以後我閉緊嘴巴，很怕他繼續逼問許洛薇的事，幸好主將學長沒這麼做，他顯然在氣頭上，撇過臉不看我。

主將學長的眼淚讓我開始思考，自己是不是真的錯了，既然都有陣亡的覺悟，為何不直接把消息告訴許家或我堂伯，我是否故意排除任何會破壞讓我和薇薇相依為命的外來干預，以致於許洛薇任性要求保密，我就一路鑽牛角尖照做？情況分明已經惡化到單憑我倆無法收拾了。

我對刑玉陽說，冤親債主的事必須靠自己，這份直覺迄今依舊沒變，但直覺卻沒說許洛薇非得被我拖下水，我擔心許洛薇被人發現魂魄不正常，卻不相信她的父母比我更想也更有能力保護玫瑰公主。

心結原來一直卡在那裡，家財萬貫、權勢通天又怎樣？蘇家還有正牌修道者，卻連一個冤親債主都搞不定；高官權貴得罪山神還不是照樣被詛咒殺掉？三年前的那一晚，許家不也沒有保護到許洛薇，教我怎麼相信這次他們做得到？

愛女是人類，不是妖怪，許洛薇的雙親愈愛女兒，就愈可能敵視赤紅異獸，認爲那不是許洛薇，人心就是這樣，寵愛與排除只在一線之間。我還沒有傻到相信父母會毫無理由接受女兒變成怪獸。話說亡靈就夠可怕了，我是在命懸一線時被變身的許洛薇救回來，才順其自然接受她另一種模樣，換成其他情況，說不定我也不相信這頭貓類怪物是許洛薇。

假使許家父母相信其他高人的話更甚於我，而那些高人其實對許洛薇不好呢？白峰主的事只是加倍證明，神明落難都狗不理了，愈加不倫不類的許洛薇更不會得到修道者的愛護，帶著祕密躲起來才能減少風險。

玻璃窗被石子砸中的聲響讓我全身緊繃，深夜時分，玻璃外側的聲響充滿侵略性，再說這裡是四樓，我全身寒毛立刻豎了起來。

主將學長跟著站起，我才往窗口走了一步就被他按住，主將學長輕輕撩開窗簾，貼著窗戶往外看。

「沒人。」他輕聲道。

「好吧！換我看。」主將學長是麻瓜，他看不到不代表沒有東西在外面窺伺。問題是溫千歲已經放話讓屬下在旅館旁邊巡邏了，雜鬼精怪不敢靠近，活人更不需要靠這種原始方式引起注意，文明社會大家通常使用手機。

旅館外是打烊的商店街，對面騎樓卻飄著一片白霧，只有我能看見的煙霧。

「譚照瑛？」電光石火瞬間我想到的是，這個世界上若有誰對許洛薇的執著不輸給我，那個人一定是譚照瑛！

正因爲她對許洛薇的感情和獨佔慾很扭曲，哪怕這名妖鬼退化到不成人形，一樣不容許聞元槐染指許洛薇，更加不可能接受許洛薇從她眼前消失。

她知道許洛薇在哪裡！

一陣不尋常的大風颳過，窗戶劈啪作響，白霧頓時朝街角一縮，我急忙打開窗戶朝溫千歲那些無形手下大喊：「跟上譚照瑛！算我拜託王爺大人，務必要知道她往哪裡去！」

倘若譚照瑛一直搞背後偷襲，我就乾脆讓溫千歲的手下應付這隻妖鬼圖個省心，但她這次竟然對著我的休息據點扔石頭，意思夠明顯了，她要帶我去找許洛薇。

與其說譚照瑛想幫我，不如說以她一貫借刀殺人的習慣，蘇晴艾可以用來充當攻擊聞元槐的武器，難得這回我和她沒有歧異，本人極度想把聞元槐打到四分之一死。

但我還是追不上虛無飄渺的鬼魂，現實考量是，厲鬼行動能力有時眞的很差，不能過河、不走馬路，到哪都有境主阻攔得迂迴繞路，間斷或全天候神智不清，目前譚照瑛還被地府通緝，老實跟在她屁股後頭跑，後果就是耽誤寶貴時間。

「爲啥譚照瑛知道聞元槐躲在哪呢？溫千歲說過她的魂魄已經坑坑洞洞，基本上沒剩多少思考能力，要說一直跟著聞元槐沒被發現也太扯了，連奸猾的老符仔仙都被聞元槐倒打一耙。」目前只剩主將學長可以商量，我下意識看向他求助。

「你們說過要找到那個術士難度很高，而且他對我們的人際關係瞭若指掌。」主將學長立刻進入狀況。

「聞元槐都能透過學長的前女友對你下符了。」我焦躁地說。

「他抓走陶爾剛，因爲陶爾剛是不守信用的客人，把生祭法轉賣給譚照瑛雙親。小艾，妳和林梓芸去阻止楊亦凱母親聽信神棍的途中，差點被當成祭品，譚家夫婦謀殺失敗，法術反噬，才造成果園雙屍案。妳和阿刑是這樣跟我說的。」他對關係人物信口捻來。

純論分析案情，他反而比我和刑玉陽都要務實犀利，而且沒有先入爲主的靈異偏見。我用力點頭：「沒錯！」

「你們認爲葉世蔓前男友妹妹中邪一事，混進李家的道士以及只有情境證據但值得懷疑、那名意圖詐騙楊亦凱母親的神棍，都是聞元槐在背後操作。換言之，聞元槐假扮神棍將妳誘引上死亡之路，妳就是在那時遭遇譚照瑛。」主將學長繼續梳理。

「聞元槐今夜承認，他就是這樣觀察我。」最讓人不爽的是，這混蛋竟然行雲流水樣樣成功，顯得我很蠢，啊啊啊啊氣死了！

「所以聞元槐的確熟悉譚照瑛，某種意味上，她就是耿派鬼術的失敗產品。」主將學長道。

經主將學長一提，我才意識到，聞元槐與譚照瑛之間的牽扯比我先前意識的要深，如果不是理解並鑽研過所有細節，不可能做出「楊亦凱母親即將被神棍騙錢，快去阻止她！」這種專門針對我的精細誘導，如今回想，聞元槐不只是挖坑測試我，他真正目的應該是破壞譚家的生祭法，嗯，果然很認真在收尾，順便給自己謀好處。

「譚照瑛其實算聞元槐的任務目標之一，銷毀失敗證據的那種，研究譚家勢在必行。譚照瑛和許洛薇高中時的關係則是能讓他利用的巧合。」當著主將學長的面提起許洛薇還是讓我很緊張，主將學長認真傾聽，沒打斷我。

我和林梓芸山路遇襲那次，聞元槐恐怕埋伏暗處發現許洛薇會變身貓科異獸，確定是張SSR（superior super rare）卡，對她愈發誓在必得。譚照瑛被地府通緝，聞元槐想對她不利反而綁手綁腳，又是牽一髮動全身的因果循環，她這尾漏網之魚才能在這時來向我報訊。

「既然聞元槐對譚照瑛有未完成的計畫，譚照瑛則知道他的位置，這讓妳想到什麼？小艾。」主將學長問。

「我以為自己目前是唯一一個能叫出那個白煙怪物眞名的人，但是學長你剛剛讓我想到，聞元槐也可以，他要對付譚照瑛一定會選那個地方！那裡根本就是邪術專用場地！」我整個人從椅子上彈起來。

我們也是這樣對付戴佳琬，請戴姊姊進駐戴家成為家主，取得支配權設下灘頭堡，許洛薇在祭日當天被擄走，顯然死亡之日和生活過的地方對靈魂有特殊影響，以譚照瑛的例子來說，就是她死後被改造魂魄、復活失敗的地點。

回過神來，我已經抓著主將學長的手臂，指節都泛白了，也不知用了多大力氣。

「學長！拜託你快點向認識的警察打聽譚家的住處，就是他們用來藏匿譚照瑛屍體和殺害大量動物舉行生祭法的地方！」

聞元槐和許洛薇一定都在那裡！

「小艾，妳冷靜些，我知道果園雙屍案死者夫妻舉行邪術的地點在哪，前輩拜託我調查邪術時，曾經告訴我案件細節。」他扳開我的手指反握住。

「那我們立刻出發！」

「不行。」主將學長想都沒想便拒絕。

「爲什麼?」

「雖然說聞元槐不一定躲在我們以爲的地方,倘若眞的命中,妳想親自參與戰鬥嗎?」

「當然!」

「那就恢復最佳狀態,我不想帶一個精神不濟的累贅去。此外,至少必須和阿刑商議好在同一時間趕到現場,只靠妳我還不夠,去早了也怕打草驚蛇。」

主將學長說得有理,但我現在一秒也坐不住,心知肚明以自己目前的虛弱程度別說撐到目的地,可能半路就倒下了。

「妳可以閉眼睛休息,不要睡著,別忘了妳發過誓。我來聯絡阿刑。」

「好。謝謝學長。」

換我躺下後,主將學長一手打電話,一手握著我的手,只要一感覺我把持不住被睡意淹沒就會馬上捏醒我。

「阿刑說這個推測有實地勘查的價值,但要我們天亮再出發,他會追上我們。」主將學長回報討論結果。

我吁了口氣,一直緊繃的身體總算能稍微放鬆。

「學長，你不生氣了？」我仰望靠著床頭的男人，從這個角度看，他垂著睫毛的五官顯得有些憂鬱。

「我在想之後要怎麼處罰妳，沒關係，我們可以先跳過這部分，專心辦正事。」主將學長語氣很溫柔。

我不敢想像行刑之日的慘烈，可以提前喊救命嗎？

Chapter 09 / 倀宅

由於熱帶性低氣壓擦過台灣引進西南氣流，上午天空就開始淅淅瀝瀝，主將學長開車載我前往譚家最後落戶的地點，我躺在後座處於好像有休息又好像沒有的疲累狀態，自從許洛薇失蹤後，我就忘了自然入睡的滋味。

大約午後一點左右，我們和刑玉陽在桃園山區一間位於縣道邊的小學會合，從小學上方的無名產業道路前往目的地。

年久失修的柏油路單行道凹凸不平，完全無法會車，好些路段甚至只剩老舊水泥路面。主將學長開車技術普通，輪胎屢次壓到路面邊緣，旁邊就是斜坡，令人捏把冷汗，一路上沒遭遇任何汽機車，路面掉滿未被輾壓的落葉，足見這條產業道路之冷僻。

沿途經過字跡斑駁還長著青苔的露營地廣告與民宿看板，至少荒廢十年了，這種地方真的有住人嗎？我不禁懷疑。

「前往譚家的小路還得在這條產業道路上轉彎，前輩說大約要開車半小時才會到，他沒親自勘查，只是問承辦刑警大約路線。就算有地址，google地圖上也不會顯示，第一次前往果園雙屍案被害者家時，警方迷路很久，後來找當地人帶路才解決。」主將學長簡單陳述目的地背景。

在路況極差的產業道路上開車實在快不起來，我往山谷方向探頭仔細看，樹林間確有零星住戶存在，還有些荒廢果園和隨意種植作物的小塊農地，錯綜複雜的小路完全是迷宮，兩旁咸豐草和芒草比人還高。

「陶爾剛還眞是早有預謀，居然能找到這種地方賣給譚家夫婦復活女兒。」想到痛失愛女的傷心夫婦在山谷緣意中反覆殺生獻祭，舉行駭人儀式，我冒出雞皮疙瘩。

「連舊屋一起買下囤積地皮罷了，其實和妳目前借住的許家老房道理一樣。」刑玉陽說。外地人會來此置產，通常是資金有限想開間小民宿兼退休養老，這種荒涼地點實在很適合用來幹壞事。

「聽說警方當時沒在譚家找到譚照瑛的遺體。」否則一定會變成全國大新聞，這可是記者最熱愛的聳動題材。關於果園雙屍案的相關內情，我所知極有限，一來警方有偵查不公開原則，迄今尙未破案（但我們都知道原因是妖怪報仇），再者主將學長也只是透過關係從老刑警那邊得知情報，就連老刑警拿到的都是第二手資料，轉到我們這裡只剩下一些撲朔迷離的案情而已。

「警方本來就沒假設那裡有譚照瑛遺體，山谷農舍初步蒐查一無所獲，別說動物屍體，連半點迷信證據也沒有。」主將學長強調果園雙屍案調查進度遲滯的原因在於缺乏進一步線索。

就是因爲啥都沒發現，嗜好靈異的老刑警心生不滿，才會要主將學長也摺下去查邪教崇拜殺人，畢竟他的學妹不但和怪異有緣，居然還在命案前一天見過死者夫妻，怎麼想都不像巧合，一定是老天註定要讓他們抓到凶手！

「別忘了，生祭法與譚家想復活女兒的情報全部來自溫千歲，而這個法術本身就有很多謎團，復活的定義尚不明確。」刑玉陽說。

是肉體復活還是靈魂附他人身復活？兩者情況完全不同，但一聽到獻祭我下意識認爲是前者，畢竟是陶爾剛先買下並有意實驗的法術，這個商人會採納的當然是用自己的肉體復活吧！所以譚家夫妻依循他指導的生祭法復活女兒，應當會保留女兒遺體才對，當時聽溫千歲轉告生祭法時似乎也覺得是屍體復活，仔細回想，王爺好像沒正面承認，大概是不熟的法術內容無法打包票。

「刑學長覺得生祭法不需要遺體？純粹拿死者魂魄來放入其他健康人體裡復活，這樣的確是可行性比較高，也符合耿派附身特色。」都走到這裡才推翻之前的認知，我有點懵。

「難以界定，畢竟譚家當初企圖實行生祭法時準備了兩個祭品，妳和林梓芸，也可以解釋成一個宰殺獻祭，另一個當成容器。」坐副駕的刑玉陽轉頭看我。

我滿臉黑線回道：「譚照瑛父母是預知他們有去無回嗎？還是轉移據點？怎會把家裡收拾得那麼乾淨，溫千歲明明說他們殺了很多動物，我還以爲現場會很陰森噁心。」

「蘇小艾，那個收拾譚家的人，眞的是譚照瑛的父母嗎？」刑玉陽冷不防這樣說。

「你是說……」

「我不確定，所以需要實地調查。目前生祭法呈現『以形補形』的特色，可以說肉體是必要元素。蘇小艾，妳覺得呢？到底生祭法中有沒有用到譚照瑛的遺體？」刑玉陽打斷我的推測。

「我覺得應該有，她的父母不像會甘心火化女兒遺體，再說上吊自殺的話遺體還很完整。」我說。當時聽主將學長提到沒發現譚照瑛遺體，我不以爲意，畢竟法術都失敗了，遺體頂多就是藏在更隱密的地方，遲早會被發現，不關我的事。

「那麼一來，譚照瑛的遺體在哪就是個大問題了。」刑玉陽說。

「難道會變成殭屍嗎？學長你不要嚇我。」我抓著駕駛座椅背，指尖陷進皮面。

生祭法雖然失敗，並非全無效果，魂魄改造已是不爭的事實，萬一譚照瑛的身體迄今還在這片山區徘徊，那就太驚悚了。

「今天先找到聞元槐。」主將學長驀然開口。

我被他的話一棒打醒，沒錯！就算有一打殭屍防守譚家，我也要殺進去救出許洛薇！

「刑學長，你這陣子在做什麼？」我很確定刑玉陽有私下調查，但他拒絕透露分毫，也因爲我那時已用超能力當藉口回老家搬救兵找許洛薇，於是演變成各行其道的狀態。

不用問就知道刑玉陽在生我的氣，主將學長想處罰我還是好的了，這表示我們之後還能保住原本的關係，刑玉陽則是那種會認眞跟你說切八段的人，但我還是很想知道他這段時間過得好不好。

「前天我回學校調查。」刑玉陽道。

「學校？」

他拿出一片手指長的乾竹葉，一起裝在夾鏈袋裡的還有一支小小的白色羽毛，大概才三公分。

「許洛薇跳樓地點有作法過的痕跡，已經有段時間，證據流失得差不多，只剩下這些。」

我連忙接過乾竹葉和白羽毛，卻看不出所以然。

「鴿子羽毛怎麼會是證據？」我在心底思考刑玉陽到底鑽過多少樹叢才找到這兩樣他認爲是證據的存在。

「我請鳥類專家鑑定過，是鴨毛。竹枝是招魂必用的道具就不說了，鴨子可以夜行渡水，就像雞常被當成活人替身，鴨則被內行人用來當作亡靈寄附的對象，我就認識一個道士很擅長用鬼附鴨身來尋找溺死者遺體或登山失蹤人口。」刑玉陽說如果聞元槐眞到學校裡招了許洛薇的魂，施法肯定需要親身上陣，加上昨夜我又告知他隔空看見聞元槐長相，正好驗證我的超能力是否當眞識破術士眞面目。今早他再度去學校附近和市場打聽，確認有個菜販兩週前見過類似人物。

「我第一時間就去學校找，啥都沒發現！」我下意識爭辯。

「我找了一天。」刑玉陽說完我服了。

大學母校不只是我和許洛薇求學生活的熟悉場域，也是刑玉陽的老地盤，他對校內靈異族群分布活動熟到不能再熟，足以用他獨有的方法確認很多事。

「我在中文系放了誘餌，整整一天都沒有任何非人靠近，這是該處被驅邪淨化過的證據，許洛薇最有可能是在忌日被帶走，已經隔了兩週排除效果還這麼強，可見法術強大的程度。」刑玉陽說。

「但我們都已經找到這裡，確認聞元槐的長相有意義嗎？沒證據也沒眞實身分可以通緝他。」我問。

「由第三者證實聞元槐的確是男人，代表他的身分在耿派鬼術裡有矛盾，可以讓妳相信一件事。」

「什麼事？」

「聞元槐不是無堅不摧，妳的能力比想像中要更具威脅性，但目前妳使用能力的方式效能太低。」刑玉陽用食指戳我的腦門。

我啞口無言，刑玉陽剛剛才親自示範白眼作爲觀測工具的深度價值，他不只是「看」，而是很嫻熟地「用」，我則還停留在簡單粗暴的掃描標題程度。

「妳必須成爲戰力，我和鎮邦的戰鬥恐怕效果有限，目前還不知道打敗聞元槐的方法，關鍵時刻可能得倚靠妳的能力，但我預估短期內妳只能再用一次，而我也不確定妳施展能力後是否恢復正常，最好還是不要用，可惜妳這笨蛋不聽話，我必須提前告訴妳風險。」刑玉陽語氣陰沉。

「阿刑，你不要鼓勵她！」主將學長踩下煞車怒道。

「丁丁你給我閉嘴，要不是你管不住自己的學妹，我也不會這麼麻煩！蘇小艾聽好，全面衝突時妳要是沒能讀取聞元槐的弱點，大家都會完蛋，如果沒有拿我們的命去冒險的覺悟，妳現在就滾回去！我和鎮邦自己上！」刑玉陽絲毫不肯退讓。

「我有！」腦袋一片空白，此時此地，我卻明白刑玉陽的意思，他在怪罪我不相信任何人，優柔寡斷、躲躲閃閃，造成彼此資訊不流通，戰力無法有效發揮。

「我不管妳能否及時開啓阿克夏記錄，找到想要的情報，總之，我會給妳嘗試機會。」刑玉陽繼續道。

「我知道只剩下一顆子彈，會想辦法瞄準的。」其實我根本不曉得怎麼做，這等於是要我直接在實戰中用最後一次機會改變ARR能力的觀看方式，直接來個大進化，不成功便成仁。

「接近甚至碰觸到聞元槐，說不定妳的能力能夠發動得更精準。所以，不要客氣盡量對他近身戰，我和鎮邦就負責開路和掩護。」刑玉陽乾脆把戰術都說白了。

他這句話勾起我一陣衝動，腦袋裡好像有個未完成的思緒一閃而逝，黑暗、金黃、若隱若現的孩童身影……但現在我只能集中思考刑玉陽的話。

終於懂了箭在弦上不得不發的感覺，身心緊繃到極點，再也沒有顧忌，刑玉陽要我相信他會開路，我就信；主將學長叫我戰，我便戰！

相較刑玉陽的精神喊話，主將學長則從駕駛置物櫃拿出一個造型傳統的大哥大塞給我……等等，最好是大哥大，「衛星電話？學長你租來的車裡怎麼會有這個？」

「我向蘇靜池租的車，順便要他幫我放些補給，天亮前車就加滿油送到旅館了，很不錯。」你看過赤手空拳攻堅的警察嗎？主將學長並未因身為麻瓜就放棄武裝，他通訊、火力兩手抓，兩手都要硬。

「所以後車箱裡有幾支AK47？」我有點期待補給內容。

「不能違反槍械管制條例，也沒必要，畢竟是對付無形類，實用為上。倒是阿刑上次困在戴家鬼打牆一個多小時，得盡量避免類似情況重演，我們只是偵查，萬一起衝突，立刻準備後撤並聯絡蘇靜池接手，這次就算聞元槐逃跑也跑不了太遠。」主將學長不搞悲情的背水一戰，他準備紮實地逮捕犯人。

我有點遲才發現重點，主將學長會帶我一起行動，就不可能只是有勇無謀配合我的任性，而刑玉陽則做最壞的打算，屆臨不得不犧牲時，至少要取得戰果。

眞是可靠的學長們！

主將學長重新踩下油門，載著我們駛入小路前往譚家。

□

從高處看去，山谷民家建築很容易就被旁邊雜樹林遮住蹤跡，譚家那水泥圍牆都泛黑的老舊土黃色自建宅進入視野時，我的心跳聲大得彷彿連身體都要從座位上震起來。

「以聞元槐的實力，假使他眞的窩藏在譚家，我們這麼接近應該已經驚動他了。」我有點悲觀地說。

「這可未必，我倒認爲聞元槐也像妳一樣，正處於強弩之末，妳動用不成熟的超能力，他何嘗不是用盡法術手段東躲西藏？加上這廝晝伏夜出，現在說不定正躺在床上睡死。」刑玉陽嘴角揚起不懷好意的冷笑。

許洛薇失蹤使我心急如焚，然而一冷靜思考就知道這兩個禮拜來聞元槐耗損也不輕，連我都知道繼續拖下去更不利的是他，難怪昨晚他要動用傀儡紙人拿許洛薇對我施壓，希望他沒料到我的回答是閃電偷襲。

主將學長將汽車調頭停在唯一可迴轉的路邊空間，一條之字形水泥車道通往譚家大門，和各處都看得出年代的二樓建築相比，水泥車道一眼就能看出是譚家夫婦搬入後才增建的設施，為了運送祭品。

我迫不及待掀開後車蓋，看見三個塞得滿滿的大背包，背包塞不下後零放的一盒盒雄黃香和無數紙盒煙火，外加一綑又一綑的連珠炮，看到這陣仗，身為活人的我也忍不住抖了抖。

「我覺得雄黃香挺好用，請蘇先生多準備了點，等等先點燃一半，走到哪插到哪。」主將學長拿起噴燈一次點燃一大把雄黃香。

主將學長認為屋裡有髒東西這回事，就像登革熱消毒或袪除臭蟲跳蚤一樣，先手攻擊就對了，不然等著被叮咬嗎？

「刑學長，選擇鞭炮煙火有特殊淵源嗎？」為何我以前沒想到這種集斷法、精神攻擊與若干物理殺傷力的民間武器呢？超好用啊！

主將學長插嘴說：「鞭炮不就是專門驅邪？」

「沒，既然鎮邦想用就用，的確能奏效，再說他很會丟水鴛鴦，拿來對付術士或式神都挺好的。」刑玉陽出賣完主將學長的童年嗜好後，解釋鞭炮屬於比鹽米還嚴重的攻擊手段，對孤魂野鬼亂用一定結仇，施放在嚇不跑的對手身上又容易激怒對方暴走，因此不在他的最佳選項內。我想像術士被水鴛鴦炸得跳來跳去的畫面，這非常可以！

刑玉陽則揹上會合時就見他帶在身上的長棍袋，裡面放著合氣道木棍。他要放大絕了嗎？

「現在只能有用的招數盡量使了！九獸既然有個獸字，野獸討厭火和煙，我們還是能賭一把。」我無言地盯著包裹一角，哪個天兵採購順手塞了仙女棒進來？咱們現在是要去拚命！

如同我的預期，我們果然比譚照瑛先抵達譚家，假使她沒途中被鬼差逮捕或遭遇意外，遲早也會回到這裡，畢竟是自己的巢穴，但我對現在的譚照瑛坦白說沒有可期待的部分，甚至避開有她在場的時間點更好，間接少了個要提防作戰的敵人。

接著我們揹上背包，拿著能負擔的補給進攻譚家。

大門深鎖，這是好事，萬一譚家像神海集團深山別墅那時虛掩門扉，表示閻元槐已經在裡頭歡迎我們了。

幸好譚家圍牆不高，才到我的鼻子，「虛幻燈螢」的圍牆比這更高我都爬上去了。兩名學長輕而易舉翻牆，主將學長接過我的背包，跨坐在牆頭拉了我一把，我跟著過牆，入侵成功！

一落地我立刻僵住，膝蓋以下彷彿淹在不到攝氏五度的冰冷爛泥裡，低頭一看什麼也沒有，我控制不住打了個噴嚏，喉嚨發癢，關節痠軟，衣服下的皮膚開始冒紅疹。「學長小心，這裡陰氣超重。」

「原來舉行過生祭法的地方就是這樣。」刑玉陽已經打開白眼。

主將學長見我不適，直覺就在地上插起雄黃香。

「有好點嗎？」他按著在夏天裡畏寒的我的肩膀問，兩人被裊裊煙霧包圍。

「有。」我被雄黃煙嗆得眼淚都飆出來了，趕緊走到不被直燻的位置。

山裡空氣會讓人精神一振，陰氣則是相反，通常在戶外感覺到陰氣，頂多就是被沖刷一下，陰氣也是來來去去，居然在庭院就感應到相當密閉空間才可能出現的濃郁壓迫感，只能說譚家目前環境非常不妙，主將學長只是暫時用冷熱中和的方式幫我救急。

除了陰氣以外，還有股難以言喻的臭味從腳下土地滲出，不斷衝擊我的鼻腔，類似某種原本濃稠卻乾涸已久，再怎麼洗滌都不會消失，帶著油污性質的腐臭。

庭院由乾枯草坪和裸露泥土地組成，有處直徑約兩公尺的淺坑引起我的注意，坑裡正源源不絕噴發陰氣，不用想就知道是焚燒祭品的地點。

看來譚家夫婦雖然死了，生祭法影響卻尚未結束，溫千歲說死在這裡的動物可以堆成一棟房子，譚家夫婦雖然不具任何法術能力，但有一點他們做得特別突出——殺得夠多。換作其他人面對詭譎漫長又毫無進展的法術過程早就放棄了，他們為了讓女兒復活不斷重複儀式：祈禱，殺戮，焚燒，血與骨灰，呼喚眞名。

這股龐大的禽獸怨氣讓譚照瑛魂魄不成人形，卻也維持著她的行動能力。

周遭變暗，我下意識抬頭，頭頂烏雲群聚，才下午三點，天色卻暗得像傍晚五、六點。耳畔響起一陣高頻噪音，我很確定是幻聽，依然難以忍受地蹲下摀著雙耳。

「蘇小艾，做好準備，有東西要出來了！」刑玉陽喝道。

我解開纏繞在手腕上的串炮，摸摸口袋裡的打火機，確定自己能在一秒之內點燃鞭炮丟出去，緊張卻沒有減少，我順著刑玉陽的視線跟著看向主屋門口兩側，地面緩緩升起兩條半透明鬼影。

鬼影有如水泥柱般直條條站著，頭垂得很低，幾乎和身體形成九十度，令人毛骨悚然的姿態，米色大衣與墨綠夾克，這是譚家夫婦陳屍在果園時的裝扮，我永遠忘不了最後一次在山路上錯身而過時看見的殘像，當時沒看清楚長相，只有一張在楊亦凱告別式上偷拍照存在手機裡。

驀然間，鬼影抬頭了！中年夫婦青灰枯槁的面容與我記憶中的照片一模一樣，根據主將學長轉告，這兩人死時五官早已被野獸野鳥破壞得面目全非，鬼夫妻此刻臉上面無表情。

「他們怎麼會在這裡？」再一次，我想問鬼差到底在幹啥？人都死了不用快點牽去陰間嗎？我沒預料到還要多打譚照瑛父母這兩隻鬼啊！

「是倀鬼。」刑玉陽篤定道。

古代傳說中，被老虎吃掉的人會變成虎的奴隸，幫那頭老虎找新獵物。難道妖怪弄死譚家夫婦後，把魂魄抓來他們當初虐殺許多動物的家，罰他倆守著犯罪地點？我恍惚意識到，山谷農舍某種意味上也是亂葬崗，葬著那些只剩灰屑的祭品。

「刑學長，你遇過倀鬼嗎？」我急忙問。

「只是聽說，倀鬼比生靈要罕見，必須是被吃才能變成倀鬼，但現代人很難死在野獸嘴裡，我聽到的例子是人吃人。」刑玉陽說。

偏偏譚家夫婦屠殺動物得罪妖怪，我們甚至不知是哪頭或哪群妖怪派出手下眷族，集體凌遲了譚家夫婦，從為虎作倀的成語可以推敲出，倀鬼貌似是種服從加害者又會不斷害人的惡鬼類型。

那兩隻倀鬼不急著攻上來，可能是因爲我們有三個人，其中兩個非常不好惹，也有可能是白天加上雄黃香太霸道燻得他們不敢進前，或者倀鬼根本就是痴呆，不夠靠近就沒有反應，總之敵不動我不動。

「怎樣？要引開嗎？」主將學長低聲問。他看不見鬼怪，只能從我們的對話和表情動作判斷現場狀態。

「照理說沒必要和倀鬼打，但等等進入屋內腹背受敵也不好，安全起見還是動手！何況這對倀鬼守著房子不讓進。」刑玉陽說。

「我有個問題，主將學長，你提議引開要怎麼引？」我們現在首要目的是確認聞元槐到底此刻有無躲在譚家，能不浪費時間損血打怪就不浪費。

開戰不到三分鐘，刑玉陽和我就產生意見分歧了，救命！

「用陳叔給我的替身引，不行嗎？」主將學長神奇地從口袋掏出兩個三寸長的簡陋小木人，我趕緊拿過來細瞧，陳叔用熟練刀法雕出男女特徵，上面用硃砂寫著譚裕與高茜茜的生辰八字和死亡時間。

原來當我忙著請石大人出馬幫溫千歲代班時，主將學長和陳叔就在旁邊聊天，內容基本上圍繞著石大人的神蹟八卦。石大人廟從草創時期就有口皆碑，別忘了，上任廟公就是法術高手陳鈺，陳叔則是陳鈺養子，再不濟也該繼承一些解決信徒常見疑難的招數。

委託第一大宗當然是收驚，石大人廟收驚方式比較特別，現場做完儀式後不是泡符水，而是發一個紅布袋裝手雕小木人隨身攜帶，穩固魂魄兼擋災，等過一陣子平安無事後再送回廟裡化掉，大概是這種做法帶點紀念品性質，不只在崁底、頂澳以及鄰近數個村莊受到歡迎，就連外地香客去完王爺廟後有時也會專門再去石大人廟收驚。

我拜訪石大人廟時就見過陳叔製作這種小木人，曾有信徒想捐獻高級木料，卻被陳叔婉拒，必須是用他自己挑選的漂流木製作才靈驗，而且替身擺久會發生不好的事，經常要打電話提醒拿走小木人的信徒回訪銷燬，就算再怎麼懶惰也得到最近的媽祖廟稟明原委燒掉。

重點就是，主將學長不甘所學非用，向陳叔打探麻瓜也能參加靈異大戰的做法與道具，聽到小木人可以裝魂魄，當下覺得很棒，問陳叔說能不能拿來收鬼，陳叔答得有前任廟公的實力才可能辦到，普通人沒戲唱，當護身符用就很好了，再說惡鬼哪會隨便秀八字給你看。

主將學長偏偏知道譚家夫婦的出生資料與死亡時間，誰教他吃公家飯又有情報來源，決定去譚家向我堂伯討補給時，順便問陳叔能否幫他弄一對小木人，他拿給刑玉陽試手也好，有效就算賺到。總之陳叔答應了，小木人也跟著補給車來到主將學長手中。

我在小木人身上聞到熟悉海潮味以及未乾透的濕氣，彷彿是在黎明前才被人從海岸上拾起雕刻成人形。

「既然小艾妳要去譚家，我們當然會遇到果園雙屍案的死者，提早針對那兩隻鬼準備不好嗎？」主將學長面對靈異採取直線思考，鬼屋裡就應該要有原住戶。

說是外行人，但人家想得有理有據，還真的碰上變成倀鬼的譚家夫婦，我抓著小木人，感覺有點複雜。

「好吧！現在是要打還是要引走，怎麼分配工作？」我問主將學長。

主將學長看不見鬼，引鬼任務人選只能在我和刑玉陽之間選，對手又是兩隻鬼，搞不好我和刑玉陽得一人分一隻，到頭來還是浪費時間。

刑玉陽沒有堅持意見，恐怕也正考慮相同難題，打倀鬼是否得不償失？

「打看看吧！不行再說。」白目學長拍板定案。

我和主將學長一組互助合作，我負責指出倀鬼動向，並且掩護主將學長攻擊。我指向倀鬼妻子：「高茜茜交給我們，女鬼通常比較凶，我們這組有兩個人，這樣比較公平。」

「可以。」刑玉陽說完拿出木棍，我湊近聞到濃郁的木料芳香，不是他平常藏在吧檯下的那支，祕密武器？

「這是什麼樹，學長特別訂製的？」

「柏木。」

「可以驅邪嗎？」

「廢話。」刑玉陽說完直接走向男主人譚裕。

譚照瑛以及她的父母譚裕與高茜茜，一家人全都成了惡鬼。我有點感慨，更多則是恐懼。

倀鬼還是一動也不動地站著，貌似缺乏自我意識。

刑玉陽抓著柏木棍尾端快步向前，右腳跨出，長棍劃出一道完美的弧，棍尾打向倀鬼丈夫後腦，刑玉陽初擊落空，譚裕原地消失，高茜茜則高聲尖叫撲來，我點燃手上那串鞭炮丟向女倀鬼。

「刑學長，小心後面！」剛好瞥見譚裕閃現在刑玉陽後方，這一幕讓我差點心跳停止。

刑玉陽看也不看，柏木棍在手上轉了一圈往後刺，正中男倀鬼面門，我難以自制地盯著他的動作，柏木棍頭捅進一團特別黏稠的空氣，譚裕的臉孔頓時模糊。

鞭炮劈里啪啦爆炸，女倀鬼就像中了定身咒，眼前這一幕看起來特別詭異，我本來以為殺傷力能更大，畢竟許洛薇連雨滴都受不了，如今才點燃第一串鞭炮，我立刻擔心彈藥很快就會用光。

「學長！」我還來不及描述女倀鬼動作，主將學長就抓著我連人帶背包換了位置，他盯著鞭炮造成的煙霧，一發現不自然的飄動痕跡就瞬間改變站位。

女倀鬼四肢著地，宛若一隻米白色大蜘蛛爬進煙霧，庭院無風，火藥味和煙霧散得很慢。

「小艾，妳專心看著目標就好，我會注意妳的視線方向。」主將學長索性直接下指令。

「ＯＫ！」本想向白目學長借鑑參考，我對毆打被附身的人沒懸念，直接揍鬼卻覺得很不踏實，經主將學長這麼一說，我不敢再分神偷看刑玉陽如何打鬼，一時間，耳畔只聞長棍劃開空氣的呼呼聲，難道刑玉陽打算就這樣空打沒實體的倀鬼直到對方投降？

「阿瑛……阿瑛……妳在哪裡？媽媽好想妳！」如泣如訴的哀怨女聲在我四周遊走，女倀鬼藉著我的視線死角和煙霧若隱若現，我不得不一直轉身鎖定移動的鬼影。

某個瞬間，我對上高茜茜的目光。她在笑，一張平凡家庭主婦的笑容從未像現在這樣使我毛骨悚然。長年實踐生祭法的瘋狂生活，遭鳥獸撕碎的恐怖死法，高茜茜什麼感情和人性都沒了，只是徒具人形的異類。

「譚照瑛不在這裡！那麼想她就出去找啊，別只會哭哭啼啼！」我這樣大喊。

「阿瑛……妳怎麼那麼傻……」女倀鬼對我的喊話置若罔聞，那哭泣聽到後來愈來愈像某種崩潰笑聲。

倀鬼根本就無法交流，勸了也是白勸，既然如此，她爲何老是在我面前跳針哭女兒？不對，這是誘敵陷阱！我反應過來時已經有點晚，鬼哭還飄散在前方，轉眼間另一側就鑽出一隻鬼爪朝我臉頰狠狠撓下！

「嘶！」我抽了一口氣往後縮，卻和主將學長拽我閃避的方向不同，整個人LAG了半秒，險些又被撓中眼睛。倀鬼居然能對活人造成物理傷害！摸摸臉頰傷口，指腹沾上鮮血，陰氣化爲透明水蛭紛紛往抓傷處鑽，不到幾秒臉頰已經腫起來。

這樣下去不行！「主將學長，你不要帶我閃躲了，專心打怪就好，我自己動，不然我們都會卡手卡腳！」我的聲音聽起來連自己都覺得苦逼。

他當機立斷放開我，我馬上拉開兩步距離，以免影響主將學長發揮，同時能把周圍看得更清楚。他將整把雄黃香當成警棍揮舞，我則適時出聲提點女倀鬼位置。

看不見的好處是，主將學長不受鬼影鬼哭干擾，一心觀察著環境中不自然的變化與我這個半吊子陰陽眼雷達提示，他的攻擊反而比我準確，但面對女倀鬼的偷襲他卻無能爲力。

主將學長打算靠強健體魄硬扛傷害，高茜茜卻伺機抓破他手背靜脈，傷口鮮血直流，主將學長不做任何止血動作，堅持握著雄黃香掃打女倀鬼。

接著令我作嘔的一幕出現，高茜茜竟趴下去舔主將學長滴到地面的鮮血！

當血痕不斷出現在主將學長和刑玉陽身上時，我生氣了，卸下背包正想再抽一串鞭炮，一滴汗碰巧掉進眼睛，眨出那滴汗用肩膀布料擦掉後，手指卻改變落點摸著口袋裡由我負責保管的小木人。

果然憑我們現有的程度無法對倀鬼使出致命一擊，連使其暫時消散或退避都辦不倒，這還是在白天，更別說入夜後倀鬼的攻擊性只升不降。

「學長，引、引走吧！」本來就狀況不佳的我，才戰鬥不到五分鐘已經上氣不接下氣。

主將學長專注地看著我，他只能透過我的反應判斷倀鬼狀態。他立刻對刑玉陽喊道：「小艾說打不下去，只能引走！」

刑玉陽一個八字打後藉棍風颳開男倀鬼，我一口氣點燃兩串鞭炮，主將學長接過，分別朝倀鬼夫妻丟去，爭取讓刑玉陽過來會合的喘息空間，至少在鞭炮爆炸時，倀鬼總是沒有動作呆呆站著，但我基於目前豐富的遇鬼經驗判斷，入夜後可能就沒有這種好康了。

主將學長趁機掏出醫用膠帶，直接往右手上纏了幾圈，「不嚴重，放著不管也會自己止血，小艾，別分心！」

我難過地點頭。

「引不走的，至少只想把他們引到附近丟開再撤回這邊的取巧方法可以死心，這是對方的地盤，看這兩隻倀鬼的執著程度和攻擊性，要送就要送出海，我們能用小木人吸引譚裕和高茜茜，但談不上把他們困在裡面。」刑玉陽現實地說。畢竟大家都不是修道者，如果隨便試都能成功，那正牌修道者還刻苦修行個屁！

現在不是要超渡也不是要徹底打到倀鬼魂飛魄散，只是爭取時間，難道沒有其他辦法？鞭炮聲正倒數計時，我不斷絞盡腦汁，忽然間，靈光一現。

「刑學長，你玩過『信長之野望』嗎？」我唯一而貧乏的網路遊戲體驗，幫遊戲狂學長代練的分身角色甚至不到五十級，卻對Online Game這個絢麗世界印象深刻，我的戰鬥觀念完全來自遊戲和柔道社，而且信長裡面經常有打怨靈的任務。

「沒有！」刑玉陽話是這麼說，但我從表情看出他知道「信長之野望」這款老遊戲，主將學長不可能沒對他介紹過柔道社裡每天至少有五個小時活在戰國時代的遊戲狂。

「蘇小艾，妳該不會想用網路遊戲的打法？」

我趕緊在被刑玉陽數落前一股腦兒倒出建議。

「既然引不開就不要引，我們把倀鬼困在原地一下子，趁機溜進屋裡，說不定倀鬼不會進屋，至少在天黑或沒得到特殊指令前，那對夫妻很可能就只是守著庭院而已。要是聞元槐不在，裡面只有人質，我們就撿便宜了！」無論倀鬼夫妻是被妖怪、聞元槐抑或自身執念拘束在譚家，至少目前這間被遺忘的農舍非常適合藏人，聞亢槐絕對有能力操控倀鬼轉而服務自己。

遊戲狂學長和他的網友在帶我解任務時，我們經常用閃怪的方式直接溜進屋打任務目標，屋外徘徊的怪物不會進入建築物，所以用催眠之類的技能或找個單兵生存能力高的職業引怪逃跑，小隊直接衝進房間更有效率。

刑玉陽之前擔心腹背受敵，但聞亢槐也可以從屋內放式神和倀鬼一起圍毆我們，說到底風險都差不多，當機立斷反而更安全。

「小艾說得有道理，我們得快點檢視屋內情況，有需要救的就救，沒有就快撤。」主將學長也認爲此地不可久待。

「好。」刑玉陽將柏木棍往地上一頓，彈指間便決定戰術。

白目學長三言兩語交代重點，我對他居然能在如此短暫的時間內想到靠譜的做法這一點深感敬佩，不愧是戰鬥經驗豐富的白眼擁有者。

我捧著小木人，刑玉陽從中拿走譚裕的替身。

「等等盡量把兩個倀鬼分別困在庭院兩邊，別讓他們輕易聯合，然後快點進屋，門若鎖住就破窗。鎮邦，蘇小艾笨手笨腳，你動作要快點。」刑玉陽對好友說完，把一小團紅線塞進主將學長手中，接著我們點燃身上所有備用的雄黃香，每個人手裡都握著一大把。

這時鞭炮炸完了，我和主將學長按照先前分組，趁主將學長吸引女倀鬼注意，我衝刺到決定好的位置，將小木人舉至胸口大喊：「高茜茜，回來！」

對面同時響起刑玉陽呼喚譚裕的聲音。

兩名倀鬼頓住，我慢半拍才明白小木人起效了，倀鬼正在抵抗，否則早就撲過來了。我繼續叫喚女倀鬼眞名。

耳鳴聲愈來愈強，身邊出現某種類似海浪退去時的吸力，將我往高茜茜的方向拖，明明是我在叫她過來，爲何變成我快被拉過去？無論如何，Hold住就對了！我拉開弓箭步沉下重心，專注盯著倀鬼的反應。

嘴裡喊著高茜茜的名字，我卻不由自主開始分心，想著譚照瑛生前和父母是何種親子關係，死後竟疏離至此？這對父母到底知不知道譚照瑛的眞面目？生前不曾眞正理解彼此，女兒死後爲何能生出這麼濃烈的愛？

父母對譚照瑛而言壓根不重要，只是提供她衣食的資源與殺人工具，這是我從譚照瑛那邊感受到的印象，然而，卻也是譚照瑛眼中螻蟻般的父母，徹底支配改造女兒魂魄，讓聰明絕頂又唯我獨尊的少女變成弱智瘋狂的煙霧怪物，何其諷刺。

這一家子說穿了很像，某種程度上我有點可憐譚照瑛了。

譚照瑛看不起許洛薇，但她的自殺行爲卻闡述一件單純的事實，在這世界上，譚照瑛最需要、最依賴的人就是許洛薇，因爲她滿腦子想的都是讓疋逐漸變得強大美麗的許洛薇見證她斷氣的瞬間。

——不要拋棄我。

會不會譚照瑛只是想對許洛薇說這句話？她知道憑自己的實力不可能控制住千金出身的許洛薇，有個方法卻可能成功，那就是付出一條命讓許洛薇永遠難以忘懷。

許洛薇死後的確忘光光了，但生前呢？其實有些跡象，玫瑰公主交友圈裡有精神疾病或自殺記錄的成員比例高得不尋常，她對這個族群特別寬容，本人還對心理學和異常人格相當感興趣，不經意展現的專業程度簡直就像把DSM手冊【註】當睡前讀物，最明顯的證據是被她收留的我。

註：《精神疾病診斷與統計手冊》（*The Diagnostic and Statistical Manual of Mental Disorders*，簡稱DSM）由美國精神醫學學會出版，在許多國家中是經常用來診斷精神疾病的指導手冊。

薇薇，我是不是妳用來塡補譚照瑛撕裂的創傷，那最大的一朵棉花？我有成功讓妳的心不再流血嗎？

「高茜茜——」我不知哪來的靈感，朗誦女倀鬼生卒年，爲她的人生做出簡短總結。「妳已經死了，我叫妳回來！」

女倀鬼終於邁著僵硬步伐走向我，七孔流血同時身上也開始滲血，每接近一步，她的死相就更明顯，來到我面前時已經是個血人了。

強忍住逃竄衝動，我憑著直覺握緊小木人伸入她的胸口，女倀鬼渾身抽搐，倏忽消失無蹤，這算成功讓倀鬼進入替身了吧？我飛快偷看刑玉陽那邊，譚裕的小木人掉在他兩步外，看來刑玉陽選擇把小木人向倀鬼拋出去，動作不同，貌似都有效。

這次居然和刑玉陽比成平手了？我覺得不可思議，同時將小木人放到地上，小木人觸手溫熱，我跟著湧起陣陣暖意，附在小木人上的這股力量相當強大，該不會是石大人藉陳叔的手來發送福利？難怪有防呆裝置，我和刑玉陽都招魂成功了。

「小艾，別發呆，快點布好結界。」這廂主將學長已經帶著紅線跑過來。

我連忙將雄黃香按照東南西北四個角插在小木人邊上，主將學長隨即用紅線在雄黃香身繞了好幾圍，做成一個簡單的網。每次纏繞都不忘打結，確保香支朝下燃燒時紅線不會馬上鬆脫，還沒燒到的地方還是卡著。

主將學長一綁好紅線，我立刻用兩串鞭炮將雄黃香包圍又繞了三圈，刑玉陽則獨立完成作業，我拿出打火機，主將學長觀望好友信號。

「點火。」他說。

我馬上將火焰湊到鞭炮引信邊，然後朝房子入口狂奔。

起跑前朝簡陋結界望去最後一眼，卻看見小木人平空站立，又跟著被第一聲鞭炮炸響倒回原位，那瞬間我的胃抽搐了一下，還好刑玉陽要求加鞭炮雙重保險，有炸有差，接著就是看雄黃香和紅線能協助小木人壓制伥鬼多久了。

第一關就讓我們身上攜帶的主力軍火所剩無幾，如今已無法翻牆回車上補充彈藥，我只能跟上學長們的速度悶頭快跑。

這輩子第一次留戀震耳欲聾的鞭炮聲，可惜這份噪音提供的安全感太過短暫。

鐵門油漆早已剝落，透過柵欄縫隙發現裡面還有扇木門，我伸手扯了扯門把，外門紋絲不動，同樣落了鎖。

我來了，許洛薇。

Chapter 10 / 聞元槐

庭院裡鞭炮聲震耳欲聾，譚家屋內依舊靜悄悄，反正論潛伏我們遠遠比不上聞元槐，事到如今還不如寄望鬧出的動靜大些，說不定能叫醒許洛薇從內部攻擊。

「小艾，屋裡有呼救聲。」主將學長從背包裡抽出鐵撬棍，不知細心的是他還是蘇靜池，居然連開門道具都不落下，爲調查譚家減少一次障礙。

「什麼？呃，對，報告學長，我也聽到有人在求救，好像就是陶爾剛。」我盯著深鎖的大門，非常配合。

「所以我要破門而入了。」主將學長三兩下撬開鐵門與木門。

刑玉陽一馬當先，直接用白眼望去，轉身對我們搖了搖頭。我和主將學長閃身入內，關上大門，就算只是心理安慰也好，希望那兩隻倀鬼老老實實待在庭院裡，就算結界失效也別進屋。

一樓屬於常見的普通鄉下人家格局，入門就是客廳，靠牆則是走道，走道右側隔出小房間，左側是樓梯入口，直走則通往廚房和廁所，目前人去樓空。

此時屋外鞭炮零星炸完最後幾聲歸於寂靜，室內則因厚窗簾遮掩，幾乎伸手不見五指，我第一時間就摸出手電筒打開照明。

「噓。」主將學長將手指放在唇上比了比，輕盈地移動到電燈開關旁按下，客廳頓時大放光明。

有那麼一會兒，我們只是專心傾聽屋裡動靜，可惜毫無任何人爲聲響。

「所有能藏人的空間都找找。」主將學長打算從一樓開始逐一排除。

「先別急，蘇小艾，妳有感覺哪裡不一樣的嗎？」刑玉陽問我。

「如果許洛薇就在這裡，我應該能感應到她才對，學長沒看到任何心燈和異類嗎？」我承認跨過大門時有點失望，既然都扛著倀鬼攻擊闖進來了，不找找有點虧本。

「聞元槐會障眼法，還是不能掉以輕心。」

我想到打開手電筒前有過一瞬違和感。「學長，這裡可能有密室嗎？剛剛似乎感覺房子比從外面看去要小一點。」

「警察來調查過了，沒有密室。」主將學長說。

「樓地板總面積目測未超過四百平方公尺，很快就能搜完了，就只是一、二樓而已，以防萬一，水塔也不能放過。」刑玉陽說完轉身瞪我，「蘇小艾，待在我們兩個看得到的地方。」

我們從第一個小房間搜起，連木造床板底下的儲物空間都仔細確認過，兩個學長謹慎地讓我走在中間，從小房間退出後，下個目標是廚房。刑玉陽前腳剛踩進廚房，我身後傳來撬棍落在磨石子地板的清脆響聲。

回頭一看，主將學長不見了，我立刻轉身確認，希望他只是忘了東西又折回小房間，此時我和他才不過相差兩、三步距離。「學長你在裡面嗎？」剛剛明明沒關燈，我驚覺不對勁伸手摸向牆上電燈開關，這時燈卻壞了。

等等，怎麼可能暗成這樣？客廳光源至少要能讓我看見小房間裡的輪廓才對。我再度用手電筒照去，光線卻像被黑洞吞沒，眼前只剩下卡紙般的黑色。

該死！中招了！「刑學長——」

正要呼喚刑玉陽幫忙，短短的走道不知何時變長，盡頭一片黑暗，通往客廳的路也消失了。

「這是幻覺，嚇不倒我。」經歷過被困在戴家客廳逃脫無門的噩夢後，譚家還不是最恐怖的，而且譚家被設幻術陷阱表示聞元槐和許洛薇就在這裡的可能性更高了。沒找到許洛薇前，休想我離開這棟鬼屋！

如果主將學長和刑玉陽遇到幻術會怎麼做？我可不想一直在黑暗中繞圈圈，他們應該也會想辦法先回到出入口集結再攻一次。坦白說，這個幻術太眞實了，原本並不算大的二樓農舍，現在就像個巨型迷宮，房間套著房間，黑暗中還有四通八達的走道與樓梯。

和鬼打牆很像，明明地方很小卻怎樣都跑不出去，學長們說不定就在我旁邊，卻感受不到彼此存在。

我第一個反應是——掏手機。

「SHIT! 居然沒訊號！」

我不死心撥打主將學長和刑玉陽手機號碼，附近依舊沒響起任何來電鈴聲，看來普通手機在譚家法術範圍裡是廢了，問題是衛星手機在室內不好用啊！

饒是智多星如堂伯也沒料到我們三人會淪落到困在一間房子裡，必須靠衛星手機聯絡彼此。

「我就不信物理法則都失效了！」被眾多風風雨雨摧殘過，我深知隨身攜帶道具的重要，立即拿出事先掰成小段放進口袋、方便攜帶取用的雄黃香點燃，帶來的雄黃香大多插外頭了，破門時我們也放了幾支在門口阻擋倀鬼進屋，剩下的雄黃香不到半把，分別由兩個學長保管作爲撤退斷後用，口袋裡是我身上僅剩的庫存了。

首先，活人需要呼吸，有空氣就有對流，有對流時……手裡的雄黃煙就會告訴我門窗在哪裡，再不濟，學長們聞到煙味也能確定我的位置，不是我要說，這煙眞的很臭！人在危急時腦筋特別靈光的說法果然有幾分道理。

我盯著香頭那點小小的紅火，手電筒光線只照出我自己，甚至連地板都是黑色，香煙在我的拚命祈禱下總算朝某個方向偏移，走著走著，鞋尖遇到阻礙，我抬腳探了探，似乎來到了樓梯口。

雄黃煙已經攀進黑暗深處，我咬牙跟了上去。

明明建築只有二樓高度，我卻像多爬了四倍的樓梯數才抵達新樓層，走廊兩側有著像蜈蚣似的閉鎖門扉，反正是幻術，我只要找到正確的房間就好。

一指長的雄黃香轉眼快燒完，時間感不知不覺被誤導了，仔細感覺體力也所剩無幾，看來聞元槐這個幻術主要就是拖延時間和消耗我方力氣。

煙霧飄向走道盡頭，我握住那扇門，打開之後是非常普通的臥房，十幾年的壁紙和舊家具，以及一張雙人床。我立刻屏住呼吸……

床上躺著一個人，正是我朝思暮想恨不得用腳踐踏的烏鴉小哥。

我無聲卸下背包，拉了拉肩膀權充暖身，躡手躡腳走到床邊，聞元槐合衣躺在床上，連鞋子都沒脫，閉著眼睛動也不動。

有一瞬，我以爲他已經死了。

莫非是元神出竅又附到其他人身上幹壞事，躺在床上的本尊目前是空殼狀態？這可是千載難逢的好機會！

我往拳頭哈了口氣，正要先揍一拳替許洛薇出氣，又覺得毆打一個意識不清的敵人根本不算教訓，但他醒後就換成我有麻煩，到底要怎樣才能制住這個術士呢？對了！刑玉陽要我盡量近身感應聞元槐的弱點，不過白目學長實在不了解我的超能力，雖然可以感應到某些人或鬼心中的祕密和過往，那些情報卻不見得能稱爲弱點，比如說我到現在還是拿戴佳琬沒辦法。

情報價值取決於使用者的能力，以極度隱匿的耿派鬼術來說，任何眞實資訊都可以是突破口，反正丟給溫千歲和蘇靜池去處理就對了，刑玉陽就是這個意思。

「看我看傻了嗎？晴艾妹妹。」

青年聲音響起時，我渾身惡寒，反射性出手扣住他的衣領，將他頂壓在床上，聞元槐毫不掙扎。都怪他裝睡裝得太逼眞，害我竟然被唬過去了。

「爲何不反抗？」

「太累了，想歇一會。」他聲音裡的疲憊聽起來不像作假。

「許洛薇在哪？」我留意到房裡沒有蓮花燈，也沒有任何玫瑰公主的氣息。

「妳主動來找我，在下好高興。」聞元槐仍然閉著眼說。

「你已經被包圍了。」

「這可難說，只要在你們的後援來之前離開不就好了？當然，也帶著我想要的東西。」聞元槐指腹撫上我的手背，嚇得我差點縮手。

他言下之意難道是指我自投羅網？

「既然妳這麼熱情，我就不客氣了。」聞元槐勾著我手腕的手指不知動了什麼手腳，我右臂一軟，痠麻感直透肩膀，整個人不由得往下跌，趕緊伸出另一手想撐住重心，他卻趁機抱住我翻了個身。

「……」這下子躺在床上的人換成我，聞元槐則笑咪咪地跪在我身上。

畫風好像不太對，我算是被非禮了嗎？不不不，分明只是在打架而已。我猛然擒抱住他的上半身，想將優勢奪回來，寢技就是這時候用的！

我發出一聲悶哼，身上宛若壓了個鐵秤砣，這傢伙下盤怎會見鬼地這麼穩！無法順利施力，我開始用力想掀翻聞元槐，緊緊貼著他，忽然感覺到身上這具瘦削男性軀體的心跳。

剎那間，我想起昨夜的黑暗記憶，某個朦朧畫面頓時變得清晰。

然而，ＡＲＲ超能力並未發動，我只是緊抱著聞元槐，不讓他有機會攻擊或逃跑，整副心神卻因爲忽然明晰的記憶畫面大受震撼。

「妳眞是令我訝異，」他貼著我的髮心低語。「但我不能因爲妳撒嬌就把許洛薇還給妳。」

去你妹的撒嬌，我這是要反壓制！只是還沒成功而已！而且，爲什麼，我會看到那個人……蓮花燈和那個人到底有什麼關係？

整棟房子忽然震了一下。

「比我預期的要快，看來蓮花燈也壓制不住了。」聞元槐張手環抱住我說。

這句話裡的意涵讓我沒空在意他的毛手毛腳。「你是說許洛薇要逃脫了？」

「不，是羽化。我很好奇，現在的她還認得出妳嗎？晴艾妹妹。還好有了妳，我要拿下許洛薇又多了分把握，反正妳不會離開，我先去看看情況。」聞元槐說完掙脫掉我的擒抱，溜下床前戳了一下我的小腿肚。

剛剛術士的身體動作完全不像人類，好似沒有骨頭般，簡直就是一條蛇，我正要追上去，左腳小腿麻了，這混蛋還會點穴？

卡在床上因爲腳麻動彈不得，我翻身掉下床，拖著不能動的一條腿爬向背包，拿出衛星手機又爬向窗邊對著天空撥號聯絡堂伯，幸好堂伯也在彼方待命，我一聯絡他馬上接通。

「伯伯，聞元槐在譚家！請立刻派人支援！」

「好，你們那邊有危險嗎？」

「庭院裡有兩隻倀鬼，暫時被我們鎮住了，拜託找有用的法師來，其他暫時還好。另外

「……」我霎時遲疑，要爲了那不確定的猜想冒犯堂伯嗎？

「小艾，怎麼了？」

事關冤親債主，爲了不殃及親族，蘇家族長的底線永遠踩得很硬，從爸媽被附身欠賭債臥軌自殺，我卻被逐出家族的切割手段可見一斑，現在我卻被一股強烈衝動驅使，即便可能與堂伯撕破臉也不得不問。

「伯伯，人命關天，想拜託你告訴我一個答案……」

堂伯並未馬上回答我，他的反應在我意料之中，我只能揹上背包拖著痠麻稍退的左腿先追上聞元槐再說。

經過方才的天搖地動後，我邁出二樓房門看見的卻是正常樓梯間，難道幻術解除了？用力搥了搥左小腿，我用最快速度下樓，正好碰上從樓頂下來的刑玉陽，以及從一樓廁所出來的主將學長。

「小艾，妳沒事吧？」主將學長扣著我的肩膀問。

「沒事，聞元槐躲在二樓，他去關許洛薇的地方了。」兩名學長在幻術解除時剛好都和聞元槐錯開，這也是術士精密計算的成果，要是帶著溫千歲一起來哪能容他猖狂，偏偏溫千歲被戴佳琬拖住了。

客廳大門關著，又丟了聞元槐的蹤影。

「剛剛進來看到的客廳好像沒有神明桌？」我盯著正對門口的神明桌回溯記憶，第一印象譚家的客廳裝設好像是矮櫃與茶几。

「我們在開燈瞬間就中暗示了。」刑玉陽道。

「現在要追出去嗎？」正常反應看到屋內沒人的確會想往屋外搜尋，但聞元槐想拿我控制許洛薇，卻當著我的面下樓，難道他真的沒逃跑，只是去看許洛薇的情況？

「我很在意剛剛的地震和幻術解除的原因，如果聞元槐要逃跑，不用等到我們進屋。」刑玉陽說到重點。

「那樣的話，聞元槐說不定還在屋裡？許洛薇也在這裡。」刑玉陽從樓頂下來，主將學長從廁所也就是後門的方向，兩面包抄，他只能從大門逃跑，沒有藏匿空間，所以我第一時間才會認爲他跑出去了。

我們同時望向神明桌下方櫥櫃。

主將學長乾脆俐落拉開櫃門，裡頭空蕩蕩沒藏人。

「刑學長，我剛剛向堂伯搬救兵了，你怎麼看？」這是我們事先談妥的戰術，別說大人們不想讓我冒險，我也不想害學長們遭難，加上聞元槐實在太會搞事，我們光是報個座標就會有一群追兵來抓他，何必要帥當孤軍，當然要圖利自己人讓蘇靜池享有情報優先權。

「還有一種可能，我們還在幻術裡，這是雙重誤導……鎮邦你幹嘛？」刑玉陽話說一半轉頭看向彎腰準備爬進神明桌下櫥櫃的主將學長。

「神明桌下面淨空沒堆雜物有點奇怪。譚家夫妻迷信到走火入魔，看桌面香爐積灰情況原先也是有祭拜祖先。」主將學長說完鑽進去用手一陣摸索拍打。

「阿刑，小艾，真的有密室，或者說地下室，真搞不懂之前警察怎會沒發現？」

我趕緊跟著蹲下一看，主將學長正好拆下活動隔板，用手電筒往內照，裡頭是勉強可容納兩名成人的升降梯平台。

「畢竟是『被害者』的家，警察不會想要搜密室，而且還有聞元槐的幻術掩飾。」我說。

密室入口本身與其說隱密更像實用方便的設計，畢竟譚家位置已經夠避世低調，只有我們為了搜查聞元槐和可能藏俘虜或屍體的空間，才會把目光投注到任何可能被動手腳的地方。

「我和小艾下去，你守著入口。」刑玉陽對好友說。

主將學長陰沉的表情顯示他非常不喜歡這個提議。

「我可不想被甕中捉鱉，誰知聞元槐有無其他幫手？」刑玉陽同樣是不容妥協的語氣。

「那就你自己下去，小艾留在地上。」主將學長說。

「我沒差，你問她願不願意?」刑玉陽聳肩。

「我一定要去!就算下面塞滿喪屍也一樣!薇薇在等我救她!」這時候就算有把槍頂著我的腦門，也休想逼我後退!

「這時候眞恨自己不是通靈人。小艾，事後給我好好解釋。」主將學長咬牙說完挪開身體，讓我和刑玉陽爬進升降梯，打開開關送我們下去。

地下室比我預期的要深，高度至少有一樓半，譚家舊農舍蓋在坡地上，這處地下室是之後非法挖出來的違建空間，我在下降過程中就先用手電筒掃了一遍，初步沒發現聞元槐。

濃郁血腥味令人失神，進入地下室第一秒我就意識到這裡是譚家夫婦七年來屠宰祭品動物的地點，鮮血與生肉的腐敗味道已經深深浸染著地下室每處孔隙。

胃裡一陣翻騰，倘若許洛薇在這處污穢地方被關上兩個星期就糟了!地下室裡除了陰氣，還有各種雜染負面的氣息，羽脂毛皮與排泄物臭味，空氣中彷彿還能聽見禽鳥野獸的斷氣慘叫聲。太多了，以致我感應不到許洛薇。

又或者，我能感應的許洛薇已經不存在了，事到如今才發現，我和那頭赤紅異獸幾乎沒有交流，我只想避免許洛薇變成怪物，從來沒想過理解那頭凶獸。

升降梯停下，刑玉陽小心按下旁邊牆上的電燈開關，地下室頓時現出全貌。

地下室中央是十五公分高的正方形祭台，祭台邊緣地面設有溝槽排放污水，牆角擺著柴油發電機，其中一面牆上有處附玻璃門的壁龕，裡頭赫然躺著一個禿頂中年，正是被綁架的陶爾剛。

「他死了嗎？」我顫巍巍地問。

刑玉陽走過去握住玻璃門把手，想打開壁龕確認陶爾剛生死，聞元槐的聲音赫然從背後響起：「下次得先確定敵人沒躲在死角準備偷襲再去救人，懂嗎？砰！」

我滿身冷汗回頭，聞元槐比出開槍手勢，當然，術士手裡沒拿眞槍。

他站在升降梯旁邊，一手捧著蓮花燈，如同我在夢中見過的姿勢。

「聞元槐！」刑玉陽正要上前攻擊，被我死命抓著手臂。「等等，許洛薇還在他手裡！不能衝動！」

「你有沒有過好端端恍個神，一切就像被潑了桶黑漆，什麼都看不見的經驗？」他不等人回答，半是自言自語。「沒有聲音，沒有風雨，只有腳下的小路，有時是硬土，有時是石頭，有時是水，你無法思考，只能一直走下去……」

「你到底在胡說八道啥？」我爲那雙黑眼睛裡流露的虛無感到悚然。

「家師卜算出，我二十九歲那年將遭遇死劫，今年都過一半了，我總得想辦法保住自己的命是不？瞧，這不是談判或法律能解決的問題。」聞元槐道。

「許洛薇和你渡劫有啥關係？」

「我那式神不知是發情期還是叛逆期到了，最近愈來愈不聽話，多張王牌在手裡，面對考驗時也較有底氣不是嗎？通常我是不對外人說的，但是晴艾妹妹和玉陽小弟，你們很有天賦，作爲前輩不希望你們爲了多餘意氣賠上一輩子。」

「搶劫還有理由？」刑玉陽冷笑。

「我說過，如果許洛薇不能爲我所用，乾脆毀了她更好。所以我願意冒點風險在這裡等妳來，晴艾妹妹，妳已見過白峰主的例子，天譴，這就是許洛薇恢復原形的下場，想想辦法滿足我吧！否則，我眞的只能趁她翅膀長硬前滅絕後患了。」聞元槐再度重申他可憎的收尾手段不變。

別說我不會放棄許洛薇，就算我願意妥協，也不知該怎麼做，聞元槐眞是太高估一個土法煉鋼的靈異門外漢，坦白說，我覺得這術士根本狗急跳牆。

刑玉陽無聲無息挪到我背後低語：「衝上去揍他。」

「我嗎？」剛剛還是我先拉住他，刑玉陽有辦法了？

「就是妳，總比呆站著要好。」

雖然不懂術士對我的那份好感從何萌生，聞元槐的一貫態度的確是不打算傷害我，我不認爲正面攻擊有效，不過刑玉陽都這麼說了，我還是抱著滿肚子怒火快步逼近聞元槐。

「你們眞是不肯死心……」聞元槐嘆氣閃躲。

「你呢？到底是死心還是腦殘？我搞不懂，爲何你會變成這樣！」我一邊攻擊一邊吼。

術士微微眯眼，微笑多出難以理解的苦味。「莫非晴艾妹妹妳是眞心在意我？」

我瞅住空隙抓住他的脖子，卻在同時被聞元槐緊握手腕，術士看似纖弱，手勁卻大得驚人，他只用單手和走位就能阻擋我。

糟糕！要吃土了！重心被帶走的我剛冒出這個想法，啪嗒一聲，聞元槐另一隻手上的蓮花燈馬上被射掉，我轉頭一看，刑玉陽手裡拿著一把彈弓。

我手掌一翻扯開聞元槐的箝制，想都沒想便往正在地上滾動的蓮花燈撲去，這次蓮花燈不再是幻影，被我確實地握在手裡，天哪！我辦到了！同時頭頂接二連三響起破空聲，刑玉陽持續進行掩護射擊，我則貓著腰，頭也不抬連滾帶爬往回竄。

逃得太快，腳尖絆到祭台血槽，眼看就要摔個狗吃屎，我索性把蓮花燈往懷裡一揣，在空中做了個前迴轉接受身，在地上滾了一圈剛好撞上刑玉陽的腳，被他揪住衣領直接整隻攏到背後。

我用力喘了兩口氣，才能定睛觀察敵方狀態。

術士黑衣上撒著一些雪白碎屑，閃躲動作比我剛剛攻擊他時要略微僵硬，刑玉陽再度將彈弓拉至極限，這時我才發現他將鹽塊當成子彈打。

記得我和主將學長替刑玉陽將整袋凝固的粗鹽重新敲碎，足足有好幾布袋，都是硬度堪比石頭的凶器，然而落空打到聞元槐背後牆面的鹽彈都碎了，可見刑玉陽射得有多用力。

「刑學長！麻煩繼續射死他！」我趕緊先檢查好不容易到手的蓮花燈，卻發現蓮花燈裡哪有火焰？

該死！我剛剛只注意到聞元槐拿著蓮花燈，竟沒印象燈焰到底有沒有點燃，但從古銅燈身冰冷的程度判斷，火焰恐怕熄滅有段時間了。

「刑學長，燈熄了薇薇怎麼辦？」我抓著刑玉陽衣角，他則皺著眉沒有回答。說到底我們只是見過蓮花燈在封印白峰主此一案例中的威力，對這個法器的來源、能力所知極有限。

在阿克夏記錄幻象裡，許洛薇變成海裡的紅沙，沙又成了火，她的火焰把我引到拿著蓮花燈的聞元槐前方，我當然會覺得她被關在燈裡。如果比照解放白峰主的做法，搶到蓮花燈再弄熄火焰就能放出許洛薇，但現在燈早就熄了，許洛薇又在哪裡？

「真有趣，妳怎會認爲許洛薇在那盞燈裡？確實蓮花燈吸收活人精氣後可以燃燒鎮壓目標的妖力和鬼氣，此燈已經太過古舊，加上白峰主掙扎衝擊封印時或許造成法器損傷，效果大不如前，拿來對付許洛薇也就起個消耗品的作用，最後還是得靠我的式神。」聞元槐後退兩步靠著牆壁。

術士背後飛快長出各式各樣奇形怪狀的影子，扭曲舞動布滿整面牆，甚至蔓延到天花板，那些影子似獸似人，彼此融合爭鬥，散發強烈壓迫感。

聞元槐正上方暗影最深處，像覆上一層絲綢，接著絲綢迸裂，鑽出被黑色觸手綑縛的女人上半身，鮮紅如血的小洋裝閃閃發亮，許洛薇閉著眼睛動也不動。

「九獸」把玫瑰公主吞進去了！

「許洛薇！」我喊得太過用力胸腔隱隱作痛。

她張開雙眼，眼中卻是一片血紅，小嘴微張淌流黑氣，那些黑氣比暗影形成的九獸更濃郁劇毒，竟開始腐蝕九獸的觸手。

「看來妳終究是外行人，和妳的朋友說再見吧！至少最後她還能提供能量，我就不計較太多了。」聞元槐說完，影子迅速變形成更多粗壯觸手，層層包裹住許洛薇企圖絞碎她。

「不要——薇薇！薇薇！」我哭叫著想衝過去，卻被刑玉陽拉住。

「冷靜一點，太危險了！」

「我要殺了他！要是現在動手，薇薇說不定還有救！」我兩眼都是淚水。

異變陡生，聞元槐眼角流出一點殷紅，術士似乎感到意外般用手指沾了點血淚凝視。

接著一陣奇異野獸嚎哭聲響起，紅色爪尖鑽出九獸以觸手纏繞的巨繭，接著半是火焰半是貓科野獸的鮮紅之物強硬地鑽了出來，熱浪襲人，那新生異類停頓了不到一秒，忽然貼著天花板繞過我和刑玉陽，從我們背後撞開逃生門竄向外界。

被撕開的觸手團塊重新融合變形，化為一頭類似章魚的黑色軟體異形跟著滑進地下通道，一轉眼聞元槐又不見了，難道術士也進入章魚異形裡追獵許洛薇？

「刑學長，不要再阻止我！我一定要追上去！她是我最重要的朋友！」我抹掉眼淚近乎崩潰地吼著。

「可以追，但先留意鎮邦的情況。」刑玉陽看著升降梯上方的密室出入口，一眼望去並無任何人影存在。

聞元槐從黑暗中露面後，守在神明桌下的主將學長竟然沒有任何聲音動作，我和刑玉陽都和術士打起來了，他怎麼可能毫無反應？我回過神來才意識到這個問題。

「丁鎮邦！你在嗎？」刑玉陽大聲叫喚好友的名字，奈何許久都沒聽到回應。

我渾身發抖，等待刑玉陽的指示，無論要捨棄哪一邊去追另一邊，都會讓我發瘋。這不公平……人生不能這樣選！

「刑學長，一人追一邊好不好？求求你了。我追薇薇，你就……」我抓著刑玉陽的手，指向主將學長消失的方向。

「我要去抓聞元槐。」

「欸？」

「鎮邦心燈那麼亮，我是聞元槐也會先封鎖他的行動，比耐力他穩贏，九獸沒有實體，看起來再恐怖，肉搏戰都要大打折扣。既然聞元槐自詡不殺人，鎮邦大概是重新中幻術被關在房子裡。」刑玉陽條理分明地選擇復仇之路。

「萬一主將學長有危險呢？」

「這是他選擇的戰鬥，我相信他能自己應付，至少撐一會兒不成問題。另外，從現在開始，和我們要去追的兩個怪物……或許是三個怪物的決鬥相比，房子裡絕對是更安全的地方。」刑玉陽說完當真奔向出口，我跟著闖進黑暗甬道一路狂奔。

□

根據溫千歲的敘述，譚家夫婦殺過最大的活牲是一頭黃牛，密室入口和那台升降梯顯然運不了那麼大的動物，加上萬一升降梯故障人就困在地下室了，因此另闢出路是合理的考量。這是一間爲了生祭法而改造過的特殊建築，陶爾剛想讓復活實驗順利進行，所有細節都必須考慮得面面俱到。

我和刑玉陽在逃生通道跑了沒多久就轉進被遺忘的防空洞，顯然譚裕和高茜茜除了運送特殊祭品很少使用這處備用出口，沿途我聞到許洛薇通過的燒焦味，她已經完全覺醒，連我的呼喚都聽不見了。

在我的心臟爆炸前，總算跑出防空洞，刑玉陽放慢腳步走在前方，防空洞出口可能是在坡地另一側山壁，腳下是廢棄的小水溝，前方則被芒草與雜木擋住，刑玉陽要我遮好臉，別讓枝葉劃傷眼睛，走在我前方用身軀開路。

一時間我只覺得東南西北混亂不清，天色比黃昏還要暗，雨水的味道嚴厲又冰冷，只能專注盯著刑玉陽的背，出了那片叢莽後，來到一處凹凸不平的荒地，草長約在膝上，視野較方才不知開闊多少。

上空忽然砸落兩團龐然大物，一黑一紅纏鬥不休。

「妳早就知道許洛薇會變成這樣？」刑玉陽語氣異常平靜。

「我一直想阻止她變化，卻不知該怎麼做。」事到如今，他要生氣揍我，我都不在乎了，事實上，如果老天爺眞的要來天譴，我想和許洛薇一起被雷劈死，看薇薇能否洗牌重來，而我就當隻有原則的厲鬼直接找冤親債主報仇。

「她到底是什麼？絕對不是人類。」他沉聲道。

「她是人類！至少活著的時候是。」我衝口而出。

「蘇小艾！妳在包庇一頭怪物！如果妳說她活著時是人類，那許洛薇到底是不是被異類附身才自殺？」刑玉陽繼續質問。

我一愣，從沒想過這個可能。「我差點被冤親債主操控跳樓時，是她變身救了我。」

「所以妳就把來歷不明的怪物也當成同一個人了？」

「之前每次變身她都有聽我的話！她認得我！我就是知道許洛薇還是許洛薇！」

「張大眼睛看清楚！妳的許洛薇現在是什麼樣子！」刑玉陽硬扳我的頭，逼我重新省視羽化完的許洛薇。

Chapter 11 / 招魂

許洛薇和九獸如今的體積都超過火車車廂，至少有半實體的程度，兩方在荒地上打得土石飛濺、草根裸露，赤紅異獸獨角銳利，四肢修長，長翼收在身側，羽毛近似鱗片，閃爍著寶石光澤，火焰毛皮隨著動作在空中劃出燃燒軌跡，尾巴長著倒刺。

「許洛微！」我聲嘶力竭一次又一次地呼喊，奈何這個名字對如今的赤紅異獸毫無意義。聞元槐的式神完全挑起許洛薇的獸性，此刻遭受攻擊的她渾身散發前所未有的敵意與殺氣。

九獸則變化成強壯又不時冒出新觸手的軟體動物，總是纏住赤紅異獸身體一部分，不讓許洛薇輕易拉開距離發動猛攻。至此我能確定，聞元槐式神能力和生祭法過程中獻祭的生靈種類有關，九代表多數之意，獸則是指式神以獸性和野獸能力為主，是能夠自由變化的怪物。

「不管怎麼樣聞元槐都沒資格這樣對薇薇，要處置也是交給石大人！」我臨時好不容易想出這個藉口。「我們把聞元槐找出來吧！打昏他說不定九獸就會消失了。」

「附近我用白眼和肉眼都找過了，這傢伙沒有心燈又太會藏。」刑玉陽惱怒道。

一束白光垂直射入纏鬥的兩大怪獸中，黑章魚怪像一道退潮的大浪往後捲，許洛薇則朝後躍開將近五十公尺，伏低身體發出低吼。

溫千歲及時趕到。

「太好了……」我膝蓋一軟，跌坐在地。

夾在九獸與覺醒的許洛薇之間，只要選擇對付其中一隻，難免被另一個敵人趁隙攻擊，溫千歲靜靜佇立，似在斟酌如何出手，然而對兩頭怪獸而言一樣無法輕舉妄動，一時間場面竟僵持不下。

要怎麼辦才能替王爺叔叔助攻呢？我絞盡腦汁想著。這時一片焦臭白霧飄過我，圍住不遠處某棵巴掌粗的烏桕樹身。

「譚照瑛來了！她會不會是想告訴我們聞元槐躲在那棵樹下？」妖鬼接在我們之後也回到譚家，我直覺她變得更衰弱了，目前毫無凝聚人形的跡象。

「真是不聽話的小女孩。」下一秒無法藏人的烏桕樹後就多出聞元槐身影，他抽出一把柴刀，唰地往樹幹砍去，一聲尖叫爆開，白霧猛然收縮爲少女形體，只見譚照瑛被柴刀當胸釘在樹上，不停扭動掙扎。

「刑學長，溫千歲不方便對活人出手，我們應該專心打聞元槐。」我深呼吸後重新站起來，沒錯！事情就是這麼簡單！

「不用妳說我也打算這麼做。」刑玉陽拿起彈弓，「而且他對淨鹽有反應。」

「最後一次警告你，在七孔流血以前收手吧！」聞元槐剛剛流血淚了，我不禁懷疑這人搞不好身體其實很差。

「我倒認為自己還有勝算，晴艾妹妹。」術士一揮手，黑章魚怪一半身軀變為大蟒朝我一口咬下，刑玉陽立刻調轉彈弓方向將鹽彈射入黑蟒口中，卻阻止不了黑蟒攻勢。

平衡刹那崩潰！溫千歲瞬間移動，單手掐住黑蟒三寸要害，五指刺進黑蟒頸肉。

「小心！」刑玉陽驀地一喊。

我還沒反應過來，腳下懸空被赤紅異獸叼起跳開。

「薇薇？妳認出我了嗎？」她還是救我了！

正暗自竊喜之際，卻聽見怪獸肚子傳出響亮咕嚕聲，霎時全身湧起驚懼惡寒，生物本能道出眞相，她哪裡是救我，分明是想吃我！

許洛薇開始奔跑，用小跳步閃躲著九獸眾多觸手，打算撤出戰場另覓隱蔽處享受覺醒後的第一餐，完全就是隻腦袋只剩下吃的賊貓，我掛在赤紅異獸嘴裡無計可施，眼角餘光赫然看見式神以觸手從後方暗算，勒住溫千歲脖子。

聞元槐走到九獸身邊，仰頭望著代替許洛薇被九獸纏住的溫千歲。「若非記得王爺這副絕代姿容，在下還當是不知哪來的大厲鬼出現了。」

「魂脈被本王掐著，小子還敢貧嘴？」溫千歲作勢用力，聞元槐耳孔隨即溢出鮮血。

「王爺恐怕自顧不暇，在下只需再推上一把，您對我來說就不算麻煩了。」術士拱手貌似謙恭，舉止卻帶著滿滿嘲諷。

「刑學長！快點阻止溫千歲殺九獸！」我氣得尖叫，許洛薇晃得我快吐了。

「白眼小子，去救小艾，少在這礙手礙腳。」溫千歲居高臨下對刑玉陽發號施令。

刑玉陽遲疑兩秒，點點頭，朝赤紅異獸追過來。

「放開我！我要回去！許洛薇妳發什麼瘋？笨蛋！」我拚命掙扎，許洛薇牢牢叼著我不為所動。

九獸分裂一半身體箝制溫千歲，剩餘的章魚觸手速度與力道明顯變弱，許洛薇一掙脫觸手立刻向外跑，奔跑時脊椎完全延展，步幅大得驚人，卻跑沒幾步就被隱形結界擋住。

我鬆了口氣，早該知道聞元槐不會沒對附近環境動手腳，結界加上章魚型態的九獸是聞元槐對付赤紅異獸的選擇，顯然很有效，但現在我也不想讓許洛薇亂跑拉長戰線。

戰場就在荒地結界內！許洛薇、九獸和溫千歲將要分出高下，我則得想辦法喚醒許洛薇或幫溫千歲取得更多優勢，目前被叼著晃來晃去的情況眞的好難保持專注。

眨眼間，刑玉陽已來到赤紅異獸面前，拉滿彈弓瞄準眼睛，許洛薇則威脅地壓低頭部，以獨角對準他。

雙方劍拔弩張，這時我的口袋傳出一聲簡訊提醒。

希望是堂伯……拜託絕對要是堂伯的回覆！

掏出手機，簡訊內容非常短，只有三個字，對我來說卻相當足夠了。

我伸手往上亂摸，握住一條充滿彈性的巨大鬍鬚用力扯。

「喵啊！」赤紅異獸發出慘叫，我掉到地上，這回受身沒做好，撞到肩膀，我顧不得喊痛，越過刑玉陽朝聞元槐跑去。

烙印傷口般的業痕已經爬上溫千歲半邊臉，一身白衣泛黃陳腐，掐住九獸的那隻手衣袖甚至爛光了，露出長著片片血痕的右臂，全身流出黃疸色瘴氣，空氣變得濕黏、沉悶，彷彿發高燒似，一股瘋狂的味道。

看著墮落的溫千歲，我猛然意識到，那個被掐死的嬰兒還沒有得救，縱使蘇湘水以法術安撫他、細心教育他，生母以香火供養他一生一世，但是溫千歲從來沒有眞正活過，修行只是讓他學會自制不害人，他的恨與業障卻從未消失。

聞元槐正是利用這一點，想讓溫千歲再也無法當神明，變回疫鬼的溫千歲因爲威脅過大，自然會被官方優先收服，而陰間不會動活人，聞元槐有生之年就能優哉游哉了。

我狠瞪五官含笑的聞元槐，視線卻被他身後某處樹梢吸引。

既是冤親債主也是我的祖先，那個一個半世紀多前被兄長逼著墜崖而死的男人，如今已是個魂魄老化瘋狂的厲鬼，蘇福全不知何時起便蹲在樹梢處監視我們，即便隔著一段距離，我也能感受到那興奮癲狂的眼神。

頓時，有些謎團就像冰淇淋一樣融化了，世界上眾多強大怪物中，聞元槐怎麼偏偏盯上許洛薇？他與蘇福全怎會湊在一起狼狽爲奸？爲何要把溫千歲逼上絕路？到底誰在利用誰？

一切只因我們都身在網罟，誰也逃不過蘇家人的大苦陰緣束縛。

「住手！蘇亭山！想清楚你到底是誰？」我氣得聲音發顫。

接下來的畫面像透過慢速鏡頭播放，聞元槐宛若斷線木偶似倒在地上，我趕緊跑過去跪在他身邊。

術士原本就缺乏血色的臉孔此刻更加蒼白，襯著眼角血痕更顯得詭異，嘴唇沾滿鮮紅，顯然剛剛才吐過血。他無言望著我，我只得爲他說明。

「你是我的高祖伯父，三歲就被冤親債主害死，我是你弟弟的第五代子孫，我在夢裡見過你的魂魄，和我的小堂弟蘇星潮長得一模一樣。這個想法很瘋狂，原本我不太確定，但是你對這個名字有反應，我想應該是眞的了。」我強人所難向堂伯打聽的，正是只有蘇家族長才知道的祕密——「完整族譜」，外人頂多能查到蘇湘水起家後的傳承，他早夭的胞兄並非被眾人遺忘，而是活過的時日太短，根本沒留下痕跡，就連他的姓名也只留在蘇福旺夫妻的回憶裡，伴隨著臨死前的眞相託付給蘇湘水。

蘇亭山，這個不在後世蘇家人討論範圍內的小小亡靈，卻是冤親債主的第一個受害者，而且死得極慘，剛會走路沒多久的小男孩在蘇湘水出生當天溺死在糞坑裡，這個歷史細節連蘇靜池也不知道，是我在ＡＲＲ超能力被確認前就夢到的過去。

「唉……」他發出一聲釋然嘆息，「原來師父預言的死劫是指這個，我還以爲是生祭法的式神反噬，被九獸吃掉魂魄奪走肉體。」

術士身體一陣抽搐，重新流出血淚，我愈看愈覺得不對，抓著他的衣服問：「我只是叫了你的本名，怎麼會變成這樣？」

「事到如今也沒啥好瞞了，我是師父用生祭法復活的死人，師父不惜違反師門禁令販賣禁術也要從陶爾剛那弄錢舉行生祭法，因爲我這具肉體是她親生兒子，結果兒子的魂沒招回來，卻來了我這個忘了自己是誰的孤魂野鬼。」他自嘲似地笑了笑。

「我叫了你的名字會有什麼後果？」他的死劫原來指的就是我，這算哪門子鬧劇？不作死就不會死，但復活的失憶祖先偏偏很歡樂地針對我，設局綁架樣樣來，堪稱各種花式作死。

「子孫後代來招魂，這具肉身就留不住我了，用白話的說法，我馬上會死。」

不對！這不是我想要的結果，何況術士根本不記得自己的眞實身分！

「時間不多，直接說重點。我一斷氣，九獸就會取代我，重新變化成完整的妖怪，擁有人身與人類智慧，這是妖怪方對生祭法睜隻眼閉隻眼的原因，生祭法有一定機率會催生出新的大妖怪，妳和那兩個同伴必須立刻離開，封鎖此地別讓活人靠近。」聞元槐——或者該說蘇亭山囑咐遺言。

我鬼使神差地伸手抹掉他臉上蜿蜒的血淚，以免他吞進自己的血。

「你不可以死，這樣不就又讓冤親債主贏了嗎？」我想說這次不算，現實卻不能取消重來。

「原來，我的眞名叫蘇亭山。」他也想抬手替我擦眼淚，卻只有指尖動了動，術士最後只是看著我的眼睛。「晴艾妹妹，威利永遠和其他人不一樣。總算被妳找到了。不知爲何，我感覺挺開心的……」

他就這樣在我面前停止呼吸心跳，我看不見蘇亭山的鬼魂，卻知道夢裡的他只是一個十二歲左右的童鬼。

刑玉陽來到我身邊，我下意識尋找許洛薇，發現赤紅異獸就在結界邊緣盯著我們，許洛薇沒眞的攻擊刑玉陽，我驚訝之餘鬆了口氣，雖然刑玉陽被放過的原因可能是關在一起的兩個強大敵人即將暴走引發的危機感，讓目前這個憑獸性本能行動的許洛薇選擇警戒觀望。

「他和妳一樣缺乏心燈，不同之處是他非常模糊，簡直是塊影子，力量卻很強大，我第一次看見這種矛盾魂魄。這傢伙似乎是小孩子？」刑玉陽用白眼形容蘇亭山的眞正模樣，最後一句話連刑玉陽也難掩吃驚。

「是我害死他。」我還是感到不眞實，那個奸猾狡詐的強大術士，僅僅被我叫了一聲名字就斷氣。

「不，他早就死了。」刑玉陽否定我的說法。

無數撲翅聲在昏暗天空籠罩下顯得無比邪異，九獸不斷變化成各種動物，同時生出許多翅膀撲打身上沾染的瘴氣，溫千歲則在逐漸變爲疫鬼的同時死死掐住九獸，眼下就是僵持著比誰先撐不住。冤親債主正在看我們自相殘殺。

蘇亭山等於被蘇福全殺了兩次，對任何殺人狂來說，這都是令人愉悅無比的戰績吧？我氣得渾身發抖，倒是不害怕了。

憤怒在我身體裡沸騰，蘇福全死後心有不甘，但他第一個報復對象不是年輕力壯的哥哥，而是年僅三歲的姪子，這種挑選幼兒下手的懦弱邪惡，醞釀出的怪物比暴力的戴佳琬還要恐怖，蘇福全還殘留某種人性，最深最惡，所謂「損人利己」的人性。

「劣徒給各位添麻煩了，但我還是不能不救他，能讓讓嗎？這位小姐。」

一道女聲打斷我激烈混亂的心情，抬頭一看，一個戴著膠框眼鏡的中年女子無聲無息出現在十來步外，她穿著高領白襯衫與A字裙，燙鬈的半長髮綁成一束，打扮一絲不苟，裝扮刻意偏老氣，五官看起來卻比我推測的實際年齡年輕，外表是個四十幾歲的資深上班族，從頭到尾體現了低調不顯眼的眞諦。

從自稱聽來，她是聞元槐的師父，換言之，是比聞元槐還要厲害的正統耿派術士。

「他還有救嗎？拜託妳救救他！」我趕緊站起來挪開位置。

「收到境主的傳訊還是頭一遭，看來通知我的千歲大人就是和九獸纏在一起的這位。」女術士揉揉太陽穴。「淨給爲師惹麻煩，蠢才！賠錢貨！」

罵完之後她又點名：「蘇晴艾。」

「在！」

「原本術主應該是我，生祭法復活對象因爲限制太多，往往只是吊著一口氣的活死人，我想讓那孩子盡可能活得自由一點，才訓練他成爲九獸的主人。基於種種考量，我沒讓他殺過人，如此一來，或許可在生祭法的因果業障下保留一線生機。」

「謝謝您的費心。」我沒有多想就這樣接話。

「他……這孩子甦醒前似乎是不分日夜到處遊蕩，毫無時間感，別說知道自己死了多久，他甚至不記得曾經生而爲人，就像某顆滾動的石頭或飄飛的落葉，所以小徒剛甦生那幾年，我讓他看一套繪本，主角總是在流浪，背景有各種人物，希望能喚回他的生前記憶，卻總是徒勞無功。原來那麼小就被殺了，智識未開又是封閉五感的慘死，難怪魂魄會混沌成那樣。」女術士聲音冷淡，交代蘇亭山成爲聞亢槐的轉捩點。

和三個怪物被關在結界裡，四周沸騰著暴戾氣息，我此刻全副心神卻只注意著她能否成功救回弟子。女人下顎用力動了動，接著跪伏在蘇亭山身側吻上弟子的唇。

些許殷紅從這對師徒唇瓣相接的位置滲出，她在餵血給蘇亭山？我屏氣凝神等著。

結束救治，女術士起身擦擦嘴，臉色比剛出現時要蒼白，她忽然從手腕解下一條黑色細繩圈朝結界外拋去，繩圈變大套向樹梢上的白髮老鬼，蘇福全見狀笑容頓失，翻身墜落遁入林間陰影，顯然頗爲忌憚耿派鬼術的能耐。

我暗道可惜。耿女道偷襲時機堪稱完美，但她沒有全力以赴的理由我也能理解，目前最大的麻煩並非冤親債主，而是和我們一起困在結界裡的災難。

「妳還能說話嗎？」我總覺得以她餵出去的血量來說，咬舌的傷口應該很深。

「剛吊住劣徒的命，所餘氣力不足沒能套住凶手，但這老鬼也非我的責任，姑且只能這樣。」女術士咬字有點模糊，不過尚未達聽不清楚的程度。

「我明白，還是謝謝妳。」至少女術士驅走蘇福全，少了被冤親債主補刀的壓力。

「我能控制住九獸，你們打算怎麼辦？」女術士又問。

「姑且先自我保全，等等援兵就到了。應該會有法師吧？你們也是，有機會就先脫身也無所謂，他是蘇家人，我堂伯會諒解的，反正我希望他活著，那樣表示九獸也不能受致命傷對嗎？」我看向僵持不下的九獸和溫千歲，目前佔上風的是溫千歲。

「我一解除結界，你們就拚命跑更好。這位千歲已經成瘟了，祂會殺死附近所有活物，連我都沒把握能逃出毒手。」女術士直言不諱。

「非得解除結界嗎？」我趕緊捉著她的手。

她沒說話，只是靜靜垂下眼盯著被我抓住的部位，我訕訕道歉鬆開。

沒有結界隔離，許洛薇一定馬上逃跑，更糟的是，她可能咬著便當也就是我一起跑。

「總而言之先試試，但我們要離開時，結界勢必會解除。」女術士道。

我才要開口說話，身體感覺躁熱，胸口煩惡，蹲下來一陣嘔吐。由於來時路上吃得不多，只是爲了補充體力吃了點好消化的粥和荷包蛋，此時吐出來的最多還是水，我雙眼發紅，兩腳不停顫抖。

刑玉陽立刻用手貼著我的額頭測量體溫。「妳發燒了。」

我早就精疲力竭，只是做好今天絕不能倒下的心理準備，我的體力自己心裡有數，還是能撐一陣子，這沒來由的崩盤是怎麼回事？

「瘴氣因爲結界的關係變濃。衰弱的人會優先被疫鬼找上，這種事我見多了。」女術士說完，輕聲唱起聽不懂的咒歌，九獸迅速化爲一團黑霧，朝我們這邊衝來，融入昏迷不醒的蘇亭山身體。

頓失束縛的溫千歲馬上轉動那對血紅眼珠陰森森地望來，才幾句話的時間，溫千歲身上已無一處雪白。心跳愈來愈快，喉嚨發癢，我開始有些呼吸困難，旁觀刑玉陽的臉色亦明顯變差。

溫千歲的視線一個接一個在我們身上流連，最後停在蘇亭山身上，彷彿要撕碎他。

我毫不猶豫地擋在這對師徒前方，企圖喚回溫千歲的理智。雖說溫千歲業障爆發的樣子的確很恐怖，但應該還有思考能力吧？

「王爺叔叔，蘇亭山也是你親戚啊！雖然是姻親，冷靜點好嗎？」

刑玉陽把我塞回他背後，同時罵道：「他連瘟神都不算了，瘟神好歹有自主意識，妳跟瘋狂疫鬼講啥道理？」

「撐到堂伯的人和法師來就有救了……」我額頭抵著刑玉陽的背，昏昏沉沉地說。

「不能空手等。往汽車那邊跑，拿後車箱的煙火來阻擋疫鬼和那隻貓還有點機會。」刑玉陽這樣回我。

我想說自己根本不知道怎麼從荒地越過樹林找到停車處，轉念一想刑玉陽總歸知道方向，當條跟屁蟲就行了。高熱就像糖漿從頭往下淋，我不由得閉上眼，又是熟悉的耳鳴頭痛。

現在我不需要啓動超能力了，奈何處於極限狀態根本無法自抑，我害怕的是這回耗損後還有命在嗎？

意識不聽使喚地滑入明亮溫暖的空間，這次沒有長途跋涉也沒有黑暗，甚至，我很清楚自己半醒著，同時還感受到刑玉陽的體溫以及女術士唸咒聚集怪風颳開瘴氣的觸感，連瘴氣帶給我的折磨也未有一絲一毫減輕。

我抓著刑玉陽的手臂再度站起身探頭面向溫千歲，眼前那片不可思議的光明之中，則佇立著一個面孔熟悉的偉岸身影……

「不要害人，你將來會成爲神明，強大自由的神明，拜託請息怒……」我看不見現實中的溫千歲，卻能從瘴氣撲面而來的濕熱明白他正步步逼近。「——文滔天！我叫你住手！」

瘴氣風暴打斷幻象，我張開眼睛，看見恐怖的溫千歲因爲被我叫出眞名瞬間愣住，然後發出一聲鬼嘯，揚起筋骨畢露的指爪撲上來，刑玉陽已經單膝跪地，卻仍然支撐著我，我的左手按著他的肩膀，右手則自始至終都死死抓著蓮花燈不放。

奇怪？法器都壞了，我怎麼還不肯放手？就連剛剛從赤紅異獸嘴裡掉下去，要不是拿著這盞燈，我本來能用更安全的姿勢卸掉衝擊，可惜現在沒辦法拿蓮花燈當鈍器K術士的頭了，誰教他是我祖先？

面前出現一道火牆，許洛薇再度跳過來，在我們面前轉身以獨角指著溫千歲。

明知她只是野獸本能護食，這個舉動還是讓我鼻酸。

身體正難受到極點，忽然間什麼感覺都沒有了，我鬆開刑玉陽的肩膀，雙手將蓮花燈捧到嘴唇前吹了口氣，就像有個人用我的身體這麼做了。

蓮花燈瓦解，散落成千萬片金色花瓣，彷彿整個世界都被這些光之碎花照亮，累積了不知多少年的龐大力量，其中也有白峰主和刑玉陽的光芒。

金色花瓣穿透過許洛薇，也穿透溫千歲和在場的一干活人，包括我自己，瘴氣消退，溫千歲如石雕般動也不動，以肉眼可見的速度恢復白衣玉容的慣有姿態。

赤紅異獸則眼神一變，茫然中帶點搞笑意味地回頭看著我，像是在問「現在什麼狀況？」，我的玫瑰公主總算醒了。

「爲什麼妳沒恢復原來的樣子？快點變回人形啊！」我焦急地催促。

她凝視著我沒有說話，眼睛亮得像海面的晨曦，不再是兩顆黑洞，周身火焰卻和金光融成一片漸漸模糊。我忽然意識到，赤紅異獸再怎麼凶猛強大，終究不是眞正的活物，蓮花燈會讓許洛薇消失嗎？我不確定，但我冒不起這個險！

「許洛薇妳發啥呆，妳是人類！現在馬上給我變回來！」我踩踏著積在地面的金色花瓣跑向許洛薇，這不是超渡，也不是救贖，只是一股莫名其妙的遠古強大力量沖刷掉髒東西而已，我不承認這樣就算了結！

飛散的金色花雨穿越山峰與雲層消失，地上累積的花瓣也浮空遠去，我抱住赤紅異獸的一隻前腳嚎啕大哭，火焰毛皮卻沒燒傷我，回過神來，懷裡攬著的已變成一隻白嫩細滑的手臂，紅衣女鬼室友有點不好意思地搔著臉頰。

「我剛剛變身的時候有沒有脫光光？」這是玫瑰公主回歸後的第一個問題，照舊充滿哲學。

「誰曉得！我沒注意看！」

「還有刑玉陽和那位陌生姊姊呀，人家會不好意思。」許洛薇轉頭看著耿女道。

因爲場面混亂，事後我才發現許洛薇漏點名溫千歲，還死鴨子嘴硬把王爺當成空氣帶過，這倒是個耐人尋味的反應。

「刑玉陽看妳不都全身馬賽克？至於那位女士是聞亢槐的師父，都是女生隨便啦！」我現在的心情很複雜，不知該高興還是生氣，剛剛有一瞬我懷疑那頭火焰大貓其實不想變回人類，這讓我有股衝動把她的尾巴塞進門縫裡夾一夾。

但我還是不敢將目光從好友身上移開，生怕一切只是夢，直到金光完全消失，最後一片蓮花瓣擦過我的眼角化爲虛無。我發動了最後一次ＡＲＲ超能力，結果沒死也沒瘋，還能站著和許洛薇說話，歐耶！

低頭看著腳邊，釋放完力量的蓮花燈又恢復普通古銅外表，法器是到處吸收精氣的蓄電池嗎？我下意識離蓮花燈三步遠，這玩意讓我聯想到核彈。

「妳變回來的時候已經穿著紅衣。」女術士忽然開口。

我慢半拍才反應過來她在對許洛薇說話。

「是喔？那就好。」許洛薇對女術士笑得很甜，這是她不討厭對方的意思。

說也奇怪，發現烏鴉小哥是我的祖先前，我一直都很討厭聞亢槐，但我卻不討厭這個素昧平生的耿女道，大概是她散發出某種把踐踏囂張弟子當成日常的氣場，上次解放白峰主的詐欺行動中，蘇亭山提到自家師父時也是一副被Ｓ得很習慣的模樣。

而且，這個乍看不起眼的女人很強，強到令人匪夷所思的程度，女術士表現出和溫千歲平起平坐的態度，這一點似乎不只是自傲使然，還有其他我尚不了解的淵源。

「妳記得多少？」玫瑰公主剛剛看著我的眼神很不對勁。

「我記得在房間睡覺，醒來就在這裡啦！」許洛薇聳肩說。

「沒有哪裡不舒服嗎？」也就是說被綁架兩個星期對她來說是一片空白？還是她又像死後失憶一樣自動刪除太悲慘的回憶？被九獸呑掉對許洛薇來說好像還好？

許洛薇摸摸肚子，似乎有點遺憾。「感覺不錯，就是肚子餓，我好像變強了。」

我皺著眉頭，一時半刻也不方便向蘇亭山追究責任，只能姑且觀察許洛薇後續有無出現不良後遺症了。

「這小白臉是誰？」許洛薇總算發現躺在地上的黑衣術士。

「說來話長，回去再和妳解釋。」我說。

許洛薇四處張望，發現被柴刀卡在樹上的譚照瑛，「啊哈」了一聲走過去，我趕緊跟上。

「以前的高中同學，妳好啊喵～」許洛薇語氣吊兒郎當。

「妳記起來了？」譚照瑛水泥灰色的臉動了動，乾枯嘴角裂開長而黑的縫隙。

「還是不記得。只是想問妳有沒有後悔自殺？」

譚照瑛張大嘴巴，咧出駭人笑容，充滿隨時可能四分五裂的空洞感。「妳那麼單純……可愛……又聽話……應該永遠屬於我才對……」

「人都是會變的，瞧我變得更可愛、更單純了！但我永遠不會變成妳的東西，希望以後不會再看到妳，妳的名字我也沒興趣記住。」許洛薇無視仍在自言自語的譚照瑛，走過來對我咬耳朵：「話說回來，要是她不聽話，我們以後還要應付這個跟蹤狂也很煩。」

「妳對我這個被冤親債主纏上的倒楣鬼抱怨也沒用。」今天要是沒蓮花燈大家就得交代在這裡了，我正沉浸在意外撿回一命的喜悅中，整個人有點恍惚。

女術士拿出白土燒成的小陶笛吹出低柔纏綿的長音，附近土堆冷不防走出穿著高中制服的少女，臉蛋與裸露的手腳長年冰凍，呈現僵硬青灰色，少女的身體理應脫離冰櫃有一段時間，不知爲何卻未腐爛。

「譚照瑛變成殭屍了？」我倒抽一口冷氣擺出戰鬥姿勢。

女術士道：「附近妖怪運走她的屍體想再利用，雖然是生祭法失敗的空殼，魔神仔有時也想穿層人皮。我在抵達這裡前拿回來了，正好用來搬這劣徒，男人的身體又臭又沉。」

接著她解下蘇亭山腰際的刀鞘朝譚照瑛魂魄指去，譚照瑛發出短促尖叫被吸入刀中，柴刀也退出樹幹旋轉飛回鞘中，一連串動作讓我看直了眼，簡單動作與使用道具流露的魄力，在在是宗師風範。

「請問，您要怎麼處理譚照瑛？」我小心翼翼地問。這種只要不是敵人就對你很客氣的態度，簡直就像是揍敵客家族！幸運的是耿派鬼術理虧在先，術士師父沒收費還打算幫我善後的樣子。

「待我重新安置妥當，會將這具屍體火化，至於魂魄暫且由我管理，我派自古就有類似安魂的業務，陰間若向我要鬼，我再考慮要不要交出去。」女術士言下之意，譚照瑛的魂魄還是有些政治協商價值。

「陰間已經通緝祟殺活人的譚照瑛，怎麼您的話聽起來是他們不一定會來逮捕她？」

「因爲他們缺乏處理妖鬼的人才和手段，沒辦法用人魂審判標準，也沒有送其投胎的管道，要說關起來，牢裡也早就鬼滿爲患了。」女術士說完，令譚照瑛的遺體打橫抱起蘇亭山。

「那就拜託您了。」反正我和許洛薇對如今的譚照瑛興趣缺缺，她要是能就此消失，不管是被陰間抓走或魂飛魄散，都不關我們的事。

兩人一屍正要飄然遠去，我趕緊叫住女術士。

「能不能留個手機號碼方便聯絡？那個，好歹他是我的祖先，冤親債主的事還沒解決……」大咖辦事時我自知缺乏話語權，還好女術士沒啥架子，總得趁機搭訕，人脈永遠是好東西。

女術士定定望著我，然後唸出一串數字，我趕緊輸入聯絡名單。

「我治好劣徒後，會放他回來了結自己的因果。」

既然她給了我保證，我也怕耽誤蘇亭山治療，再者不論堂伯或陰間的追兵都差不多要趕到了，乾脆乖乖目送耿派師徒隱入大霧中離開，萬幸的是刑玉陽從頭到尾只是靜靜看著，沒有多加干預。

先和蘇亭山的師父打好關係，日後再來討他欺負許洛薇的帳。這是我的策略。

「刑學長，你還好嗎？」我見他盤坐著精神萎靡，趕緊過去關心。

「已經吸進去的瘴氣沒有淨化，回去後恐怕會生病。這個收好。」他把蓮花燈撿回來塞給我，我有點勉強地接過。刑玉陽跳過我啓動金光花雨的奇蹟，當然不是他剛好瞎了，按照我和學長們相處的經驗，這妥妥的是專案檢討的節奏！

溫千歲依舊垂首呆立，彷彿仍沉溺在方才的爆發中，那是他成神後再也不允許流露的眞實情感，某種意義上差點就全裸了，羞恥度應該是玫瑰公主的幾百倍。

許洛薇看看刑玉陽又看看溫千歲，「現在是什麼狀況？腹肌黑帶也來了嗎？」

「主將學長在房子裡。」我悶悶地說。

「那間超噁心的房子？那還不快去找他？」許洛薇遙望坡地另一邊，顯然她對綁架地點還是有些感應。

「我先收個尾。妳要是看到鬼差或妖怪來到附近就叫我。」

「沒問題！」

新生的許洛薇充滿大展拳腳的自信，可惜這次事件基本上已經落幕了，倒是我自己，要交代的事情堆積如山，唉。

「王爺叔叔，您還好嗎？」情急之下喊出他的本名，我也有點不好意思。方才在幻象裡聽見虛空中有道聲音這樣稱呼他，我就順便記起來了。

「嗯。」溫千歲懶懶地應了我一聲，披頭散髮的姿態更顯得嬌弱可憐，但我這輩子都忘不了王爺的厲鬼相，若在衛生觀念不發達的古代，這種散播瘟疫的恐怖存在肯定會造成生靈塗炭。

我的高祖父蘇湘水曾為民除害，降伏溫千歲的生父怨靈，被留下來供養的小疫鬼就這樣以亡靈之身看著母親結婚生子，建立完整家庭子孫綿延，唯獨自己是局外人。

溫千歲的心情想必充滿無人能解的寂寞酸楚，會憤怒嫉妒也是理所當然。

「對不起，我現在不能讓蘇亭山被鬼差抓走，我還有很多事情想問他。」

「隨便妳。」

「您的業障有改善了嗎？」我戰戰兢兢地觀察溫千歲，他身上的白衣神祕地復原了。

「算是吧。」

從溫千歲缺乏氣力的回答中可判斷出王爺和我一樣需要休息。「您要怎麼回去？」

「本王尚未落魄到這種程度。」須臾，溫千歲的鑼鼓隊抬著轎子出現，待溫千歲登轎後，餘下徒眾手持兵器護送，以同樣神祕的方式消失無蹤。

出乎意料的是，主將學長扛著昏迷的陶爾剛從防空洞走出來，他就像我們預料的中了幻術在譚宅上上下下打轉，是靠著水鴛鴦聲響、火花判斷牆壁位置與距離才找回神明桌，直接進地下室，那兒不受幻術影響，也如願找到他想抓的屏東胡家白手套犯人。

其實幻術也沒困住主將學長太久，該多虧他堅信房子就這麼大的唯物思考嗎？總之主將學長一如既往地可靠。

知道我和刑玉陽放走聞元槐的理由後，主將學長瞪了我們很久，才在堂伯人馬趕到的當下說了一句「好吧，就這樣」，感覺還是不太甘願。其實放走蘇亭山倒不是完全因爲徇私，首先我們根本不是女術士的對手，相反地多虧有她幫忙控場，才沒在奇蹟發生前就團滅，人家好處和面子都給了，凡事留一線，日後好相見，堂伯也稱讚我做得很好。

和現場團隊交接譚家問題後，我才聽說那些有法師也有鑑識人員的專家在路上都出了點狀況，不至於陷入危險，就是耽誤時間，只能說，哪怕我方有背景動用人力物力，鬼怪或術士也有很多手段能先手擾亂使之失效，這種攻防戰實在不是現在的我們玩得起。

於是伥鬼夫妻就交給專家處理了，團隊裡有張熟面孔，是崁底村的蘇醫師，陶爾剛需要檢查治療以及和女兒會面，因此約好自首的接洽人選由主將學長負責後，蘇家人暫時帶走陶爾剛。主將學長對此沒有異議，事實上，他認為這次自己沒做出有用貢獻，讓其他警察去負責陶爾剛也沒差，但堂伯說他不想暴露蘇家在警界的關係，再者主將學長的確親手抓到——或者說救出被綁架的陶爾剛，沒必要自謙，陶爾剛自首的最佳安排就這樣定了。

接著我們有志一同婉拒護送，駛著原來向堂伯借的那輛車直接回「虛幻燈螢」，車上剩餘的煙火則議定拿來慶祝救回許洛薇。

「反正蘇靜池沒在車裡裝監視鏡頭就算客氣了，行車記錄器已經是雲端連線了。」刑玉陽沒好氣說。

「我覺得堂伯有裝車內鏡頭哩！他的個性就是這樣。」不好了！我竟然當著監視器說出口。

「反正我說話他們聽不到。」身為非物質生物的許洛薇表示存在就是作弊她最狂。

「路上想吃什麼?」主將學長用一個炸彈話題瞬間帶走全體注意力。

回程仍是主將學長負責開車，刑玉陽照舊當副駕，準備在主將學長疲累時換手，我和許洛薇則佔據後座。

這次我沒空煩惱主將學長知道車上載著一隻紅衣女鬼的心情，因爲我剛上車躺好就眼前一黑完全斷片了。

Chapter 12 / 腹肌之謎

最後車子還是沒能直達「虛幻燈螢」，因為本人蘇晴艾陷入昏迷指數九的中度昏迷，主將學長乾脆跟上蘇醫師的車隊回崁底村，蘇醫師早有心理準備，直接為我上點滴，去急診室就免了，畢竟沒有其他醫師比這位長輩更清楚我真正的病因。

蘇醫師會出現在支援隊伍的理由不只是擔任團隊醫療後盾，我敢打賭他的任務就是專門確保我的生命。

如果蘇醫師知道ＡＲＲ超能力的祕密，他在蘇家權力網的層級就比我想像中還要高，不只是村裡的退休醫師這麼單純，然而能被蘇家族長信任，負責治療隨時可能猝死的雙胞胎，蘇醫師又怎可能是簡單人物？

「沒用上Epinephrine，比我預期的要順利。」這是蘇醫師對醒來的我說的第一句話。

「Epinephrine是腎上腺素，他的意思是想幫妳打強心針。小艾妳有那麼虛？被瘴氣吹到就快掛了？可是我看刑玉陽還全程醒著，雖然後來他也病了。」紅衣女鬼趴在我旁邊說。

許洛薇還不知道我有超能力的事。

「妳能不能背一些比較通俗的英文單字？」我必須宣洩這股三個禮拜沒吐槽她的衝動。

是的，我足足昏迷了一星期，期間很多善後進度都陸續完結了，我是剩下的那個大麻煩。

剛甦醒時我陷入全身無力的奇妙狀態，檢查過確定不是癱瘓，但我要花一分鐘才能從床上坐起來，站穩走一步就得耗費三十秒，光是上個廁所就令人抓狂，大概是超能力造成的後遺症，還好並非不可逆的傷害。

蘇醫師判斷復健反而妨礙恢復，最好盡量休息，勒令我只能以輪椅代步，順帶一提，我就住在堂伯家養傷，以及配合蘇醫師醫治ＡＲＲ超能力副作用的各種嘗試。

「就和我剛被妳從學校帶回老房子時的狀態一樣嘛！妳終於知道我當時有多不便了！」許洛薇看著動作有如人瑞的我說。

行動不便，我大多數時間只能躺床，趁機向許洛薇交代這段時間發生的種種情況，結果比起自己完全羽化變成怪獸，許洛薇居然更關心我和主將學長獨處的八卦，還不斷提議把客氣的戴姊姊約過來，爲她的暗戀製造機會。

至於我的超能力，許洛薇稱讚「阿克夏記錄開閱者」聽起來很炫，就是有點長，她決定幫自己的貓科變身命名爲「薔薇風暴毀滅天使」和我一較長短，總覺得她關注的重點不太對勁。

剛甦醒不能暴飲暴食的醫囑讓我淚流成河，長假還有剩的主將學長每天用輪椅推著我在鄉間小路上散步，下雨天也不例外，許洛薇則跟在後面狂笑，難道沒有人在乎我的尊嚴嗎？

還眞的沒有。

戴姊姊終於被負責保護她的殺手學弟與居心不良的許洛薇盧得心軟，陪殺手學弟南下來探望我，豈料殺手學弟第一件事就是趁主將學長不注意推著我的輪椅往外跑，找了處無人樹蔭傾吐肉麻情話，我只能褒獎他的辛勞，再度推辭學弟的錯愛。

殺手學弟一點都不尷尬，笑嘻嘻地看著我，這也是我最搞不懂的地方，這時候的他讓我想到許洛薇迷戀腹肌的傻樣，那份開心並非造假，正是太眞誠了，反而讓人難受。

「學姊妳還活著，我們還能見面聊天，這就夠好啦！」

他這句話有些陰暗，卻字字說到我心坎裡。我和殺手學弟在某些頻率上非常相近，這會讓我忍不住憐惜他，卻絲毫不想和他談戀愛。

接著雙胞胎就來搗亂了，我趁機從難以招架的曖昧空氣中脫身，不過讓戴姊姊和堂伯見面的主意倒是不錯，連我都很期待，果然旁觀粉紅泡泡才是王道。

再說，畢竟不是人人可看見許洛薇，身邊有個女性朋友又是我喜歡的年上姊姊，空氣就是不一樣。

計畫當天來回的戴姊姊被我眞材實料的苦肉計留住了，但她還是覺得非常不好意思。「這樣太麻煩蘇先生了，我可以找旅館或住王爺廟裡……」

原本戴姊姊在我甦醒前都不打算來看我，殺手學弟說她擔心到偷偷哭了，卻認爲自己對我的病情沒任何幫助，不願對我的老家造成麻煩，再說，刑玉陽這次也因中了瘴氣必須留在崁底村休養，戴姊姊的打算是找休息時間替刑玉陽看店，就算不營業，店裡依舊有些整理工作，老房子的菜園也要澆水除草。

「堂伯家很大，小潮和小波又寂寞那麼久，我也希望妳留下來。」反正戴姊姊工作的中醫診所背後勢力是蘇靜池，我向堂伯打聲招呼，戴姊姊就能請假了。

「可是……」

「這次尋找許洛薇過程中也遇到戴佳琬，我想當面和妳聊聊她，對於她擄走老符仔仙的事，當時的狀況和後續發展我得花點時間向溫千歲打聽，所以戴姊姊妳留下來對我比較方便。」戴佳琬如果連老符仔仙都吸收，不敢想像會變成什麼鬼樣。

提到戴佳琬這個災難，我和戴姊姊無法不嚴肅，她總算被我成功留在堂伯家，說好與我同進退，對蘇靜池還是一副目不斜視的客氣態度，淡定到連小潮都來問我是不是紅衣姊姊騙他，戴姊姊其實不喜歡他老爸。

蘇靜池對戴佳琬這個半覊半鬼的凶殘案例深感興趣，果眞對戴佳茵作爲家主一事很上心，認爲刑玉陽設計的家主防禦理念雖好，可惜未徹底落實，與其等男租客願者上鉤，不如由他安排一些壯丁進駐。

趁堂伯找戴姊姊討論戴家問題時，我請主將學長帶我去石大人廟，原因無他，溫千歲此刻就在臨海山丘城隍廟靜養。

剛從厲鬼化恢復的溫千歲無法像過去那樣工作，暫時還未恢復陰契，石大人仍代領境主事宜，兩位神明索性交換辦公室。但我去了城隍廟也只是看見溫千歲坐在屋頂上看海，呼喚總是沒回應，只得打道回王爺廟。

刑玉陽住在葉伯家，蘇醫師檢查不出他生的是什麼病，表現出來的病徵就像感冒，中醫所謂的「傷寒」。葉伯說瘴氣不是病，卻會讓人很容易發病，舉例而言，原本抵抗力好不會發作的帶原者或外來病毒細菌現在統統都會惡化，而且瘴氣會深入五臟六腑，要拔除不是那麼容易。

我和刑玉陽都中了瘴氣，我這邊超能力的損耗更嚴重，蘇醫師說只能一起調養了；刑玉陽的生病症狀不明顯，就是有些鼻塞、聲音沙啞和微燒。他畢竟是餐飲業者，擔心瘴氣會傳染給客人，沒處理乾淨前不能回去「虛幻燈螢」，就連其他人與我相處也得隨身攜帶艾灸懷爐和雄黃。

變成傷寒瑪莉真的很囧，更讓我深深意識到，將來絕對不能再讓溫千歲崩潰，實在是太危險了。

主將學長的假期剩不到三天，拜託他把敝人這個廢柴學妹載到王爺廟後就請他自由地……

去村裡的警察宿舍練柔道，又讓許洛薇在廟埕裡守著，我獨自進大殿等候石大人開示。

知道石大人可能是正神後，我不敢讓許洛薇和陳鈺面對面，偏偏她很愛跟，好不容易才讓許洛薇按捺下好奇心守在外面——柔道社缺乏新的腹肌小鮮肉，幸好崁底村道場還是未開發資源，再說主將學長在我老家就不是所向無敵了，道服被扯開的機率大增，許洛薇再度敗在肉慾之下。

確定許洛薇眞的是妖怪後，我依然得爲她謀出路。長翅膀的貓應該可以簽陰契吧？白峰山主還是條蛇呢！並非現在就要簽，但我總得先打聽好怎麼做。

我燃香祝禱，不意外沒有回應，求神拜佛沒幾分毅力怎行？還好我現在時間很多。葉伯不在廟裡，這位金牌乩童退休的長輩正忙著爲刑玉陽祓禊，四處拉神明關係找同道朋友幫忙，意圖合力在最短時間內搞定難纏瘴氣，也有點先拿刑玉陽實驗，成功了再幫我淨化的用意。

坐在廟公的辦公處，如今我確定將來至少會當一年神職人員了，要不要先看看籤詩設想將來如何唬爛解籤？我抱著這種無聊念頭開始打開背後抽屜牆，按編號一張張讀起籤詩。

約略讀到三十幾號後，我眼皮沉重，向後靠著椅背放鬆癱坐，堂伯要我練習定心，姿勢不限，更不能一昏沉就被超能力拖著跑，畢竟人類總是要睡覺。

再次張開眼皮時，室內已經很暗了，不知不覺晚上了嗎？我剛這麼想，立刻發現這裡不是原本的辦公處，而是更狹窄的磚房，只有一張木板床和桌子，非常老舊，卻似曾相識。

身體被魘住動彈不得，我只能勉強轉動眼珠子打探四周，慢慢想起其實我還在原地，這裡是尚未改建的石大人舊廟，陳鈺生前和我爺爺喝酒的地方，我以前曾夢過他們訣別的場景。

現在是神明託夢？反正不是超能力發動就好，我才恢復一半肌力，不能再退回全殘了。

桌上燭光異常耀眼，四周深濃黑暗使我看不清站在燭火後的那個人，至多只能辨識那朱紅的袍色。

「拜託不要抓走許洛薇。」我立刻這樣哀求上天的代表。

「這不屬於吾的管轄。」那道年輕男聲這樣說。

「許洛薇能像溫千歲那樣成爲境主嗎？如果可以，我該怎麼做才能幫她？」

「機緣尚未成熟，子姑待之。」

沒有否定，表示有機會？我只能這樣自我安慰。

「這盞蓮花燈要怎麼辦？是誰透過我驅動那盞燈？」我憋了很久還是想問，既然是可以偷窺阿克夏記錄的超能力，有其他高級存在透過阿克夏記錄遠端連線我毫不奇怪。

「此燈爲劫前之物，任務已了，吾等地祇受命觀察此類存在但不干預。蓮花燈金剛不壞，既然在妳手中綻放，便由妳收藏，隨緣即可。」石大人道。

後來我詢問堂伯有關石大人這段高深發言，勉強整理出白話文重點：劫前之物指的是這個宇宙誕生前的法寶，至少在佛教時間觀念裡是這個意思，蓮花燈其實不是銅材質，只是以實體出現時材質是銅，以後在世界上來來去去也可能變成黃金燈或銀燈之類。

已經被解放過一次，接著可能經過千萬年，蓮花法器還是一盞鎮壓妖物的銅燈，吸到目標腿軟沒力氣作祟的那種。因爲太神祕了天界不敢收，誰曉得現在沒電狀態的蓮花燈會不會隨便就把天人吸乾？劫前之物慣例做法是誰拿到誰負責，如果有危險再想辦法封印，這是石大人說的。

我對那句「如果有危險再……」的態度有點意見，「那萬一有人來搶蓮花燈，我又守不住，可以順其自然地丟掉嗎？」連神仙都不敢要的神祕骨董，人類拿著肯定弊大於利。

石大人沉思了一會兒答道：「可以，小艾不用勉強。」

得到神明許可，我鬆了口氣，希望蓮花燈隨緣而來也隨緣而去，說不定這盞神燈是溫千歲的機緣，借我的手啓動替他洗掉異常增長的業障，愈想愈覺得是這麼回事。

接著我就醒了，原來才下午而已，想多聊兩句也不行，眞不知是矜持還是忙碌的石大人。

主將學長回去工作後，瘴氣問題總算找到解決辦法，葉伯他們得到特殊消息說有處野溪溫泉可以洗掉瘴氣。至此看官覺得眼熟嗎？我第一次想幫許洛薇清洗鬼汁也是想到類似做法，只能說傳統總是有它的優勢。

之所以說特殊，是因消息來源就寫在一張蛇蛻上，應該和我們之前廣結善緣有關，這份回饋實在來得太及時了。

由於缺乏GPS座標，身爲王爺廟乩童，爲了收拾老闆闖的禍，水電工大叔在深山裡瘋狂找路，走到小腹都消了不少，差點發生山難，最後靠陰陽眼跟著幾抹疑似Utux（祖靈）的身影，找到一個知道怎麼去野溪溫泉的原住民獵人才搞定路線。

刑玉陽淨化成功後就先回家了，輪到我時還是水電工大叔帶路，有葉伯、殺手學弟和戴姊姊陪同，這時我已經能順暢走路，就是體力還未恢復最佳狀態，就算知道路線還是得爬山一天一夜才能抵達野溪溫泉。

淨化過程相當順利，除了許洛薇想脫掉紅色小洋裝泡湯失敗外，一切都很美好，最後玫瑰公主只好和衣下水，在我和戴姊姊泡妥離場後，她又找殺手學弟一起泡，大呼此生無憾。

前後我到該處野溪溫泉淨化三次才完全擺脫瘴氣威脅，最後一次我都輕車熟路帶著羊肉爐去煮了。雙胞胎也跟了一回，沿途用手機錄著雙胞胎開心的樣子給無法隨行的堂伯看，這時我才終於理解蘇家族長不自由之處，堂伯相信我們能保護好小潮、小波，沒有剝奪兒子們出門爬山的機會眞是太好了。

等我的超能力跟隨葉伯指導修行達到初步穩定，不會再胡亂暴走，瘴氣也徹底淨化，時序已經快邁入九月了，離開崁底村前一晚，大夥備齊炸物、飲料到石大人廟下方海岸放煙火慶祝，這是我的提議，希望溫千歲看見煙火能開心一點。

散會後我帶著宵夜折往石大人廟探望陳叔，以及向溫千歲告別，從譚宅回來後我和溫千歲還沒說上半句話，總覺得不能這樣一走了之。

敲了廟公宿舍房間無回應，機車還在，陳叔應該是睡下了，不知其中有無溫千歲的手筆就是。

轉身冷不防看見溫千歲站在廟埕外，我有些緊張，一時間竟不知該說什麼。

「妳說，將來我會成爲偉大神明？這是妳看見的未來？」溫千歲神色平靜地問。

「對……沒錯，我是看見了。」

「具體來說，有多偉大？」

「我也只是驚鴻一瞥，感覺很偉大。」我沒說未來畫面中，溫千歲外表是成熟的男子漢，根據我對王爺叔叔脾氣的了解，現在報告這部分細節對我只有壞處。

「啊，感覺。」溫千歲看著我搖頭。

「這陣子你在想什麼？是想蘇亭山的事嗎？」我忽然很想知道溫千歲眞正的想法，他願意回老家表示已經找到業障惡化的原因，而且接受現況不打算再有其他作爲。

「一部分是。」

「爲何他沒有轉世，和你以及許洛薇一樣都遺忘死因，而且也沒鬼差來引導？眞不愧是蘇湘水的大哥，法術天賦也很強。」除了和蘇星潮一模一樣的魂魄長相，與我的冤親債主相隔百多年的牽扯，會讓我往蘇家族長直系血緣近親猜「聞元槐」眞實身分的直觀誘因，就是那簡直不輸蘇湘水的法術能力了，雖然是用在邪門歪道上。

被冤親債主謀殺的受害者、擁有傑出法術天賦，能同時滿足這兩項特殊條件的蘇家人，貌似只有三歲就被害死的蘇福旺長子，蘇湘水的親手足。堂伯很遺憾地告訴我，湘水公之後，家族子孫裡沒一個會畫符鬥法。所以爺爺結交陳鈺這個好朋友，堂伯參加倫敦超自然神祕社團又聘請葉伯，說穿了也是需要法術方面的替代資源。

「本王那個年代，台灣地府規模、效率更爛，只要魂魄沒有留在屍體附近，就此淪落的野鬼不知凡幾，再者鬼神都厭惡穢物，不會靠近糞坑這種不潔之處，偏偏是那小鬼喪命地點，更別提心燈熄滅又無肉體，道行不夠的鬼差有可能看不見，聽見自己的名字也不懂回應，那就沒戲唱了。」溫千歲道。

「可是他一被我呼喚就有反應呀！」

「那是逆向將本名封印的邪術，大凡法術都需要以本名立誓，但本名被知曉就有可能中他人的法術，因此也有類似將本名封印，然而一旦被叫破傷害反彈會加成不知幾倍的做法，耿女道大約不知道蘇亭山本名，又要讓他學法術，乾脆順勢封印魂魄。」

「原來如此。我本來以為是魂魄分裂，一半轉世成小潮，一半還是野鬼所以失憶，而且因為魂魄不全，投胎的那個也活不長。或者類似《犬夜叉》的阿籬和桔梗這種。」術士魂魄長相太可疑，我死馬當活馬醫先賭看看再說，就算猜錯也可以詐詐對方，沒想到一次就爆。

「像蘇亭山那種痴魂不罕見，沒墮轉成魙或自然投胎的，後來大多流落到山裡變成魔神仔或類似的精怪。」境主來說鬼故事分量就是不同。

「所以蘇亭山就是王爺叔叔您業障惡化的原因對吧？蘇福全利用他來害您，這樣就能直接打掉崁底村的守護神，差一點雙胞胎就危險了！我和堂伯剛重逢時，他說過家族裡習氣或遭遇類似的人，容易吸引冤親債主的業，您和蘇亭山各方面都有點像，可能因此業障也產生連動。」比如說年紀小小就被謀殺，死後才學法術，脾氣古怪這一點尤其像！

「孩子，『有點像』這種渾話可不能隨便亂說，區區一隻奪舍野鬼。」

我接收到溫千歲的威脅了，趕緊點頭往嘴上比出拉拉鍊動作。

「對了，我在被那盞蓮花燈照到時也想起一些事，並非發生在這輩子的回憶。」溫千歲冷不防來了記回馬槍。「因而本王確定，引動我業障惡化的元凶就是妳，蘇晴艾。」

「冤枉啊！」這帽子扣得太大了，我本能反射先喊冤。

溫千歲凝視著我的眼神有別以往，哀痛得令我心慌，這時的他到底想到誰？

「您與我前世相識？」

「何止相識。」溫千歲回了令人超級不安的四個字。

「請問……是什麼關係？」我聲音顫抖。

「不是有超能力嗎？想知道就自己看。」溫千歲這時已收斂情緒，又是那個整死人不償命的邪佞王爺。

「昨日種種譬如昨日死，爲了前世這種雞毛蒜皮的理由冒生命危險太浪費了，ARR超能力風險那麼高，我才不幹。」我對前世來生興趣眞的不大，只希望這輩子能活得舒服些。

「我會想殺聞元槐，因爲那術士讓妳痛苦，我身上的業這樣叫囂催促。雖然記起的不多，總之，乖姪孫女，妳的未來會很有趣。欠了如此之多的債主，也算某種才能了，嘖嘖！」溫千歲說完搖著扇子往崁底村的方向走去，王爺沒入夜色的背影比過往更加輕盈瀟灑，看來他此番歷練的確是洗掉不少業障。

縮小的許洛薇從我被頭髮蓋住的後領爬出來，恢復原本尺寸，從頭到尾偷聽的她，表情和我一樣痴呆。

「小艾，妳覺得上輩子和他會是哪種不可見人的關係？」

「靠！不要自己亂加形容詞！反正不是親人就是朋友啦！」我已經夠亂了，不需要許洛薇來危言聳聽。

「我覺得妳前世可能常常騙人感情，他還說妳債主很多咧！小艾過去是花花公子，說不定這輩子你們身分互換，因果循環，報應不爽，所以妳以前其實是王爺，他是村姑～」

「憑啥我前世就是男的？」

「古早時代性別不平等，女子大多行動不自由，能騙很多男人除非是花魁，但我想像不出小艾妖嬌美麗的狐狸精樣，妳一定是男人啦！」

「那妳也是我的債主？」我用鼻孔噴氣。

「我說不定是妳娘。」許洛薇猛然抬起小臉說。

「我有預感接下來都是廢話。」

「娘希望妳練腹肌，錯了，是從軍立下戰功，爭個龍椅坐坐，但是妳這死紈褲只想玩女人，然後哪天酒池肉林時被奸細偽裝的侍妾暗殺，娘的心好痛！」玫瑰公主看著我的眼神充滿憐憫，我很想揍她。

「等等，村姑是什麼意思？」

「反應這麼快就不好玩了，哈哈！」現在的許洛薇不再有行動遲緩的問題，徹底利用阿飄優勢閃躲我的攻擊。

最後覺得跟許洛薇認真的自己很蠢，我將宵夜放進小冰箱，留了紙條告知陳叔我來過，按照預定計畫，第二天和玫瑰公主以及戴姊姊搭堂伯派的私家車一起回老房子。

許洛薇站在玄關大門外，等著我關好庭院門拎著行李走進來，眼前有些朦朧，彷彿回到剛被玫瑰公主收留那時，她也是這般站在門口等待怯生生的我踏入她的世界。

一陣芬芳冷不防襲擊了我，放下行李找了找，才發現今年春天我扦插的紅玫瑰無聲無息開了一朵，我從花萼下方不帶葉地摘下那朵紅玫瑰，朝她走去。

「哎，怎麼就摘下來了？放著繼續長多好？」

許洛薇的心境也變了，從前她只會催我快點上繳鮮花收成。

「現在半開是最香的時候，妳的最愛，沒忘記吧？」我說。

她伸出雙掌併攏，我將玫瑰放入她手心，許洛薇低頭嗅聞，頓時又露出覺醒成妖怪時那種令人費解的眼神。

「嗯，一直都好喜歡。」

我鬆了口氣，她依舊是我記憶中的玫瑰公主。

一切恍如隔世，我踏進老房子的第一件事就是洗澡換睡衣，磨咖啡豆，在沖泡好的熱咖啡中加入好多好多的砂糖和牛奶，這是我記憶中最能代表溫暖和幸福的味道，也是我第一天住進老房子時許洛薇帶我做的事。

悲劇發生之後，這間曾被許家略加修繕卻不曾有過大變動的建築度過安靜空虛的七年，我除了客房、浴室、廁所和菜園不敢踏足老房子其餘部分，生恐逾越免費房客的界線，食髓知味佔人更多便宜。

如今老房子裡又多出許洛薇追電視劇與戴姊姊做家事的細碎響動，以及小花窩在我大腿上的呼嚕聲，花貓伸直四條腿打了個大呵欠，重新盤成一團，此刻我不想煩惱超能力、冤親債主和前世破事，一心只願溫馨和平的時光無限延長。

自從堂伯那張十七萬支票變成存簿裡的數字後，我每天都散發出金色泡泡，雖然離清償學貸還有一段距離，至少數個月內不用煩惱基本開銷和急用了。

九月初早晨，我在濃重睡意中感到右前臂傳來陣陣刺痛，迷迷糊糊張開眼睛，發現小花正在咬我的手，帶點試探咀嚼的意味，但力道不小，是真的想要咬一塊肉下來。

「許洛薇妳在幹啥?」小花是罐頭飼料派,我很確定做壞事的不是貓咪。

感受到我的抵抗,以爲獵物要跑了的許洛薇立刻用盡全力大咬一口,我感覺貓牙陷入肉裡的激痛,用力抬手,半個貓身跟著被拉高,可見這隻貓死咬不放的程度。

我舉手往貓屁股用力搧了兩下,許洛薇這才鬆口,趴在床上對我咪咪嗚嗚地抗議。

「很好,還沒醒是不是?」我被氣笑了,看著手臂上的血洞,忽然想起被赤紅異獸叼在嘴裡時的冷顫。

許洛薇的魂魄原形,那隻角翼貓會吃人,這句話並非懷疑,而是我由牠叼人時的熟稔動作與人類對肉食猛獸本能恐懼感受到的事實。

等一下!我腦海中頓時閃過許多幕畫面,許洛薇迄今追逐腹肌時無所不用其極的狂熱,那份飢渴……

他喵的是食慾啊!

我跳下床,三步併作兩步拿起手機對附在小花身上的好友吼道:「許洛薇!我要把手機和電腦裡的腹肌照片全刪掉!不接受反對意見!」

紅衣女鬼立刻從貓身裡竄出來。「妳說什麼?不要啦!」

這廂我已經唰唰地刪起照片,無視許洛薇在一旁慌張跳腳。

「老實說，妳看著腹肌時是不是想吃裡面的東西？」我厲聲問。

「怎麼可能？那太噁心了吧！」許洛薇叫道。

我把鮮血淋漓的右臂伸到她面前。

許洛薇眼神立刻變了，她無意識地深呼吸往前傾，表情簡直就像吸血鬼。

「哈！妳騙誰？」我將受傷的手臂放到腰後。

「那、那是最近覺得妳身上有股奇怪的味道，總是香香的好像很好吃，我又不是故意的！人家對腹肌是純藝術欣賞，頂多舔一舔，又不會眞的咬下去！」

「不會眞的咬，那就是有偷偷想過了，這是病！得治！」

我不顧許洛薇的哀求，立刻將電腦裡的腹肌庫存一併銷毀，這才知道許洛薇上網看電視劇時還截了不少圖。同時許洛薇哀求不果，就像被老媽斷網的青少年一樣發飆了。

「哈囉！我已經死了，是能拿什麼作案工具去吃人？小花嗎？」

「妳現在不能再被神明那邊抓到任何把柄了！懂不懂？」

「不懂不懂不懂人家不懂！」她要賴的模樣非常故意。

「……妳要是不學著控制這種傾向，哪一天眞的壓抑不住，鬼能附身，到處都是妳的作案工具！」明明說正經事，許洛薇卻是這種態度，我氣得太陽穴青筋直跳。

許洛薇頓時收斂笑容，面無表情。「所以妳現在是不相信我？」

「非要對我說這種蠢話嗎？妳變身以後是什麼樣子，我們都很清楚，吃人那是本能，妳以前的糜爛表現沒資格做保證。如果妳能像刑玉陽和主將學長那麼自律，我就相信妳！」身爲她的前生活管家，我必須說許洛薇除了節食塑身、保養臉皮外，自制能力差得一塌糊塗。

以前我管理許洛薇的賴床逃課等種種惡習，她變成怪獸以後的吃人壞習慣，當然也要由我負責糾正！

「氣死我了！妳才莫名其妙！」許洛薇咻一聲消失。

就這樣，我們第一次爲腹肌吵架了。

我倒了杯水喝，處理完傷口，過了一個小時還是沒感應到許洛薇回屋裡的跡象，經歷過綁架陰影，我立刻感到不安，然而太快服軟馬上去找玫瑰公主，以後就沒資格和她談自制力問題了。

就連我自己也沒想到，過往玫瑰公主那誇張又好笑的腹肌癖好裡潛藏著那樣凶險的慾望。

爲何她就是不明白我的苦心？

蘇亭山已經明說，陰間不會來帶非人類的許洛薇去投胎，特別如玫瑰公主這樣一個魂魄究竟該何去何從？在我採好許家水溫前，也不能貿然將事實告訴她的父母，從現在開始我得步步爲營。

連戒掉腹肌這種事都不肯配合，只表示許洛薇根本無心當人類，遲早有一天，我無法在她身邊監督，就算我相信她做不出親手獵殺活人的惡行，保不定有心人利用許洛薇的食癖控制她。

光是看得到吃不到的腹肌對許洛薇來說就是毒品了，萬一她遇到毒販怎麼辦？甚至不需要是術士，只要喪心病狂敢以人肉爲餌的存在都能拿捏化爲凶獸時的她。

人類可是連狼群和鱷魚獅虎都能馴服的詭異生物。

我一想到這些可能性就著急，根本無法壓抑情緒好好說話，從許洛薇一戳就爆的惱羞反應看來，她可能餓很久了，偏偏挑我早上睡得正熟時咬人，難道我也被刑玉陽傳染起床氣？

「煩死了！」我抓亂頭髮。

樓下響起敲門聲，我趕緊用最快速度梳洗換衣服，庭院入口只有串上鐵條沒設鎖，陌生人不太可能走進來才敲門，難道是戴姊姊回來拿東西忘了帶鑰匙？若來人是沒禮貌的推銷員或宗教人士，就休怪我不客氣了。

「誰？」我來到客廳大聲問。

「是我。」

聽見熟悉的聲音，我垮下肩膀吐了口氣去開門，果然是打扮得容光煥發的主將學長，大概是引導陶爾剛自首的事進行順利，他看上去剛剪過頭髮，果然人逢喜事精神爽。

「學長你來之前怎沒先打電話給我？」主將學長平常聯絡細節很到位，我下意識感到有點奇怪順口問。

「來的路上發現手機沒電。」

「所以學長是下火車就直接過來找我？」如果他先到過刑玉陽家就不會有手機沒電這種困擾。其實他可以用公共電話叫我去接送，省得花一筆計程車錢。

「嗯。」

「那別杵在門口，我們進屋再聊。」我很自然地這樣說。

他伸手擋住我，「許洛薇現在……在裡面嗎？」

身爲麻瓜的學長知道學妹一直和死去的千金小姐住在老房子裡，會不自在很正常，他沒罵我已經很好了。

「她剛好出去了。」我貼心地保證。

在老家療養時，我卑鄙地利用苦肉計迴避紅衣女鬼話題，主將學長也沒逼我，雖然紙已經包不住火了，但我就是沒勇氣和主將學長面對面討論許洛薇的種種，最後總算找到一個解決辦法，由刑玉陽來回答關於許洛薇的問題，只要他知道的都可以告訴主將學長。

主將學長不置可否地接受了，我也沒確認他到底從刑玉陽那邊知道多少。鬼魂靈異之事原本就是我不希望被主將學長介入的領域，拖累刑玉陽已經讓我過意不去，要不是許洛薇被白眼發現了，原本我一樣無意向刑玉陽求助。

「那就打擾了。」

主將學長一進客廳就坐著不說話，這一點都不像我心目中殺伐決斷的柔道社之鬼，我開始懷疑他可能中邪了，默默提高警戒。

「學長你還好嗎？」

他忽然挺胸坐正面對我，我跟著屏氣凝神。

「小艾，以前我對妳說，希望請妳幫我追一位女孩子。」

「學長，你確定目標了？」沒想到他舉止失常是因爲這個理由，好像可以理解，主將學長畢竟也是男生，會緊張表示他認眞了。

記得主將學長好像是第一次追求異性來著？不知誰是那個幸運兒？

「之前就確定了，只是還無法下定決心。」他說。

「有那麼難追嗎？」我們家柔道社社長可是被千金小姐許洛薇哈得要死要活的男人，更別提無數愛慕者堆起的圖騰柱了，我無法想像主將學長沒自信的樣子。

他點頭。

「沒關係，學長，我們可以慢慢討論，你之前為啥沒辦法下定決心？你們年齡身分差異過大？她非單身？」還有某種可能會是主將學長難以克服的高牆：對方喜歡女孩子，性向不合沒話說。

「年齡身分差異還好，她也是單身，但她的遭遇有些特別，我這輩子可能都保護不了她，這是我之前遲遲無法下定決心的主要原因。如果我不能保護她，還有資格追求她嗎？」

噢，這對主將學長來說確實是致命傷，倒不是說女生就得被男生保護，而是主將學長這個人天生就是要保護大眾，更別提他的親密伴侶了。

「如果是我會說你一定有資格，保護有很多種，我覺得學長你不可能保護不到對方，應該是你太執著形式了。」我拿出充當許洛薇戀愛（狗頭）軍師的豐富經驗建言。

「但是我的工作時間的確很長又不固定。」主將學長露出煩惱神色。

「她很需要人家陪伴嗎？」

「我認為她需要陪伴，但她本人表現出不需要的樣子。」

「聽起來性格滿倔強的，像刑學長那樣嗎？」雖然發言有點英雄主義，但主將學長本來就是英雄，ＯＫ的，我繼續記錄。看來主將學長有吸收以前冷落筱眉學姊的教訓了。

主將學長臉色瞬間黑了一下。「是有點像。」

「陪伴問題常成為導致情侶分手的原因沒錯，太黏或過度放生都不好。假設你們已經交往了，學長你要怎麼克服陪伴對方的難題？」我很現實地問。

「我希望她能過來和我住，這樣我們就能增加相處時間。」

這個猛！

「學長，你覺得女方會答應同居嗎？」

「拒絕機率接近百分之百。」

主將學長看來已經將目標心理捉摸得差不多了，我能給意見的空間愈來愈小。

「那先回到答應交往的環節，總得先追到才有下一步嘛！」目前確定主將學長準備開放全面寵愛模式，他敢開口要女朋友搬去同住，就是打算負責女方配合搬家的損失了，應該是同縣市的對象吧？否則一口氣要女方割捨工作、交友圈和原生家庭好像有點過分？

我忽然從細節處感受到主將學長心儀之人正活生生存在著的衝擊。

胸口有點悶，以後主將學長就不是大家的，而是某個女孩子的專屬守護者了，不過上班時間他還是人民保母。人為什麼要長大呢？但主將學長就是這樣努力生活，才會是我最敬佩的對象。

「她非常不容易相信別人。」主將學長看著我說。

「等她熟悉學長的一切，一定會很相信你。」我趕緊鼓舞主將學長。

「她目前已經相信我了，一開始不容易，我花了半年時間才讓她卸下心防，之後相處愉快。」

「所以學長你們是熟識喔？」回頭想想近幾個月的忙碌程度，主將學長還能分心認識足以令他心動的新女生未免太扯了。

「大部分時間都是友情互動，最近一年認識更深才漸漸希望不只是朋友。」

「這個我懂。」在下也最喜歡看友情轉愛情的小說設定了。

花了足足半年時間讓對方卸下心防？那一定是主將學長在工作場合或通勤圈內認識的優秀女性了，女警的可能性很大，主將學長不喜歡太柔弱的類型。

「小艾，妳真的懂嗎？」

主將學長瞇起眼睛，壓根不相信的模樣，我不得不用力保證：「既是戰友又是戀人的關係很棒！」

「總之，我想要『戀人』的關係，但這似乎希望不大。」

「你說她單身，難道是有其他喜歡的人或曖昧對象？」

他雙手放在茶几上，向前微微傾身，這種姿態讓我有點呼吸不順，太具攻擊性，過於專注的眼神更是令人忐忑不安。

「她和阿刑交情很好，我不確定在她心目中，我和阿刑誰的機會大些？」

我呆愣了足足十秒，一句話不經大腦直接衝出口：「我去泡咖啡！」

回過神已經站在流理台前，心臟怦怦跳得很大聲，我往美式咖啡機裡倒冷開水，開始熟稔地磨咖啡豆，大腦處於關機前置作業中。

嚇死人了！談得好端端的怎麼忽然冒出刑玉陽的名字？

主將學長似乎暗示和刑玉陽喜歡上同一個女孩子——還是指那個女生可能喜歡刑玉陽？該死，那句話未免太曖昧了，不能講得更清楚一點嗎？

主將學長交遊廣闊，問題是刑玉陽這人很孤僻，同時符合與兩人交情很好的女生就罕見了。不對，刑玉陽再怎麼孤僻也是有朋友，先入為主假設他的朋友都是男生這樣不太好，主將學長指的應該是他倆共同的女性朋友，只是我不認識而已。

等一等，說不定我還眞的認識，但是戴姊姊早就一次打槍兩名學長了，何況她和主將學長互動遠少於刑玉陽，說點頭之交還成，絕對談不上熟識，亦不符合認識超過一年的條件……怎忘了還有個隱形人選！

大學四年和主將學長的柔道社風雨同舟，換句話說和刑玉陽在同一間學校待了三年多，人長得正、柔道技術強悍而且沒有公主病的敏君學姊！更巧的是畢業後敏君學姊也在北部工作，和主將學長相對距離不遠，刑玉陽也常常北上找主將學長切磋武術。

友情深厚，符合！個性倔強，符合！不能保護，符合！敏君學姊是蝸居派，侵入者含保鑣一律親手驅逐。拒絕同居，必然只能如此！因爲敏君學姊的耽美收藏和封印解除的姿態只有同好與同人誌協作者能看見。仔細回想敏君學姊創作的ＢＬ小說裡好像有個美型男主角挺像刑玉陽。

我就說異性戀男人怎會對和好友牽個手就那麼敏感，假設刑玉陽也認識敏君學姊，被科普過耽美之道，就能解釋他炸毛反應的由來了，要是我當初有把合照拿給敏君學姊，應該更早就能得知這些額外的學長姊朋友關係。

假設主將學長心儀對象是敏君學姊，那還眞是需要找我幫忙的大挑戰！

我在咖啡香繚繞中無意識停止研磨。並非陌生人，而是我信任的學姊，眞是太好了……

盯著熱咖啡滴進玻璃壺，莫名寒毛直豎、全身緊繃，我小心翼翼轉身，赫見主將學長站在背後。

「學長你靠近都不打招呼，萬一我反射動作打人怎麼辦？」

「妳該直接動手的，在想什麼這樣專心？」主將學長順口批評我的反應能力後問。

還能想什麼？柔道社內最大八卦！主將學長的感情歸屬！

「敏君學姊和刑學長交情何時變那麼好？」我試著想像，還是沒辦法把這兩人放進同一個視窗。

主將學長錯愕，「爲何忽然提敏君？」

「學長你喜歡的女生不是敏君學姊嗎？」我也跟著錯愕，難道眞的是我不認識的陌生人？

「妳忽然走開，我以爲妳懂了。」

「懂了啥？」我頭皮發麻。

「我說的人是妳，小艾。」他朝我踏近了一步。

我退無可退地抵著流理台，抬頭望向一臉堅決的主將學長。

「學長看起來不像被附身，可是你今天太奇怪了！」

「我再問一次，爲何妳會聽成我喜歡敏君？」主將學長沉下聲音，雙手壓在流理台邊，正好把我箍進中央，我只能拚命後仰。

「因爲不可能是我呀！」我老實說出眞心話。

「為什麼不可能？」主將學長放柔音調，目光溫柔，但雙手半點都沒有鬆開的意思。

「不知道，反正不可能。」我無法思考，只能高舉唯一殘留的想法。「說不定，學長你只是同情我才產生錯覺。」

「……」主將學長閉眼深呼吸，我好像惹他生氣了，但我怎麼想都覺得這是最接近事實的可能性。

「這個社會上有很多人無家可歸或被家庭牽累，部分人們有過不堪遭遇，更別說數不清的生病傷殘案例，好手好腳的妳還不至於讓我同情，蘇晴艾。」他對我說話時近得不能再近，我只能用力點頭懺悔。

「我只是想要妳，討厭讓別人碰到妳。」

他說完把我抱起來放到流理台上，我已經對主將學長一連串言行嚇傻了，他緩緩俯身時我瞪大眼睛，主將學長感到困擾似地用手掌蓋住我的雙眼，視野頓時只剩下溫暖的黑暗。

嘴唇傳來柔軟的觸感，鼻息微微撲在臉上，我全身僵硬，一時間只想到主將學長沒有任何箝制動作，是默許我還手的意思對吧？戰或逃？

沒有欣喜或嫌惡，只感到劇烈的心痛，痛到無法動彈，我註定要拒絕這個男人，這麼快就到了盡頭嗎？不能當學長學妹，那就什麼都不是了。

我終究還是選擇推開他，正要付諸行動，後方廚櫃忽然竄出一道灼熱力量直擊我的脊椎，過往只是熟悉溫和地融入，這次卻是滔天火焰浪潮，第一波就把我拍到意識邊緣，下一秒我已經跌坐在廚房地板了。

渾身涼颼颼的像沒穿衣服，舉起手，衣服還在，卻不是我今天穿的那套，而是手縫綁帶式白色棉衣，和我平常穿的道服很像，只是比較薄，袖子更寬，下襬更長，抬頭看前方，我結凍了。

流理台上那個「蘇晴艾」二話不說反守為攻，摟住主將學長脖子火辣辣深吻，主將學長雙手舉在空中像是投降，沒有進一步動作，完全是任君採擷狀態。

「許洛薇！妳住手——不對，給我住嘴！」我慘叫。

可惜主將學長聽不見靈魂深處的呼喊，奪舍成功的許洛薇則故意用更激烈的嘖嘖聲回應，我要氣死了！這混蛋色貓！

我居然忘記貓科動物最擅長隱匿，埋伏在廚房裡忽然附我身就算了，還把我踢出去，許洛薇到底想幹什麼？

熱吻的兩人分開時，唇上還牽了條銀絲，我衝鋒了三次，都在靠近自己的身體一公尺外就被神祕熱浪擋開。

「我們換個地方聊天好不好？這裡是許洛薇的房子，戴姊姊今天排休去買菜隨時可能回來。」許洛薇行雲流水地撒嬌，此時我的身體氣喘吁吁、眼睛水汪汪的。她打算假扮成我！還演得這麼爛！

「……好。」主將學長一個字令我石化。

許洛薇牽著他的手走出去，偷偷轉頭對我投下示威的眼神。須臾門外傳來機車發動聲，許洛薇拿走我的機車鑰匙，叫主將學長載著她離開了。

主將學長，你的自制力和道德操守離家出走時，也把嫌犯雷達拿走了嗎？

我的黑歷史今天正式宣告進入世界大戰。

Chapter 13 / 第二個吻

魂魄離體的衝擊不亞於主將學長的告白，忽然被親還被趕出身體，該崩潰也崩潰過了，我現在只想用最快速度解決問題。

伸手往家具一揮，馬上穿透，隔空移物鍵盤求救……想太多。我直衝大門，忽然被擋住了，難以言喻的觸感，宛若大門變成一座山，門外則陷落成地下二樓，空間感果然變得很奇怪。

我退後十步助跑，臉被撞扁也要出去！拚了！眼前景物像是絞碎的紙漿，回神後我已經在屋外了，卻是趴在菜圃上。我站起來離開老房子，幸好不像許洛薇說過的柏油路像沼澤，電線桿扭來扭去，眼前的景物大致上穩定，腳底觸感像走在水淹及踝的馬路，我不由自主地搖晃前進，有點醉酒的感覺。

好不容易恢復平衡，我拔足狂奔，目的地直指「虛幻燈螢」！

平常騎車抄近路十分鐘便可到達刑玉陽的咖啡店，用魂魄狀態跑步，卻遇到馬路被大河攔腰截斷的奇幻畫面。聽雜貨店老婆婆說過，附近稻田一百年前其實是河流，後來河川枯涸形成荒地才被先人開發，古老舊河道在鬼魂眼中重疊存在，類似的時空雜燴還有很多，可能不同鬼魂看到的程度不同，再說我是生靈，眼中景象不見得和死靈一樣。

我沒自信直線涉水，只好繞路。許洛薇平常到底是怎麼跟著我騎車通過？

「這裡我已經很熟了，不能慌！頂多慢慢走，不會迷路的。蘇晴艾，Fight!」

學長們的魔鬼訓練發揮了效果，我邊背經邊思考經文意涵，一心只想著通向刑玉陽家的路線，後來又遭遇各種障礙，足足耗費一個半小時才抵達「虛幻燈螢」。

咖啡館大門深鎖，現在應該是營業時間了，老天爺別玩我！這時候刑玉陽可不能臨時歇業！

「刑學長！我在這裡！你家門口！救命啊——」我用力拍門，明明是木頭庭院門，拍起來卻像厚重石壁，當鬼實在太慘了，怎麼拍都沒聲音。

這時候許洛薇和主將學長火車都不知開過幾站了，我不敢再想下去，決定爬進去確認刑玉陽到底在不在家！

圍牆此時有三層樓高，這是結界效果嗎？還是我靠近「虛幻燈螢」時被結界影響變小了？我開始找踏點，抓著牆面長出的腎蕨，這時竟微微產生摳到東西的觸感，雖然無法穿牆，勉強也讓我攀附而上。

一想到「虛幻燈螢」庭院外牆可能每天都有鬼仔這樣爬，我就由衷佩服刑玉陽還睡得著，難怪他會這麼神經質，現在我的入侵動作連自己看了都會怕。

「反正掉下去又不會死！」以後絕對要去練個攀岩！我縱身一躍，居然飄起來了，差點正中螢火蟲棲息的生態池，降落在池邊大石時我全身發軟。

刑玉陽只能靠白眼，聽不見魂魄說話，即便如此我還是不死心地喊著他的名字，最後站在掛著風鈴的落地窗前向內窺探，一樓還是休息狀態，椅子皆倒置桌面方便拖地。

我來來回回踱步，又跳起來伸手亂撥風鈴，奇蹟發生，風鈴不但響了，還響得又快又急，接著刑玉陽穿著睡衣下樓，一臉陰森，手裡拿著木刀。

大哥您冷靜點好嗎？我差點直接鑽進樹叢，刑玉陽僅是隔著落地窗警戒地看過來。

莫非他認不出是我？低頭摸著胸口，心燈熄滅了，雖然胸前也沒有多出黑洞，但刑玉陽曾說過初次見面時如果沒有許洛薇干擾，他開白眼後應該會看不見我，這下糟糕了！

刑玉陽殺氣愈來愈重，我豁出去開始比劃柔道動作，不忘加上他教過我的入身摔。

他打開側門走出來，沒了玻璃屏障我有點抖。

「施主你先放下屠刀，有話好說。」雖說現在我沒有實體，總覺得被他手裡的木刀打到會出事，都有特製柏木棍，再來把桃木刀也不奇怪了。

「是妳？」刑玉陽不敢置信地問。

我拚命點頭。

「蘇小艾！妳怎麼把自己弄成這副蠢樣子！」果不其然，他立刻飆吼。

這次是被許洛薇偷襲，我滿腹委屈，挖空心思比手畫腳，刑玉陽偏偏看不懂我要表達的意思，本來就又累又氣又著急的我終於理智斷線，對他豎中指奔放地抒發我的情感。

只有這個國際手勢接收無誤的刑玉陽大不悅，舉起木刀往我肩膀敲，動作看似沒有出力，我還是瞬間跪了。

被他一敲我整個清醒，這時候得罪救星還要不要混了！我順勢合掌朝刑玉陽猛拜，「拜託你先找個溝通辦法！啊，我不要附身也不會附身，最好找個能聽見的靈媒。很急！非常急！我，不對，主將學長的貞操有危險！」

我們一直雞同鴨講，他垂下木刀無言站立，整個人陷入原因不明的心理掙扎。

「有個辦法可以短暫提升我的白眼能力，完全看清特定的非人也能自由溝通。」他從暴風雨狀態忽然沉靜下來的模樣令我好不習慣。

「那就快做啊！」我這邊可是火燒屁股中，就算他聽不見，也該知道我在催促吧？

他久久不接話，我小心追問：「是不是需要珍貴材料或特殊時機，比如滿月新月之類。」

「妳是問條件？有一個，做起來也不難，現在就可以開始。」刑玉陽的聲音聽起來興致不高。

我用雙手比著ＯＫ，只要能快點阻止許洛薇用我的身體造成不可挽回的糟糕事件，要我怎麼配合都可以。

「我只給妳一次機會，如果失敗我直接幫妳聯絡蘇靜池。」刑玉陽愈說愈勉強，他那金光閃閃的道義怎麼忽然縮水了？

我再度用力點頭，心想他答應得那麼勉強，難道是會減壽之類的禁斷方法？在這之前，無論多凶險的戰鬥，刑玉陽的確從來沒使出這類絕招，這樣一來反而換我遲疑了。

我退了一步，努力用誇張口型拼注音確認：「會不會ㄐㄢˋ——ㄕㄡ——？」

刑玉陽好不容易讀懂關鍵字了，該慶幸我的解析度比許洛薇高嗎？

「不會減壽，沒什麼副作用，只是我不爽這個方法罷了。是妳自找的，事後不准抱怨。」

我當少爺您的免費服務生報恩都來不及！別磨嘰了快點！

「站著別動，閉上眼睛。」他吩咐道。

我立刻比電線桿還筆直。

眼睛是閉上了，怎麼還看得到？這一分心，我竟忘記魂魄出竅後自己到底有沒有閉過眼睛了，此時我的眼皮好像透明一樣，完全阻擋不了視線，這是刑玉陽說過的人死後會感官混亂的意思嗎？被強制剝離的生靈也非毫無影響。

刑玉陽站在我面前愈靠愈近，閉不閉都一樣，我不小心又睜眼，魂魄眞難控制。

「我不是叫妳閉上？」刑玉陽惱怒。

「閉了閉了，人家有點緊張嘛！」我舉手蓋住眼皮往下抹，刑玉陽沒再挑剔，應該是從他的角度看我已經閉眼了。

有點心虛，好像在偷窺，我也是身不由己，頂多假裝看不到囉！

他俯低身子，偏著頭似乎在瞄準，低垂的睫毛又長又密，近距離觀察奇異的白眼更震撼了，雪白燦爛，有些透明析光，像是某種銀和冰交融的結晶，長髮已經先一步滑落，髮梢瞬間掃過我的臉，引發巨大的顫抖，我死命忍著不動，可是刑玉陽的動作爲何那麼奇怪？再過來就要親到了！

該不會他就是要親我？

正要跳開時，我猛然想起刑玉陽事先警告只有一次機會，因爲他不爽一直試，莫非強化白眼需要這麼坑爹的儀式？

要相信他嗎？坦白說刑玉陽比較吃虧，天地良心！我也不想佔他這個便宜，但不解釋清楚就逮不到許洛薇，只能委屈刑玉陽了，想成和ＣＰＲ訓練的「安妮」嘴對嘴，是急難救助！當距離剩下不到五公分，刑玉陽驟然停住，我則萬分緊張地等待。

他宛若睡著般紋絲不動，剎那間世界彷彿變成空白，一道人形從刑玉陽身體裡探出來，幅度很小，我則因眼前奇異無比的風景呆若木雞，任那魂魄吻上我，渡來一口冰凍無比的氣息。

原來不是左眼會變白，實際上他整尊都是白的啊啊啊——

刑玉陽用魂魄渡完氣息就退回去了，我沉浸在驚鴻一瞥的衝擊中，內在的他是個渾身散發微光的雪白少年，看上去只有十七歲，和我大一記憶裡在柔道社中匆促相遇的小白學長模樣很接近，刑玉陽魂魄卻讓我想到許洛薇轉變的赤紅異獸，兩者俱散發某種不屬於凡間的氣質與令人窒息的壓迫感。

刑玉陽知道自己真正的模樣嗎？我忽然冒出這個疑惑。

「我沒特別訓練元神出竅，只能移動少許。直接接觸、把氣息吐進對方的體內，我就能和目標交流，現在我看見妳了。」刑玉陽說完後滿臉烏雲，死盯著我不放，表情也有些訝異。

「妳……」

「我怎麼樣？」

「算了，那不是重點，蘇小艾！」

「有！刑學長，我胸口在發光！是你吐的那些氣嗎？」是否表示這些明亮氣息散掉以前刑玉陽都能和我自由溝通了？暫時當個三瓦燈泡也不錯。

他轉身走回室內，我趕緊跟進去。

怎麼辦？氣氛非常不對勁，我努力不去介意一天之內喪失肉體和靈體的初吻這種冏事，眼下捉住那頭色貓嚴懲更重要，可是刑玉陽喊完名字就不理我了，話題還怎麼繼續？

「學長，你睡過頭剛剛有刷牙洗臉嗎？」我不知哪根筋不對勁說。

刑玉陽額角青筋盛開。「我早上五點就醒了，運動完沖澡換回睡衣就一直在靜坐！」

原來昨晚他的九點半客人——本尊會被拿香拜拜的那種——包場喝咖啡批公文到夜深人靜，順手起了個卦後建議他明天休店為佳，向來注重趨吉避凶的刑玉陽自然從善如流。

「還好你休息時間沒出門。」我拍胸慶幸。

「我總得弄清楚卦象暗示會發生什麼事，原來就是指妳！」刑玉陽瞪我。「還能說垃圾話，我看情況也沒多緊急。觀看阿克夏記錄時控制不當弄到魂魄離體？蘇靜池要我用白眼小心妳出現這種情況。」

「我和許洛薇吵架，她故意整我。」我癟著嘴公布真相。

「我早就知道會有這麼一天。」刑玉陽眼神開始結冰。

「她不是真的奪舍啦！」我趕緊保證。

「妳都變成影子了還替她說話？許洛薇應該知道生靈離開身體保護對魂魄不好而且有風險，這事能亂開玩笑嗎？倘若她真奪舍了妳要怎麼辦？」他拿來一杯鹽塊放在我面前。

「她不會想和我的親友團對幹的，有溫千歲和石大人呢！」我的答案很現實。

伸手想去摸鹽塊，印象中涼冷的鹽，此刻對我來說卻散發著神祕熱氣，刑玉陽拿淨鹽出來應該不是要驅逐我吧？九月全台天氣炎熱，沒曬到日光時魂魄的我竟然覺得很冷。

「有多燙？」

我趴在桌面湊向鹽杯，瞇著眼睛做出舒適的表情，「比暖暖包熱一點剛剛好。」

「覺得人間陰冷難當，靠近淨鹽時會被燙傷是死靈特徵，退縮幅度愈大表示魂魄惡化的程度愈糟。目前妳的魂魄應該還好，但還是得盡快拿回身體。」刑玉陽不打聲招呼就替我做完魂魄健檢了，還順便教我生靈和死靈怎麼分。

哪怕是一杯普通鹽水，健康的好手和受傷流血的爛手泡進去，滋味絕對天差地別，刑玉陽不清楚來龍去脈，只能先鑑定我的狀況。其實淨鹽不會對善鬼、普通人魂造成傷害，頂多是程度不同的警告，用在惡鬼身上效果就不同了。

「妳和許洛薇為何吵架？」刑玉陽問。

「還不是為了食物，我希望她可以對肉減少慾望。她是妖怪，原形長得像貓就算了，為何長角還有翅膀，尾巴上也有倒刺？我思考很久，可能是為了攻擊比自己體型大得多，或者有鱗甲的厚皮生物，類似恐龍之類。專吃人的話根本不需要那些構造，但她如果為了狩獵更大更強或會飛的食物擁有高度殺傷力，又爲何要吃皮薄脆弱的人類？」我有點恍惚，不知爲何只要一想到許洛薇前世還是妖怪時會吃人的事，精神就很難集中。

「妳看見她吃人了？」刑玉陽追問。

「在譚家那天我ＡＲＲ超能力發動對象不是她，但我感覺得出來，她還是活著的妖怪時吃過人。萬一她吃人是爲了娛樂或嗜好，難道我不該強力禁止她盯著型男的肚子看，滿腦子想著腸子和肝嗎？」愈想愈不甘，明明是爲她好！

「就算這樣妳還是要和她在一起？」

「前世的事歸前世，你上輩子也有可能不是人呀！」我趁機小小試探刑玉陽。

他對前世話題沒產生特殊反應，或者就算有，也沒讓我看出來。

「事發當時，鎮邦來找妳，你們正在談話，許洛薇從後面偷襲附身，將妳踢出身體，然後帶著鎮邦走了？」

「對！」

「這種漏洞百出的證詞妳期待我會信？鎮邦跟著上妳身的女鬼離開？哈！」

我在刑玉陽的嚴詞拷問加上擔心遲了事態無法挽回的恐懼之下，痛哭流涕還原眞相。

「許洛薇挑他親我的時候偷襲，誰防得到啦！」

刑玉陽沉默兩秒，再度暴怒。「蘇小艾，我怎麼教妳的，被人親了爲何不馬上打回去？」

可是、可是——那是主將學長啊！我搞不清楚狀況前就被遮住眼睛，等反應過來要反抗了，偏偏被許洛薇打斷動作，明明也不是歡迎光臨，被當成花痴我難以心服！再說換刑玉陽親時我也沒還手！仔細想想或許應該意思意思裝個嬌羞，我是不是讓刑玉陽沒面子了？

「他要是一上門就強吻，我一定當他中邪全力反擊，可是主將學長說了一堆話，我還以爲他要我幫忙追喜歡的女生，丟了一堆線索就是沒講名字，正在想他到底喜歡誰，他就告白了，然後……我靠！這算犯規對吧？」我後知後覺猛然叫道。都怪主將學長這次進攻節奏太古怪，就像大家都比完柔道下場了，忽然在場邊出陰招掃你腳一樣。

「妳完全不知道他的心意？」

「嚇都嚇死啦！刑學長，我會那麼矯情知道還裝傻嗎？」我眞的生氣了。

刑玉陽雙手抱胸深沉地看著我。

「蘇小艾，妳自己數數，去過他家幾次？」

「你從月台樓梯摔下去手術住院那時一次，被戴佳琬拔指甲一次，還有主將學長中符術淨化後重感冒一次，總共就三次而已。」我陳述去主將學長家的原因，不是當看護就是被看護，總是有人受傷生病，害我都覺得主將學長家像是回血復活點了，雖然每次去都留宿好幾天，但我和主將學長之間的互動絕對清白，誰虛弱誰躺床，另一個就睡客廳沙發。

「要是丁鎮邦對妳沒興趣，妳連半步都踏不進他家門口，他絕對有辦法安排妳的住宿問題。」

我張口結舌震驚至極，半晌，只能乾乾地擠出一句話：「可是，許洛薇都有跟我一起去。」

「當時鎮邦知道家裡還有個看不見的第三者嗎？」刑玉陽冷諷。

「對不起，我錯了。」就是因爲主將學長不知道有第三者正巴巴地覬覦他的腹肌，四下無人時依舊保持著恰到好處的禮貌距離關心照顧學妹，我才會深信他就是世界上最完美的學長。

「不，妳沒錯，我今天已經確定，妳果然不是談戀愛的那塊料。」刑玉陽這句話不知爲何語氣異常篤定。

「我也是一開始就這麼認爲。」這部分我沒啥好可惜的。

「目前情況是，從大一就開始暗戀鎮邦的許洛薇，霸佔好友身體後，把一個能正面幹倒柔道國手的強壯警察引誘到未知地點。妳剛剛那麼焦急想說什麼？」

「糟了！學長你快打他們的手機！」我總算想起衝進「虛幻燈螢」的首要目的。

刑玉陽沒在正事上刁難我，然而無論是我的手機或主將學長的，此刻都無法接通。

「許洛薇不過是搶了妳的身體，光憑她能對鎮邦怎樣？」刑玉陽輕蔑道。

「主將學長今天很不正常！男生有時候會自欺欺人。還有你不要小看許洛薇！你才交過一個女朋友，她這方面的戰鬥力比你強多了！」我沉痛地指控。

其實我不確定刑玉陽在上回結婚的藍憶欣之前有無交往經驗，但我順口說完他並沒反駁，一不小心就猜中了，反正以他過去的辛苦經歷和嚴厲性格我也不意外。

「那個許洛薇……很會誘惑男人？」刑玉陽有點遲疑，畢竟主將學長的經驗也不多。

「她還是處女，可是進旅館完全沒有在客氣的。怎麼說，她漂亮又有錢，而且其實滿單純的，喜歡一個人，只要對方單身，也對自己有意思就不會拖泥帶水，應該算是男生的夢中情人類型？沒做到最後純粹是她不喜歡性行為也有種拒絕男伴要求。」緊急關頭，我沒空在乎刑玉陽聽到許洛薇的習性會不會害羞了。「等等，那是我的身體不是正妹許洛薇啊！」

「蘇小艾，妳還沒睡醒？忘記鎮邦吻的是誰？」

「主將學長不至於這麼飢渴吧？」我小心翼翼地問。

「取決於他餓了多久，還有對象讓他衝動的程度。」刑玉陽勉強評論，「無論如何，當面聽到『不』他還是會停下。再怎麼說，許洛薇應該不敢拿妳的身體做這種事，妳們不是好朋友嗎？」

「她一附身就把我的舌頭伸進他的嘴裡了，你認爲主將學長會怎麼想？」我眼神已經死了。

「我怎麼知道？你們這群亂七八糟的傢伙！」刑玉陽瀕臨暴走。

我欲哭無淚抱著手臂，連害羞尷尬都沒那餘裕，只剩滿滿的恐慌。那是我的身體，主將學長眞心告白，卻被許洛薇李代桃僵搞破壞，倘若眞的發生了不該有的關係，那就不是笑話，而是絕對的傷害了。

見我蹲在地上發抖，刑玉陽的怒氣也萎了，無奈道：「無論如何，鎭邦不會傷害妳的身體，妳要相信他。他今天才告白，不會倉促做到最後。」

「我不相信的是許洛薇！她爲了摸到男朋友的腹肌，禮尙往來也是有開放上半身，性別平等嘛！萬一她讓主將學長在我身上開草莓園怎麼辦？人家不要啦！你不知道許洛薇早就喪盡天良，那種事她絕對幹得出來！」想像那幅畫面，我眞的在地上瘋狂打滾了。

「……」刑玉陽坐在椅子上抱頭沉思，姿態悲壯。

我在一旁哽咽，魂魄卻哭不出眼淚，十足的憋屈。

「媽的！不放心就去把人找出來！管他們在做什麼。蘇晴艾，給我打起精神，搶回身體然後把丁鎭邦揍一頓，我幫妳！還有沒有怨言？」刑玉陽豁然站起，儼然天上的太陽般燦爛燃燒。

「沒有……」我傻傻仰望著他。

接著我們回到庭院，他讓我站在黑傘下，收傘走了幾步，我留在原地甚是尷尬。

「連附在傘上都不會嗎？」才剛開始，刑玉陽就對我露出放棄的眼神。

「我又不是油漆或黴菌！」我今天才變生靈，能用最快速度爬進「虛幻燈螢」已經是天賦異稟了！

刑玉陽只好牽出老野狼，讓我坐後座，用不到三十公里的時速，載著我去附近所有旅館民宿打聽主將學長和許洛薇的下落，我總算明白第一次許洛薇被機車載時為何會破口大罵，這種特技演員等級的挑戰實在太困難了，好歹沒動不動就掉下車，卻也全程近乎被甩脫的狀態，導致一人一生靈搜尋進度非常緩慢。

約莫五個小時後，體內那團冰白色發光氣息消磨殆盡。刑玉陽在他漸漸聽不到我說話時就趕緊載著我返回「虛幻燈螢」，以免之後我半路脫隊他沒及時發現，還得花更多時間善後。

刑玉陽死都不肯再替我補魔力，我只能待在店裡苦苦等待。

「我馬上聯絡蘇靜池，他一定有在附近安排眼線。被欺負了還畏畏縮縮，給我長點志氣！」

刑玉陽找到一半就想通知我堂伯，我擔心主將學長被究責，不假思索阻止刑玉陽大義滅親。現在我再度在他面前用力搖頭。

「這麼說妳打算接受鎮邦的告白？我這次多管閒事了？」刑玉陽笑得寒風陣陣。

我雙手交叉全身搖擺，竭力傳達否定答案。

經過將近一個白天，不管主將學長和附在我身體裡的許洛薇做過哪些事，都已經難以挽回了，我只能咬緊牙根，準備迎接各種衝擊，好在那兩人最後還是會回來，這一點我從未懷疑。

太陽快下山前，刑玉陽收到一條簡訊，主將學長說他會帶小艾學妹回「虛幻燈螢」，要他在店裡等著，可是手機還是打不通，像是刻意關機了。

「看樣子是發現了。」刑玉陽評論。

這句言簡意賅的簡訊蘊含著龐大資訊量，我完全高興不起來，奈何有口難言，刑玉陽懶得理我逕自去烤明天營業用的餅乾。我趴在淨鹽杯旁被漸漸溫暖甜美的餅乾香氣縈繞，精疲力竭下不知不覺陷入夢鄉。

□

一覺醒來已是翌日清晨，我猛然掀開棉被，回到自己的身體裡了，四周是熟悉的「虛幻燈螢」客房擺設。

「許洛薇——」我發出這聲地獄吼。

「在在在，別那麼大聲，鬼都被妳吵醒了。」房門無人自開，一陣新鮮濃郁的咖啡香充盈整個房間，穿著紅色小洋裝的美麗女鬼亮麗登場，許洛薇手裡捧著我的專用馬克杯，裡頭裝滿剛磨好的咖啡粉，自給自足對現在的她已不再是難事了。

「居然還有臉這麼說，妳這——」「要不要先去洗澡呀？呵呵呵。」她出聲打斷，媚眼如絲，笑得我寒毛直豎。

「等等再跟妳算帳！」我悶頭衝進浴室，停在鏡子前，眼前是一個長髮蓬亂、臉頰緋紅的倒影，我咬牙打開潘朵拉之盒，還好身上乾乾淨淨，沒有半點可疑痕跡，我忽然發現自己穿著睡衣，連內褲都換過了。

我又衝回房間，途中經過客廳發現刑玉陽房門開著，人已經不在二樓，暫且先跳過他，許洛薇躺在床上偷懶，見我回來打了個呵欠。

「誰替我換衣服！」熊熊怒火。

「除了我還會有誰？從海邊回來後我整個人都黏黏的，一定要洗乾淨才能睡咩。」

「你們去海邊幹啥？」我頭髮都要豎起來了。

「聊心事呀！小艾妳的表情怎麼那麼污，天氣熱，海風又鹹，沒想到活人那麼會流汗，都找地方遮蔭了還是像在醃鹹魚。我們都那麼熟了，幫妳洗澡又沒什麼，我自己也很累欸！」

「妳爲什麼不直接把身體還給我？」

「妳的靈體睡著了不會動我也有點嚇到嘛！說到底妳幹嘛亂跑，我以爲妳會在家裡等我回去，靈魂出竅去外面很可怕！後來我們照葉伯教的辦法幫妳收驚，就是我替妳淨身，然後放床上小聲叫妳的名字，妳才慢慢自己回去身體。葉伯好凶喔！」許洛薇也有失算的地方。

「妳活該！幹嘛忽然搶我的身體，吃太飽閒著嗎？還舌吻主將學長！妳到底在想什麼？」又想起那幕讓我飽受驚嚇的衝擊畫面了。

許洛薇哼笑了幾聲，忽然飄起來落在我面前，瞬也不瞬看著我，我退後半步。

「妳現在知道要提防我了吧？會怕就好。」

她這句話讓我困惑，甚至暫時忘了追究她冒名頂替非禮主將學長的事。

「我爲何要提防妳？」

「以前說過要幫妳防守冤親債主才附在妳身上，但是小艾，妳怎能對一個鬼毫無防備？」

許洛薇挑眉，手背在掌心上輕拍，一副不以爲然的表情。

「妳又不是普通的鬼！其他鬼我也不給附的！」

「假設我真的搶了妳的身體，妳要恨我嗎？如果不傷害別人，應該是還好吧？哪天我對妳說，身體給我，我以後就好好當人，也會幫妳處理冤親債主的事，妳會討厭我嗎？」

「沒那麼簡單，現在我要考慮蘇家的因果，冤親債主還會攻擊別人……」

「看吧！妳馬上想的不是叫我滾，是在想妳不能答應的理由。」許洛薇沒好氣地瞪著眼睛。

「我永遠都不會叫妳滾，雖然妳這次真的很該死。」我悻悻地說。

「小艾，我好像不能投胎了，如果還能有身體和身分可以使用，真是太誘惑了，剛死的那兩年就是睡在地上等投胎，想說反正死了一了百了，現在我卻得煩惱未來要怎麼辦。」許洛薇扠腰說。

「妳有我啊！頂多我和妳共享身體，等我死掉以後再想新的辦法，反正妳不要變成吃人妖怪就好。」

「那我要找殺手學弟和腹肌黑帶開後宮。」

「死都別想！」

「看吧！小艾，妳這個樣子不行啊！」許洛薇搖頭。「對了，妳好像有點誤會，我剛剛說煩惱不知道要怎麼辦，意思是這種情況太爽了！我有好多事情想做，現在不怕被鬼差抓，我可以放開手腳自由自在玩耍了！」

「然後被雷劈。」我冷冷接了一句。

「又不一定會這樣！」許洛薇嬌嗔完正色說：「如果妳把身體分給我，就不會有自己的人生了，妳真的懂嚴重性嗎？」

「私人時間怎麼安排是我的自由，我安排給妳，因爲我高興。」也因爲我還沒有解開許洛薇的跳樓之謎，她這次強制附身舉動很突兀，我懷疑她已經想起什麼，故意裝作還在失憶。

「玩得到美味腹肌我才會高興，我要一個身體不能做開心的事有什麼用？老娘是指我不希罕妳的身體！不爽妳這種無所謂的樣子，再大方嘛！以後妳要是不多防著我，我就要用妳的身體對妳喜歡的人做一些羞羞的事～哇哈哈哈～」

「妳這個宇宙變態！還有誰是我喜歡的人？」我氣極敗壞地問。

「腹肌黑帶呀！而且他居然強勢告白了！在韓劇和日劇裡，一般女主角最後都是和相處更自在的幼稚任性男主角在一起，可是我都萌霸氣深情又成熟的男二怎麼辦？白目太有主角格了人家很擔心。」常常站錯隊被編劇打臉的許洛薇這麼說。

我氣不打一處來，反駁道：「廢話，現實中要結婚當然是選主將學長，像刑玉陽那種將來說不定會出家的男人本來就只適合當朋友。」

許洛薇咬著指尖發出嘿嘿聲，我這才發現話題被她誤導得很奇怪，必須扳回一城！「要比人設妳才是女主角吧！按照妳的邏輯來說，最後要在一起的是妳和刑玉陽！他還有白眼，在歡喜冤家套路中你們過不久就會發展出第六感生死戀了！」

「夭壽喔！別說那麼不吉利的事！」許洛薇抱胸猛搓手臂。

「總之，妳八卦錯人了，我不談戀愛也不結婚。」對喔！我這個路人和玫瑰公主較真什麼？現實生活又不是演浪漫言情劇，我這邊滿滿一疊都是靈異凶殺劇本！ＡＲＲ超能力也不能讓我加入復仇者聯盟。

「我以為妳一直喜歡腹肌黑帶，我是說，真的喜歡哦。」許洛薇在我大聲抗議前飛快補上一句有效打擊：「表面上妳是幫我打聽腹肌黑帶的情報，但每次提到他時表情都很快樂，眼睛皮卡皮卡地發亮，要知道，當時妳可是整天苦瓜臉，完全就是行屍走肉！」

我愣住了，事情真是許洛薇說的那樣嗎？

許洛薇重重嘆了口氣：「我知道妳不可能肖想別人的男朋友，加上如果我也喜歡他，妳大概連暗戀都不會暗戀丁鎮邦，直接鎖死這方面的想法。」

這是許洛薇第一次好好說出主將學長的名字，讓我覺得很可怕，好比恐龍長出兩條人腿。

「我對主將學長保證純潔，我把他當老大看，只是想跟他混而已。」我說這句話時有些心虛，許洛薇沒放過這點違和感。

「鬼也不會被妳騙到好嗎？帥猛專情的好男人耶！放在大學男生裡面就像蒼鷹俯瞰著一群黃毛小鴨。」許洛薇一口咬定我對主將學長有特別心思，其實她也沒想錯。這教人怎麼啓齒？我自己都覺得很不正常，但再這樣下去，許洛薇眞的會誤會我是愛在心底口難開了。

「我只是希望和主將學長有血緣關係！」

「……再說一次，我有聽錯嗎？」許洛薇嘴角抽搐。

「我看你們談戀愛就覺得好麻煩，幹嘛找個人來累死自己？我只要不愁吃穿還能上網就滿足了，只不過如果有主將學長那樣的哥哥超棒！可是我又高攀不上。當男女朋友不就要親嘴過夜之類嗎？那對我來說太高難度了，光想就倒胃口。」

無意識被話題影響，聯想到和主將學長光溜溜抱在一起的畫面，靠北呀！我嚇得哆嗦。

「妳有病！」紅衣女鬼罵道。

「嗯……」我有點憂鬱地抱著小花，小花難得乖乖地被摟著不掙扎。

乍聽到主將學長的告白，我非常絕望，他最好的朋友是刑玉陽，我是他最信任的學妹，這樣的配置很完美，除此之外，沒有血緣關係的男生和女生如何才能簡單自然地往來，又可以在必要時一刀兩斷，以免我那複雜危險的宿命將他拖下水？

喜歡或被喜歡之類，眞的沒想過，希望主將學長好好活著，柔道也好、警察也好，順利實現夢想，不要被我這樣的人拖累，這才是我對主將學長最高的期待。

「小艾，腹肌黑帶那個人多敏銳妳又不是不懂，他一定看出妳喜歡他才會告白，就算明白不是想滾床單的喜歡，不，比那個更深，是可以為他死的喜歡，男人對那種感覺當然凍袂條啦！」

「士爲知己者死有什麼不對！」

「妳是女生，他是男生，先天存在DNA之壁，有些感動就是會變成色色的衝動。」許洛薇化身生物學權威，我踢了她一腳，可惜這時她就很懂切換讓我摸不著的虛幻狀態。

「我會拒絕主將學長的告白，因爲我不想也沒辦法和他變成那種關係。許洛薇，我的爸媽是一起躺到鐵軌上的，妳懂我的意思嗎？」我鬱鬱望著許洛薇，她縮起肩膀吐了吐舌頭。

我的情況眞的會拖人下水，蘇晴艾沒有不相信愛情，只是和某個鍾情對象同生共死這種親密關係，哪怕只有一丁點可能性我都得杜絕，連想都不去想，反而安心輕鬆。

不能回應某個人的感情，只好保持距離，就這麼簡單。

「可是小艾妳對我很執著耶，還是妳根本暗戀我，其實妳是還沒覺醒的蕾絲邊？」許洛薇冷不防直白地問。

「我可以接受跟妳一起脫光光洗溫泉，繼續下去可能沒辦法。」我老實說。

「換成刑玉陽呢？」

「包一條浴巾的話，和他一起泡溫泉應該跟和妳泡差不多，他又不會對我怎樣，我也不想對他怎樣。哥哥的話倒是偶爾會想抱抱、摟他手臂，但又不能對真的主將學長這樣來，若得當他女朋友才有這種待遇，那不就是感情詐欺了嗎？」

「我好像聽朋友講過有種叫無性戀的族群，妳該不會中獎了？」許洛薇眼神之悲痛好似我已經癌症末期。

「其實我覺得這樣人生少了一種煩惱也很好，而且不像戀物癖還得依賴別人練腹肌。」我一時不察說溜嘴。

「我要操控妳去和丁鎮邦告白，看他會不會一口吞了妳！」被深深戳中槽點的玫瑰公主跳了起來。

「妳敢！昨天的事已經很過分了，警告妳許洛薇，不要再鬧我跟學長！」我這才想起許洛薇提到很重要的關鍵。「主將學長何時認出妳不是我？」

「舌頭碰到的時候吧？他完全僵掉了，我眞行啊！」許洛薇只差沒擺張龍椅坐上去抽雪茄。

「主將學長眞該當下就銬住妳扭送『虛幻燈螢』，等等，他怎沒這麼做？」原來馬上就認出來，我還以爲他色令智昏，精那個啥上腦，眞是太不敬了！爲什麼他還要跟著許洛薇走？

「腹肌黑帶比我以爲的還要……怎麼講？纖細？有謀略？反正是個想法很多的男人，他說已經聽刑玉陽介紹過我，但還是想當面和我對話，我們就一起去海邊吹風談心啦！這邊不靠海，騎了很遠才找到風景不錯的海濱休息區涼亭呢。」玫瑰公主說他們中間還停下來買飲料零食，後來果然聊得一發不可收拾。

「喔。」我此刻只能發出單音節。

「坐定位後，腹肌黑帶劈頭就問我爲什麼要親他。」

「所以到底是爲什麼？」憶起那超現實的一幕令我再度腦充血。

「我說妳一定沒種答應他的告白，我要代表小艾妳先蓋章嘛！腹肌黑帶就接受這個解釋了。」許洛薇攤手。

「少騙了！妳喜歡主將學長才親他不是嗎？當初妳就是這樣說，還叫我參加柔道社！」許洛薇靈肉分離不見得那麼徹底，我總是相信，她對主將學長心動了，只敢遠觀不敢褻玩才是許洛薇最眞實的反應。

「喜歡是沒錯，但明顯騙不到手啊！至少最後啵一口也算回本了～」玫瑰公主沉浸在莫名其妙的得意中。

「姓許的！我的身體不是給妳做這種事的！」她吊兒郎當的態度讓我怒火愈竄愈高。

「如果妳要把身體給我，尺度更大的動作我也想試看看，畢竟人家還有很多沒體驗過就死了。不過要是蘇晴艾的內容物變成別人，妳最寶貝的主將學長大概一輩子都會活在痛苦中，只有身體還在安撫不了那個男人。」許洛薇抱胸道。

「妳到底想說什麼？」

「我也希望腹肌黑帶能夠幸福嘛！所以我把能夠讓他幸福的好吃的東西放到他嘴巴裡，他就不會像我一樣餓了那麼久，最後還是沒吃到超讚腹肌！」許洛薇充滿惋惜，發出咂巴聲。

玫瑰公主的口氣很畜生，但我總算抓到她要表達的重點。許洛薇希望我能爲自己而活，同時帶給主將學長幸福，最好那方面的「性福」也照顧一下，我想罵髒話了！

「薇薇妳其實是愛他的嗎？那妳大學四年交個屁男朋友！直接告白讓我幫妳不就好了！」

我聽了許洛薇的眞心話，卻比她用我的嘴巴親主將學長還要生氣！

「他早就有女朋友了！其實我對腹肌黑帶也不是眞的戀愛啦，人家對自己交過的男朋友還是有感覺的，不然哪會答應在一起？現在我總算知道問題出在哪了，跨種族眞的很困難啊！」

許洛薇忽然定定看著我，破天荒說出一句非常有道理而且很可能就是眞相的結論。

許洛薇魂魄本源不是人類，她恐怕是這一世投胎成女人才擁有人形魂魄，過往她那些奇葩創舉，用妖怪的角度看搞不好很正常？

她努力思考一陣子後說：「雖然我不記得譚照瑛了，大概腹肌黑帶給我的感覺就像當年認識譚照瑛那樣，我覺得他很好，特別有意思，不過這次人家絕對沒辦法和一個瘋狂練柔道的魔鬼主將交朋友，太操了，高中讀書時硬要拚前三名我累死了好嗎？圍觀就好，圍觀就好。」

許洛薇熱衷於在現實中發現「小說主角」般的存在，組隊之，挑戰充滿愛與勇氣的冒險關卡，最後得到美好的True End，簡稱乙女向ＲＰＧ妄想病。

「嚮往？」我心有戚戚焉，但不想說出來讓許洛薇得意，我嚮往的對象也包括了她。

許洛薇聽見那兩個字，突然靜了下來，低頭露出淺淺的微笑，有點羞澀似的，彷彿看見某個被孤獨浸漬的高中少女越過回憶出現在我面前，可惜美好的一瞬馬上就碎裂了。

「當然也不排除意外吃到的小確幸啦！不過還眞是沒機會咧，現在終於眞正認識他了。」

許洛薇露出吾願已成的欣慰笑容。「經過一天深度交流，我和腹肌黑帶之間的感情產生質與量的飛躍，他要追妳已經不能沒有我了！」

許洛薇幫自己爭取到「閨蜜」這個堪稱開掛的位置，而且還是死性不改準備亂牽紅線！

「你們去海邊就去海邊，爲啥可以聊這麼久？中間是不會打電話回來報平安喔！」就因爲主將學長和許洛薇一時任性，我以後在刑玉陽面前別想抬頭了。

「萬一有人掃興就不好玩了，我就趁他上廁所前，用小艾手機沒電的理由向腹肌黑帶借手機，偷偷把他的手機電池拔掉。」許洛薇眞是個智慧犯。

我氣到發笑，她覺得好玩，卻沒想過我可是無比煎熬。

許洛薇盯著我看，忽然說了一句：「妳不夠相信我，也不相信他，因爲妳一開始就放棄思考戀愛的事情。我親完那一下就是整理好大學到現在的心情，正式告別啦！以後就算開玩笑我也不會提丁鎮邦的腹肌，因爲那是小艾的東西了，但妳可得給我爽快弄到手啊！不然我死不瞑目！」

「妳這樣強迫我很有趣嗎？」我揚高聲音。

「就是處罰妳怎樣！丁鎮邦昨天是抱著被妳拒絕的覺悟去告白，妳一句我不要了就當沒這回事，半點女人的擔當也沒有！身爲好友我都覺得丟臉！他會等妳一輩子，這句話我可沒有開玩笑。」許洛薇沉下臉說。

「別亂說話！主將學長和我根本就不是情侶，怎麼可能等一輩子。」

「因爲你們不是從零開始，而且妳已經在等他一輩子了不是嗎？丁鎮邦以前也覺得學長學妹剛剛好，轉變心態的具體時間點他沒說，但殺手學弟告白的事有刺激到他，他終於硬起來了！反正，如果沒辦法變成情侶，他打算學妳單身到死，這部分你們基本上一模一樣。」許洛薇覺得她不出手不行了。

「我都說了戴姊姊的事暗示，妳偏偏不開竅。蘇靜池那頭老狐狸有亡妻和孩子，年齡地位差這麼多，真的是沒啥指望，所以戴姊姊覺得暗戀很開心，我也不能說什麼。但是妳和丁鎮邦互相喜歡，他是在知道一切以後才對妳告白，其中的意義妳給我好好想清楚。」玫瑰公主訓話起來就像水庫洩洪，欲罷不能。

我腦袋有點發暈。「目前最大的問題是，我對主將學長喜歡我這件事依舊沒真實感，就很奇怪嘛！那麼久沒見了，重新來往才一年，大學時候是很熟，但真的就是一起練柔道的學長學妹而已。」

許洛薇翻了個白眼，附回小花身上，跳到我懷裡，我只好癟著嘴抱住她。

「本小姐大發慈悲告訴妳一個八卦，不是昨天，是妳和丁鎮邦重逢的第一天，談完神棍的事後，妳和白目去醫院探望戴佳琬時，丁鎮邦不是帶著小花去打預防針嗎？」

「所以呢？」

「看完獸醫，在『虛幻燈螢』等你們回來時，丁鎮邦一個人很無聊就抱著貓咪自言自語，說他今天受了很大的驚嚇——小艾和阿刑居然一見面就好成那樣！接著就開始碎碎唸說剛認識時妳非常怕生，動不動就躲到學姊那邊，要不然就是低頭不看人拚命練動作，足足花了半年耐心搭訕，小艾來社團才不是只會說『學長好』、『學長再見』這兩句話！妳是天線寶寶嗎？重點是，妳對別人都不會這樣，他懷疑是不是自己嚇到妳了，但妳練柔道很開心又不像是被嚇到的樣子。」

「我要專心執行妳吩咐的觀察任務，再說我才不想和有女朋友的學長聊天，筱眉學姊超恐怖，我練習過肩摔都沒空了！」我辯解。

「正常交際懂不懂！總之丁鎮邦一直都很在意妳，妳那天把人家名字忘掉真的不厚道。」

「可是我那天哪有和刑玉陽好成那樣，妳沒看到我們都吵架了？」

「妳會跟刑玉陽吵，卻不會和丁鎮邦吵，總是客氣得要命，丁鎮邦覺得這是嚴重差別待遇，更過分的是，他這個童年好友直到上大學才知道刑玉陽有白眼，刑玉陽卻在見面不到半小時就把白眼的祕密告訴妳，妳也ＯＫ～就接受了，完全沒有隔閡，這不是他認識的學妹和好友。」許洛薇摺起貓手縮在胸口，咧著毛茸茸的貓嘴露出一個欠扁的笑。

許洛薇就是那時意識到，主將學長總有一天會對我告白，雖然出乎意料謹慎地等了一年才正式開口，總算是給她盼到了。「照理說應該安全監控那時妳就要害羞期待了，蠢！呆！令人絕望！」

「我肚子很餓，直接說昨天你們在聊啥，否則我要去弄早餐了。」我被她一匝匝的話繞得很無力。

「妳很掃興耶！心事就是心事嘛！我說了四小時，丁鎭邦說了一小時，要不是時間不夠、飲料都喝完了，我們可以聊更久。」

許洛薇說起她從大一就被柔道社主將吸引的往事，不忘用力居功，沒有她，蘇晴艾就不會去柔道社，那些透過小艾知道的柔道社趣事，此刻終於能發表感想了！還有些是關於我的爆料，小艾回到老房子還在樹上綁繩子私下訓練的熱血小動作，零零碎碎的，都是許洛薇以前只敢旁觀卻說不出口的心情話語。

沒能成爲朋友很遺憾，說實在的許洛薇也不知道怎麼繞過體力關卡和一個鐵壁男子漢當朋友，欣賞主將學長卻不得其門而入的男男女女不計其數，許洛薇表示反正和我同居了，主將學長那邊當一個低調粉絲也不虧。

她最想要的還是增加幾個眞心互動的人類，反而男友只是腹肌能源兼飯友玩伴，沒能更進一步交心時感情就淡了，只能說她對主將學長的期待值不是一般的高，光是看看居然就能滿足。

至於被當成心靈寄託的主將學長，其實也有他的困擾與壓力，他想當個好社長，守護每個社團成員，讓他們健康快樂地練柔道（珍貴的社員不能再流失了！抓到就要留到畢業！），偏偏小艾是最難照顧的一個。設計系小學妹過著令人側目的奇怪跟班生活，明明壓力很大卻總是守口如瓶，身為有女友的男生又不方便太越線關切，還好主將學長後來確定許洛薇是真的收容我，玫瑰公主三不五時來社團投餵時，我溢於言表的幸福不是作假。

總而言之，蘇晴艾給了主將學長和玫瑰公主聊不完的話題，這一年來我經歷過的靈異事件又被重新檢討了一次，他們相見恨晚，主將學長還抱怨我早該將許洛薇變成紅衣女鬼回來的事告訴他，是好朋友就沒關係，他不是那麼狹隘的人。

聽完我更想揍她了，真是的，許洛薇，妳就不能正常一點請我把妳介紹給主將學長嗎？

最後許洛薇問：「妳好好想怎麼回應丁鎮邦。」

玫瑰公主不知道，刑玉陽在同一天才鐵口直斷說我不適合談戀愛，我頗有同感，就連主將學長也覺得我不會答應他。

「還能怎麼回？我現在就是沒辦法交男朋友，也不想和主將學長戀愛，就……有禮貌地拒絕。」我實事求是說。

「丁鎮邦說他知道妳會這麼回答，所以這個步驟要省略也可以，他就當已經聽到了，如果妳堅持要當面拒絕，那他會認眞聽，之後就像以前一樣。他的重點是，不要動不動就叫他回去工作，他有充分的動機來找妳，所以他以後沒事也會來，因爲看到妳他會開心。」許洛薇轉達主將學長交代的內容，沒辦法加入戲劇化插曲讓她很不甘心。

完全懂我現在的困擾，不愧是主將學長。「那我省略了。」

「蘇晴艾！」許洛薇氣得大叫。

「我們交情夠才能省略的，殺手學弟那時我就有好好說清楚。」

「他親妳了，毫無悔意喔！妳不罵他嗎？」

我握緊拳頭站在許洛薇面前揮了揮，她總算感覺不太安全，用貓臉傻笑裝迷糊。

「是誰讓我沒資格罵的？許洛薇，就是妳！」

「我是爲妳好，以後想起這次親親，保證就是我們贏了！不然妳見到他就羞答答的不是很沒面子嗎？」許洛薇振振有詞。

認眞追究起來，誰的損失更大還很難說，初吻就在主將學長被非禮得更嚴重下折抵掉了，我目前只想裝死就這樣帶過。

眞能回到從前嗎？我不確定，就算回不去，也比完全斷絕來往要好，宛若握著出現裂痕的水杯，我對現在身邊這些人就是這樣依賴。

「很開心是嗎？」話還沒說完的許洛薇舔著貓掌。

「哪有！我還在驚嚇中。」

「丁鎭邦說，當不成男女朋友也有好處，小艾妳需要更多訓練好面對將來的危機，他捨不得要求女朋友，是學妹就沒關係。」

是學妹就沒關係……是學妹就沒關係……是學妹就沒關係……

我想起主將學長仍在社團掌控一切時，寒暑假集訓的黑暗歲月。

「許洛薇，我是不是被脅迫了？」

「利誘吧？我猜。」

玫瑰公主打了個呵欠，跳到地板上，忽然恢復只有一人高的縮小版原形，火焰毛皮柔順地披散，翅膀收在背上，有點玻璃光澤，羽毛質感非常堅硬，略似鱗片，獨角長在額頭位置，嘴巴已經不會再流出黑氣了。

深紅眼睛流露出專屬許洛薇的戲謔神情，既是人也是獸的魂魄，上天大概不喜歡這種亂七八糟的存在。那又如何？她是我的朋友。

「妳的原形怎會是這副瑞士刀的德性？」

許洛薇想了想說：「我隱約有種感覺，這副模樣多功能很方便，其他記不起來了。」

「我可以摸摸妳嗎？」小花躲到床底下了，顯然懼怕獸化的許洛薇。

「來啊！」許洛薇大方地翻了個身。

我伸手在赤紅異獸脖子旁的長毛掠了掠，火焰毛皮在我手中分出一束一束的形狀，觸感像是溫暖水流，大概是僅存魂魄的關係，和生前妖怪模樣果然還是有些出入吧？

毫無預警地，我哭了。

「怎麼了？妳是怕我還是嫌我麻煩？我們可以討論怎麼做對大家最好，不用勉強，眞的。」許洛薇用收起倒刺的尾巴拍著我的背。

「雖然和主將學長對我說的意思不一樣，我也想和妳在一起，討厭讓壞人碰到妳，卻不知道怎麼保護妳，妳低調一點行不行？」我眼淚掉個不停，吸著鼻子說。

「好啦好啦！我低調。難怪丁鎮邦說他最怕妳哭。」

「不可以再玩腹肌，那不健康。」

「可是……」

「2D勉強通融。」

「好吧，2D就2D，但妳把我的腹肌照片都刪光，我要怎麼用？」

「看妳的表現，我以後再幫妳拍。」

繞了一大圈，我和許洛薇又回到剛剛重逢時的關係，彷彿就該是這個樣子。

還在一起，眞好。

《玫瑰色鬼室友・眾怨憎會》完

下集預告

媽祖娘娘的任務竟使葉伯神祕失蹤，
小艾、薇薇、殺手學弟與白目學長一路追尋。
在山妖的惡意捉弄下眾人失散，
中了瘴氣的殺手學弟出現奇異新人格，
而冤親債主卻在此時對小艾發起攻擊……

許洛薇為何跳樓自殺，赤紅異獸的來歷與宿命——謎底揭曉！
神明介入，記憶甦醒，
玫瑰公主與艾草管家的友情迎來了終末？！

玫瑰色鬼室友

vol.7 畢業季節

2019年 出版預計！

國家圖書館出版品預行編目資料

玫瑰色鬼室友.卷六,眾怨憎會 / 林賾流 著.
——初版. ——台北市：魔豆文化出版：蓋亞文化發行，2019.03
面； 公分.（Fresh；FS167）
ISBN 978-986-96626-9-7（平裝）
857.7 108002163

fresh
FS167

玫瑰色鬼室友 vol.6 眾怨憎會

作　　者　林賾流
插　　畫　哈尼正太郎
封面設計　莊謹銘
責任編輯　盧琬萱
主　　編　黃致雲
總 編 輯　沈育如
發 行 人　陳常智
出 版 社　魔豆文化有限公司
發　　行　蓋亞文化有限公司
地址：台北市103赤峰街41巷7號1樓
電話：02-2558-5438　傳真：02-2558-5439
電子信箱：gaea@gaeabooks.com.tw
投稿信箱：editor@gaeabooks.com.tw
郵撥帳號 19769541　戶名：蓋亞文化有限公司
法律顧問　宇達經貿法律事務所
總 經 銷　聯合發行股份有限公司
地址：新北市新店區寶橋路二三五巷六弄六號二樓
電話：02-2917-8022　傳真：02-2915-6275
港澳地區　一代匯集
地址：九龍旺角塘尾道64號龍駒企業大廈10樓B&D室
電話：+852-2783-8102　傳真：+852-2396-0050
初版一刷　2019年03月
定　　價　新台幣 270 元
Published and printed in Taiwan

ISBN 978-986-96626-9-7

魔豆

魔豆